U0654766

孤独秀

盛非 ◎ 著

九 州 出 版 社
JIUZHOUPRESS

图书在版编目（CIP）数据

孤独秀 / 盛非著 . -- 北京 ： 九州出版社， 2019.12
（2023.1 重印）
ISBN 978-7-5108-8493-1

Ⅰ．①孤… Ⅱ．①盛… Ⅲ．①中篇小说－小说集－中
国－当代 Ⅳ．① I247.5

中国版本图书馆 CIP 数据核字（2019）第 273142 号

孤独秀

作　　者	盛非　著	
出版发行	九州出版社	
地　　址	北京市西城区阜外大街甲 35 号（100037）	
发行电话	（010）68992190/3/5/6	
网　　址	www.jiuzhoupress.com	
电子信箱	jiuzhou@jiuzhoupress.com	
印　　刷	三河市嵩川印刷有限公司	
开　　本	880 毫米 ×1230 毫米　32 开	
印　　张	9	
字　　数	187 千字	
版　　次	2020 年 3 月第 1 版	
印　　次	2023 年 1 月第 2 次印刷	
书　　号	ISBN 978-7-5108-8493-1	
定　　价	49.80 元	

★版权所有　侵权必究★

目录

Contents

土地庙

胡桂英决定了，在品质前海城大门右侧，重新盖座土地庙。刚动手，保安过来，启动管家模式，强行制止。

胡桂英扫了保安一眼，说，睇门就睇门，多管闲事。土地庙本来就喺哩度。

胡桂英说的土地庙，是前海新村的老土地庙，就在品质前海城大门位置。早几年，富通房地产公司买下前海新村最后一大片地，品质前海城拔地而起，成为深圳最贵的房子。也难怪，深圳寸土寸金，所有的黄金地段都没了缝隙，只剩这片最后填海的地了，又是自贸区，又是粤港澳大湾区中心地带，盖的楼，能不贵吗？胡桂英的家，就在品质前海城对面，整个一大片空地，剩她一户居民楼，开天价，富通公司也赔得起。这不，赔了品质前海城三套精装房，有一套还是复式结构，另外还得了几千万。改革开放的春风吹遍深圳的每一个角落，胡桂英的春天来得有点迟，但终于还是等到了，而且这风吹得她家里的人熨熨帖帖，老两口把1979年从记忆里捞出来，挂在嘴边，几个月里，狠狠怀念了一番。

保安劝阻无效，不敢造次，何况还是一说白话的业主？端着对讲机，通报。

大门有两米来宽，成拱门状，花岗岩大理石筑成。横梁上"品质前海城"几个红色鎏金大字，著名书法家戴斌写的。大门一侧的形象墙，巨幅浮雕，波涛汹涌的图；浮雕下方的花坛，种着四季青、佛肚竹等，尽头是紫荆花，爬满墙面，很大一片。另一侧是保安室。保安室旁边也种着紫荆花，与左侧对称。

胡桂英在保安室的前广场上，垒起两块砖，她花白的头发上，沾上了几处水泥。出入的行人好奇地看着她。

管理处李主任来了，他走到胡桂英跟前，说，阿姨，多不雅观，深圳最好的住宅区门口，怎么能竖座土地庙？

胡桂英抬起头，反问，那在哪里盖？

主任噎住了，"这"了几下，有些恼火，说，哪里盖我管不着，就是不能盖在这里。说着，吩咐保安把垒起的两块砖掀了。胡桂英就地一坐，叫喊起来，土地伯公，你出来看看，我替你盖个房子，他们阻拦，你要显灵呀！

路过的人围过来，小区里的住户也涌过来，纷纷看热闹。李主任劝了几个回合，招架不住。吃瓜群众，有的跟着劝，有的起哄，说房地产公司当时就应该设计盖个土地庙。胡桂英见有人支持，越发神气，撂下狠话，湿水棉花——冇得弹（谈），盖定了。

好一阵，来了一辆公务车，下来几个人，有男的有女的。围观群众自动闪开一条路。走在前面的女人一见胡桂英，夸张地"哎哟"一声，过去将胡桂英扶起，桂英阿姨，你怎么坐地上呢？胡桂英甩开手，冷冷地说道，刘敏，这事你别掺和了，别说你是居委会主任，就是中央委员来了我也不听。你回去问问你妈，看她敢让你拦我？

刘敏的脸晴转多云，收回手，在空中甩了甩，咳了一声清了清嗓音，说，既然你不念及什么，上班时间，我就公事公办吧。你这么做，是跟政府唱反调，妨碍社会公共秩序，可是要被抓起来的。

胡桂英愣了一下，语气降了几十分贝，但依然霸气，来抓，我不怕，拜个土地神，还犯法？你们掀了土地庙，我去哪里拜去？

人群里有人插嘴，孔雀山可以拜，好灵验呢。弘法寺也可以。

李主任赶紧打圆场，对对对，到处都可以拜的。

胡桂英嘀咕一句，那些又不是土地庙。这土地爷我拜几十年了。

孔雀山，不远。比土地庙还灵，拜了就知道，我每个月都去。人群里那声音继续说。

众人七嘴八舌，有人开始指责，说在小区大门口盖土地庙简直是闹事。这时，人群里钻出一老头，头发稀疏，黑白相间，但梳得很整齐，前额上方的头发往里翻转，闪闪发光，虱子拄拐杖也爬不上去。穿着白衬衣、黑西裤，手里拎着钓鱼竿、折叠小凳子，走近胡桂英，睁大眼睛问，你在干吗？

胡桂英见了，声音火烧了似的，你死哪里去了？这么多人欺侮我。

家里盖了一个还嫌不够？

土地伯公上不了楼。胡桂英白了老头一眼。

众人哄笑起来，有人窃窃私语。刘敏走出人群，拿出手机，打电话。

老头说，接上去呀，教他坐电梯。

有人大笑，说，对呀对呀，在电梯门口，帮土地公公贴个示意图。有个尖尖的声音接着说，土地公公不识字，还得先上学。人群煮沸了似的，你一言我一语。

胡桂英黑着脸，脸上乌云密布，她指着老头，骂道，纈线，你好嘢，冇本事，总同其他人来喏我？你话，我得过你乜嘢？废柴一个，我点解行到咁嘅衰运——

胡桂英正骂着，一个装扮时尚的女子急匆匆地赶过来，拨开人群，钻进去，冲胡桂英大声喊，妈，走走走，丢人现眼。

胡桂英像泄了气的皮球，低下头去，一声不吭。弃下砖瓦，朝刘敏瞪了一眼，灰溜溜地往小区里去了。主角退场，围观群众自然也纷纷散了。

女子叫贺美琪，今年四十岁，改革开放那年生，标准的3S女郎：Senventies，Single，Stuck。初中毕业后，做过酒店服务员，开过服装店，后来跟朋友在香港经营一个酒吧，青春泡在酒里，错过了黄金嫁龄。家里的房子被富通公司收购后，胡桂英下了死命令，回来嫁人。贺美琪抽身从香港回来，跑到韩国重塑一番，做了双眼皮，隆了鼻子。回到家，胡桂英没认出来，听到叫妈，以为是错觉，惊慌地叫贺少俊。贺少俊从书房出来，扶着镜框，盯着她看了一番，又取下眼镜看，反复几次，问她是不是走错了门。贺美琪对着夫妇俩，直呼其名，还揭他们吵架的短。老两口面面相觑，以声音为证，重新收下女儿。胡桂英把女儿扯到阳台的土地庙前，叫土地公公以后不要认错人。贺美琪骂胡桂英老封建，胡桂英反身跪在阳台上，求土地公公宽恕，原谅她生了个不孝女。胡桂英拜了几十年土地公公，现在总觉得土地公公不灵验。分析原因，土地公公是钻地下的，不能上楼。于是，要在大门口重新盖一座土地庙。没成，灰溜溜地回到家，又跪在阳台上跟土地公公叙上了。

客厅里，地上铺着浅绿色地毯，摆着咖啡色皮沙发，茶几上搁着一套黄花梨茶具，沙发上方的墙上，是一幅春暖花开的巨幅国画，国画左侧，挂着一把二胡，右侧，挂着装钓鱼竿的皮套。贺少俊坐在沙发上，摆弄他的钓鱼竿。

贺美琪立在客厅中间，摊了摊手，像个发怒的家长，这像个家吗？墙上乱打钉子，挂钓鱼竿、二胡，阳台上盖土地庙、种菜，书房成了杂物间，那些斗笠、锄头不能扔掉吗？

不能扔，跟了半辈子。贺少俊停下手中的活，盯着贺美琪发表声明。

根本用不上了，留着干吗？你们去看看，谁家弄成这样？

别人家又不是本地人，哪有那么多东西？

你还好意思说你是本地人？胡桂英从客厅外伸进一个脑袋。

贺少俊闭了嘴，继续弄钓鱼竿。

只要提本地人，胡桂英总要抢白一番。与贺少俊的婚姻，她肠子都悔青了。那时，村里的姑娘，个个嫁给本地人，有的更是嫁到香港去了。胡桂英是村里的一朵花，爱慕她的小伙排长龙，她偏偏与白面书生撞出火花。白面书生就是贺少俊，出身书香家庭，初中老师，文质彬彬，响应党的号召，从广州来到宝安小渔村，在胡桂英住的村子落脚干革命。下到田里土里海里，豪情万丈被稀泥一和，英雄落魄成狗熊，拿起农活儿，样样不行。这"不行"，在胡桂英眼里，恰恰有别于村里的后生，更使他产生了无限的魅力，她不可救药地爱上了。于是不顾家里人反对、邻友的劝慰，毅然跟他轰轰烈烈地结了婚。结婚，不是胡桂英跟到广州去，而是贺少俊在胡家倒插门。

胡桂英被爱情冲昏的大脑经过两次洗刷就清醒了：一是村子里的分红没有贺少俊的份儿；二是贺少俊根本没有前瞻的眼光。之前，还住在前海旧村的时候，政府规划修路、建广场，宅基地被征收，每家每户都得了一大笔赔偿款，村子里的人拿了钱在路边盖房。贺少俊不，非要盖到海边去，他说那里天天对着大海，有诗意。诗意是什么胡桂英不管，她也没见贺少俊成诗人，倒是见他抱着二胡弹呀唱的，像个流浪艺人。后来，大量外来工涌进村子。村民们做起房东，每天除了吃饭打牌，人生的意义全在收租金数票子上了。票子收多了，又去买房子，这样，房子和票子打着滚，几十年下来，个个折腾得不见人影，去香港的去香港，搬福田的搬福田，就在前海旧村还是关外的时候，村子里就只剩胡桂英一家本地人住这里了。房子挨着海边，租金都便宜好几个档次。胡桂英不承想，临到最后，一家人还能咸鱼翻身，平时出租都难的三层楼，还能被富通地产公司收购。

没高兴多久，胡桂英又愁上了。搬到新房几个月，胡桂英才觉得生活完全变了样，日子不知怎么过了。以前，她在一楼开个小卖部，又负责三层楼的卫生，日子过得紧凑，拜土地爷都得抽时间。现在，只有两套房的租金收，还微信转账给了贺美琪，没胡桂英什么事，原来村子里的人四分五散，找个人聊天都难，她觉得，每天只有拜土地爷这件正事了。于是请人在阳台上盖了个小土地庙，却发现不灵验，样样不如意。

阳台很大，有二十几平方米，靠墙一头盖了个小土地庙，另一头给贺少俊围砌堆上土，种了菜。那些菜长得很不争气，韭菜才一指头长尖子就黄了，红薯藤倒是像攀爬花卉，缠绕上防护栏杆，叶子又粗又老，末梢根须没有土壤可扎，叶片都变异成了茎。五株西红柿秧上，每株零缀着一两个果子，大的如初生蛋，小的只拇指粗。贺少俊口口声声嚷着要种好自家吃的小菜，市场上买的他吃不下，说残留农药、打了激素、喷了防腐剂。土是从原来自家地里提回来的，栽了菜却长不盛。

胡桂英一边跟土地神絮叨，一边伸手摘了一个西红柿，在围裙上转了一圈，正要吃，贺少俊说，别浪费，再摘一个可炒蛋。胡桂英一口咬了，说，反正不够吃。贺少俊起身把钓鱼竿挂在墙上，扭头说，放心，我想到办法了。胡桂英嘴里嚼着西红柿，又伸手摘了两个较大的，反手放在土地庙前的供盘里，说，我不求你供应一家三口，能满足土地公公吃上土菜就烧高香了。

贺少俊从书房出来，肩上扛着一把锄头，右手提着一个铁桶，大声对胡桂英说，土地公公必须吃上。说完，走到门口，换鞋。

贺美琪端着杯子，轻轻抿了一口咖啡，冲着贺少俊的背影，说，好在这是个复式结构，否则没法和你们住。当时我就说要一个人住一套，你们非要凑一块，热闹了吗？我是看你们闹得热闹。说完，趿拉着拖鞋，扶着大理石栏杆，上楼去了。

二楼是贺美琪的地盘，三间房。一间大的是卧室，一间小的是书房，还有一间小的是她的会客厅，会客厅里边是洗手间。

贺美琪进了卧室，脱了风衣，挂衣架上。她刚参加一个交谊会，喝得脸红扑扑的，要不是同学刘敏打电话，她可能会喝醉回来。自从注册"我主良缘"婚恋交友网，各种约会不断，贺美琪忙得跟国家领导人似的，每天行程安排得满满的。刚参加聚会时，她跟不上节奏，人家女生个个打扮得像明星，就她一个土得掉渣，一个学生头，一套中规中矩的白色西装，跳舞没人邀，喝酒没人陪，冷落在角落，像个灰姑娘。后来，她花了几十万，在香港无界形象顾问中心做了一个全面培训，从衣着搭配、化妆塑形到红酒品鉴、茶道修养，再到珠宝鉴赏、理财投资，上了几百堂课。她踏入形象中心门槛，再走出来，犹如土里的黑泥巴，经过了陶艺师的搓揉捏造，发生了天翻地覆的变化。如今，约她的男生排满了日程，各色人种都有，小鲜肉、老腊肉尝过，凤凰男、钻石王老五试过，不是她嫌弃对方，就是对方嫌弃她，没有一个牵手成功。贺少俊不操心，说错过了黄金时代，错过了自己的心跳，得做好两手准备。倒是胡桂英，拜亲戚，托朋友，求土地神，经常费力不讨好。贺美琪对她大呼小叫，不是指责她横加干涉，就是抱怨她多管闲事。回到家，除偶尔一起吃饭，就躲到二楼。加上她经常早出晚归，父母都见不上一面。

贺美琪卸了妆，换上休闲衣，倒在床上。五六十平方米的房间，被她摆放得恰到好处，既不空阔，又不拥挤。一米八的床靠着墙，对面是窗，窗台上摆着一瓶满天星、一瓶水仙花。左侧，四个衣柜，春夏秋冬分门别类，还有两个柜，一个挂围巾，一个摆帽子。进门右手边是化妆台，定制的，比较大，首饰分门别类地摆在柜格里，光耳环就有一百来对。化妆品按品牌归类在不同储位，化妆工具摆在最应手的地方。还有一个格子，放着一个皮袋，皮袋里装了各式各样的卡，几十张，金卡银卡会员卡，应有尽有。每次出门，贺美琪就拎着它，消费时将皮袋拿出来，让店家自己找卡。前段时间，清出一批扔了，有些店家升级电子卡，省了不少事。

贺美琪睡了一会儿，被手机铃声吵醒，是快递哥。她伸个懒腰，叫他放楼下丰巢柜里，对方说，放不下。

跑下去，是一大束玫瑰花，一百零八朵，落款是 LY，一个叫李印的家伙，认识不久，属萌系产物，皮肤白嫩，吹弹可破，嗓音磁性温柔，大眼睛深邃得像海水，扑朔迷离的，身段修长，至少一米八以上。这种人，搁哪儿都是风景。但贺美琪不喜欢，跟他摊牌说了他不是自己的菜，没承想，他还不放弃，又送花来了。

学会了包装自己，贺美琪喜忧参半。喜的是走到哪里身上都挂一串目光，忧的是追求者多为奶油小生，甜得发腻。偶尔中意一款暖男，交往几天，揭开自己四十挂零的底牌，对方就逃之夭夭，人间蒸发。配得上年龄的，不是离异，就是心理有病。贺美琪既不想做后妈，又不想做保姆。至于李印这种型号，顶多是个备胎，她不想耗费太多时间。她要的，不是宠物。

贺美琪顺手将玫瑰花送给快递哥，快递哥愣在那里，捧着花，出大门时送给了保安。保安笑嘻嘻地收了，搁岗亭桌上。

贺美琪上楼取了包，开车往美容院。约好了的，做全身保养。

美容院在宝安大道旁，那里原来是贺美琪家香蕉林。小时候，她在那儿割香蕉，有一次割到了手，她用衬衣的下摆包住，鲜血染红了那一角衣裳。后来，附近陆续有了工厂，家里会领一些小手工回来做。田地渐渐荒废了。再后来，修水泥路，盖房子，不停变化。现如今，压根儿找不着过去的一点痕迹。美容院有很多家分店，品质前海城就新开一家，但贺美琪还是喜欢来这里。这里是早餐店的时候，她就常来吃早餐。后来是服装店，就来买衣服。每换一个样，她都要在那儿照个相。她有个相册，只照那几处地方，前海旧村老房子的位置，前海新村房子的位置，还有菜园、果园、老学校的位置。每照了新照片，她都洗出来，存在相册里。有了互联网后，还同时在各种贴吧发布，后面总有大帮人跟帖。现在，她喜欢发朋友圈，将相册里的老照片也一一拍了，一起发。图片一发出，人气最旺，评论盖的楼把大拇指都翻得发酸。同学中，那些优秀潜水员全冒出来，在评论里搞聚会。

贺美琪在曾经割破手的地方站着，记忆很遥远，那个割香蕉的贺美琪成了别人。走进美容院，两个美容师身穿粉色套装，候在那里，经典的蒙娜丽莎笑容，挂得贺美琪都替她们累。贺美琪坐下，接过递来的桂圆雪莲茶，依然点名要13号。13号正在上钟，还有十分钟。贺美琪说愿意等。贺美琪喜欢13号，因为她的笑容没有格式化，笑起来露出酒窝，聊天时傻出几分真，比如，贺美琪有段时间天天来，她建议一周来两次就够了；艾灸时，火位低，皮肤疼了，别的美容师会举高一点，她却不管你，叫你忍着，说疼才有效果。让你活活受罪，完了，你还乐意。

13 号出来了，见到贺美琪，像见到家人回来，问了声，来了？不待贺美琪回答，去洗手了。贺美琪到更衣间换了衣服，等 13 号拿着干净床单，两人一起上二楼。

走到大厅，13 号叫贺美琪先在休息间坐一下，她去换好床单叫她。贺美琪推开休息间的门，一个男人坐在那儿，手里端着一杯水。目光对视，两人同时惊叫，怎么是你？

男人叫杨建军，湖南人，贺美琪曾经的男友。早年租了贺美琪家的房子，与贺美琪恋爱上，最后没扛住胡桂英的以死相逼，一拍两散。分手十多年，没承想杨建军长了一身肥膘。贺美琪心里纳闷，男人没生娃怎么也会变形？杨建军盯着贺美琪，左看右瞧，感叹道，人家女大十八变，你四十岁了还变？都不认识了。

两人闲聊起来，几个回合问话，贺美琪得知杨建军开了公司，如今身家过亿，算得上成功人士了。早年要是投了这只股，不知日子会如何？想到这儿，贺美琪自顾自地笑了。

笑什么？嫁到中国香港还是美国了？

待字闺中。贺美琪嫣然一笑。

你妈一个都不同意？

贺美琪解开手机的锁，把李印的照片调出来，递给杨建军，说，新男朋友。

吃嫩草呀。得小十岁吧？这不对你的胃口呀。

配得上我的都结婚了。贺美琪耸耸肩。

一阵唏嘘，聊着聊着，13号不知什么时候进来的，站在一旁，插不上话。贺美琪见了，说，保养不做了。她跟着杨建军下楼，换了衣服，开车找地方喝茶。

贺美琪没想到数年不见，杨建军的眼神还能击起电流。喝了一壶普洱，一壶安化黑茶，又喝了一壶红茶，往事在茶里氤氲，喝着喝着，贺美琪靠在杨建军怀里哽咽起来。杨建军及时安慰了她的心灵，又在隔壁酒店适时安抚了她的身体。

贺少俊扛着锄头出了门，直奔之前自家种的菜地。地被围起来了，有保安看守。远处，正在热火朝天地打地基，泥头车、混凝土车时不时出入。保安见了他，说，又来打土了？

贺少俊连忙从口袋掏出一包烟，递过去，笑嘻嘻地说，帮你们弄掉些，到时还不是被泥头车拉走？

估计要几个月才轮到你这边的地，那头动工一个多月了，看上去，以后那头房子盖起来算一期，你家这块可能是二期三期了。

可不是？来，帮我照个相。贺少俊说着，掏出苹果手机，递给保安。吃人家的嘴软，保安乐呵呵地充当摄影师。

贺少俊摆照了几张，收起手机，感叹道，当年，这里全是海，我们在这里打鱼。

贺少俊说的当年，是他知青下乡的时候，在前海村插队，跟着乡亲们一起出海打鱼，种田种地。后来，填海，填出了前海新村，才有了脚下的土地。

太阳照在荒草地上，一只蜗牛在一根枯叶上爬行，爬过后的体液反射着光芒。贺少俊陷入回忆中。那时，西乡码头是港口，乡亲们结队出海打鱼。贺少俊不敢走远，就在脚下这片海转悠，每次回去，只打得几条小鱼。这事，被乡亲们当成茶余饭后的笑料。那是一段苦闷的日子，黄昏的时候，贺少俊扛着一把二胡，坐在码头口，对着大海抒情。胡桂英就是这样迷上贺少俊的，她总是趁无人的时候，悄悄把打来的鱼送给他。后来，知青要回城了，贺少俊却与胡桂英热恋上了。如果那时回广州，可能是另一种人生。贺少俊转身，望着西乡码头处，高楼林立，谁知道地下埋的曾经是他这一生最黄金的岁月呢？

贺少俊痴凝了会儿，拿起锄头，把野草锄了，挖下泥土，装进桶里。保安拿着警棍，转圈去了。

贺少俊把土弄到顶楼天台，找了一处当阳的位置，倒下土。反复十几趟，竟然给他整出了一块土。他将一些种子播下去，浇了水。晚上，他扛着二胡，搬个小凳子，守在土地旁，拉《二泉映月》，把小区的夜晚拉成一个忧伤的少女。

贺美琪跟杨建军重逢后，又找到了初恋的感觉。时过境迁，贺美琪把自己包装得像明星，杨建军的身份上了一个大台阶，彼此既有旧时的感觉，又有再遇的新鲜。贺美琪在杨建军身上找到编织婚姻梦想的绸带。杨建军则贪婪地享用贺美琪的身体和情感，同时假借着各种理由，挡在婚姻的门口。

贺美琪不再是二十岁的姑娘，交往几次，搞清了局势。这天，她撕碎绸带，把李印带到了杨建军面前。

地点是名典咖啡馆，在一间四人包厢里。轻音乐缓缓地流淌，聊了半个小时天，杨建军总算把话题带进浪漫的旅行计划。

杨建军说，处理好手上的事情，就陪你去西藏。

去过了，和 Dairy 去的。

那去云南。

也去过了，和 Mike 去的。这么说吧，国内我跑遍了，国外的大城市我也去得七七八八了，谈恋爱这些年，没结到婚，玩还是玩够了。

杨建军脸上凝了一层霜，僵起来。

现在，我只想找个合适的人结婚。你老拖，我耗不起，只能找愿意娶我的人了。贺美琪说完，摊了摊双手。

不一会儿，李印出现了，他穿着一身白色运动装，头发一指长，染黄了，三七分，梳了个弯弯的形状，用发胶固定了，左边耳朵上戴着个钯金耳钉。脖子上挂着一块玉，红绳系着。左手上戴着小叶紫檀串珠，右手上戴着天梭手表。他一进来，屋子里立马青春了。

杨建军惊异的眼神根本不亚于李印。两人显然都很意外，对视好几秒，又一齐把目光刷向贺美琪。

贺美琪对李印招招手，引到身边坐下，介绍杨建军是他多年的老友。

李印看了杨建军一眼，客气地叫了声杨大叔。

杨建军还愣着，突然面对多出一个比儿子大几岁的小伙子，就像一个小孩子拿着一把塑料刀，对你宣战。他窘在那里，没法接招，应也不是，不应也不是，神情尴尬。贺美琪笑得捧腹，她指着李印说，真有你的，杨大叔！是他老还是你太小？说完，按了服务按钮，叫服务员加套器具。

　　杨建军叹了一口气，说，岁月是把杀猪刀呀。

　　李印眨着水灵的眼睛，萌萌的，说，美琪姐，我又错了吗？

　　很好。咱们结婚，请这位大叔做伴郎。

　　伴郎？我有好朋友的。这个你不用操心。李印一边说一边优雅地翘着兰花指，喝了一小口咖啡。

　　那至少也得安排一个角色，证婚人什么的也行。贺美琪眼睛盯着杨建军，只见他咬着下嘴唇，拿着咖啡匙在小杯子里快速地搅来搅去。

　　证婚人没问题。李印声音黏黏的。

　　建军哥，你看行不？贺美琪配合李印，娇滴滴地问。

　　行了，贺美琪，别这么逼我，给我点时间。杨建军像泄了气的皮球，瘫在沙发里，他搁下咖啡匙，端起咖啡，一口喝了。然后举起食指，举到空中，要说什么，话到嘴边，又吞了回去。手落下来，眼睛盯着贺美琪，说，我回去跟她摊牌。

　　贺美琪眼里闪了闪，咬着下嘴唇。

　　李印绞着眉，你们在打哑谜吗？

　　杨建军在咖啡壶下压了五百元钱，往桌上捶了一拳，走了。李印转过身，扶着贺美琪肩膀，大叔好像生气了？

　　就让他气。贺美琪说着，叫来服务员，埋了单。

　　咱们真要结婚吗？不先试婚吗？

　　试试试，当我是婚姻培训机构呀？贺美琪用食指在李印胸前杵了杵，拎起包，往外走。

　　结婚就结婚嘛，干吗生气？李印说着，追了上去。

　　贺美琪面对李印这枚棋子，很想实践"招之即来，挥之即去"，正想着如何支开他，李印黏过来，挽着她的手，眨着比纯净水还纯的大眼睛，说，美琪姐，陪我看场电影，我可是放下手头的事立马赶过来的。顺便，咱们商量下结婚的事。可不可以再等等我？我存款不多，办不起婚礼。不过，租的房还是挺大的，试婚没问题。

贺美琪扑哧笑了，答道，看电影好啊，姐请客，你的钱留着买房子。试婚嘛，我可不愿意在出租屋，等你有了房子再说吧。

李印拉着贺美琪的手，一本正经地说，我想了想，还是我买票吧，我是男人。

你是男孩。

胡桂英听众人说土地爷不住楼房，找人把阳台上的土地庙拆了。

第三天，胡桂英就去孔雀山，搭了个车，到达山脚下。孔雀山游客不绝，一条两车宽的公路直通古庙，还有一条阶梯小路盘山而上。胡桂英不承想，过去一个不起眼的小山头，如今成了远近闻名的风景区。那时候上山，得扯着泥巴小路边的树枝，攀爬而上，一路也没什么大树。当年，家里反对她和贺少俊恋爱，贺少俊就带着她跑到孔雀山，坐在山顶那块大石头上，拉二胡。胡桂英听不懂二胡，但她迷恋贺少俊拉二胡的样子。用现在的话说，很酷。她压根儿没想到，二胡拉久了会拉出仇恨来。后来两个人吵架时，胡桂英最想摔的就是贺少俊的二胡。

拜菩萨，要有诚意。胡桂英有套规矩，她决定自己开一条路走，像四十多年前那样。她顺着阶梯小路，在山里钻来钻去。荆条刮得手臂几处出了血，她感到很满意，这样的诚心肯定会感动菩萨。到了古庙，半个小时的路程，她用了两个小时。站在广场上，望着山脚下，高楼林立，找不到一点过去的影子。那时候，一眼望去，全是田地。现在田地变成票子，装进了口袋。有些人，会折腾，票子生票子，越生越多。有些人，吃着票子，吃一张少一张，到头来，好像田地人间蒸发了，换到三个字：城里人。胡桂英处在这两种人之间，幸亏当年拿着票子在海边盖了一栋房子，现在，房子又换了一堆票子，这辈子，都用不完。当年，贺少俊放弃广州做教师的资格留下来，胡桂英曾感动得成了琼瑶笔下的一首诗。后来，这首诗改变了风格，从朦胧派，到婉约派，再到现实主义。贺少俊一点点掉价，直到一无是处，成了胡桂英眼里的一根刺。

胡桂英排队进了庙，燃起香烛，然后跪在菩萨面前，说上了。后面有个人等久了，催她。她充耳不闻，把事情来龙去脉说明白了，站起来，说，这么点耐心都没有，拜什么菩萨？她把手臂晾出来，一道道血迹赫然在目，说，你们看，我爬山上来的。说得那人窘在那里，看了一眼菩萨，不敢吭声。

拜完菩萨，胡桂英抽了签。打开来，是下签：何文秀遇难。上面写着：月照天书静处期，忽遭云雾又昏迷；宽心祈待云霞散，此时更改好施为。

胡桂英捧着签文，一头雾水，看到下签、遇难字样，心知不妙。走到解签处，一行人正在排队。胡桂英机械地接在队伍后面。这时，一和尚，身穿黄袍，胸前挂着一长串佛珠，手持"免费解签"的标牌，从身边缓缓地走过。人群里钻出一中年妇女，紧跟上去。胡桂英也跟了上去，扯上妇女，聊了起来。

和尚把她们带到树荫深处，在一长石凳上坐下。胡桂英迫不及待地奉上签。

和尚看完，蹙眉，抚须，扫了胡桂英一眼，说，此卦云雾遮月之象，凡事未遂守旧也。

什么意思？胡桂英问。

家道忧凶，人口有灾，祈福保庆，犹恐破财。

胡桂英取下斗笠，脸色变了，说什么？听不懂。

我讲一个故事，你就明白了。从前，有一个穷书生，叫何文秀。他一表人才，又爱读书，感动了富家女王琼珍。两人坠入情网，约会吹箫吟诗作赋。后来，两人私奔，远走他乡。再后来，何秀文出事了，被陷入狱，王琼珍剪发改容，等何文秀。再后来，何文秀的事弄清楚了，两人终成眷属。

这跟我有什么关系？胡桂英戴上斗笠。

关系大着了。你家是不是有没结婚的人？

你怎么知道？

签上说的。和尚捻了捻胡须，继续说，婚姻是人生大事，你不及时采取措施，家中要面临破财之灾。

那该怎么办？胡桂英急问。

天机不可泄露。施主，我只免费解签。破签的话——天机不可泄露也。和尚双掌合十。

这时，中年妇女从兜里掏出一个信封，把封口打开，神秘地给胡桂英看了看，里面是厚厚的一沓红色钞票，她附在胡桂英耳边说，天机不可泄露。说完，把信封塞到和尚手中，说，大师，我的签也是下签，你帮我看看。

和尚将信封塞入袍子里，然后掏出一个小香袋，比一元硬币稍大，交到中年妇女的手上，说，这是符，戴身上或回家挂床头，即可破也。

胡桂英如醍醐灌顶，赶紧搜遍周身口袋，但只摸出了几百元。她塞在和尚手里。和尚瞭了一眼，闭上了眼睛。

中年妇女拉胡桂英到一边，数落说，你怎么这么小气？

我没带钱，我不知道现在拜菩萨要这么多钱的。

微信支付呀。

我不会。身上倒有张卡。

哟，你幸亏碰上了我。来，我借给你。下了山，你取了还我。

说完从 PU 皮黑色包里掏出一沓钱，数了五千，递给胡桂英。

胡桂英千恩万谢，在和尚手上领了一香袋。和尚双掌合十，慢条斯理地说道，保险起见，施主最好家中每人一套。

中年妇女听了，赶紧说，我家四口人，再来三个。微信可以吗？

和尚从布袋里掏出一个二维码牌子。中年妇女扫了码，转了一万五千元。

胡桂英急了，扯住那女人，说，你再借一万块钱给我。

取了符袋，两人下山。一路上，中年妇女引着胡桂英，把她家聊了个底朝天。还规劝胡桂英在孔雀山拜了，就不要再惦念土地庙。到了山脚下，胡桂英取款还给了中年妇女。

胡桂英忙着拜菩萨，贺少俊忙着种菜。这天，他提着水桶上到楼顶，惊呆了。天台上，摆满了绿色盆栽，花盆、旧塑料盆、拦腰割断的油桶、泡沫容器、废弃的大汤盆，这些容器里盛着绿色蔬菜，有些刚抽出新芽，有些长得旺盛。一盆韭菜分成高低两半，一半有一筷子高，一半齐土掐断了；几盆麦菜，绿油油的；红薯藤叶子嫩嫩的，拼命地长新叶子；辣椒树刚长成形，几个小花骨朵探头张望。

谁抢我地盘？贺少俊正纳闷，两个老人从楼道里钻出来，两人合抬着一盆苋菜。见了贺少俊，露出牙，笑了笑。他们把苋菜安顿好，直起腰来，用袖子擦了一把汗。男的问，那块土是你的吧？

贺少俊望着自己那块土，播下的种子刚冒出新芽。他鼻孔里"嗯"了一声。

女的声音像喇叭，说，这地方好，能晒到大把太阳，菜长得好。

我27楼的。那老头掏出烟，敬了一支给贺少俊。这些菜摆阳台上，儿媳妇不高兴，现在好了，解决了。我姓刘，叫我老刘吧，老家湖北，你呢？

广州。贺少俊还是爱答不理，这对老夫妻破坏了他的计划，他还想着在天台上种上一大片菜呢。

哎呀，本地人呀。老刘叫了起来。

贺少俊终于找到了优越感，在这对夫妇面前，他真算得上本地人。他吸了一口烟，皱起眉，看了看烟，说，这烟冲劲太大。随后从裤兜里掏出一包中南海，瞄了一眼，迅速塞回去，又从右边裤兜掏出一包中华烟，抽出一支，递给老刘。

哎呀，大中华烟，你这一根抵我一包呀。

贺少俊拉了老刘的手，牵到护栏处，指着海边说，那个房子是我的，住了几十年。

老刘夫妇趴到护栏上，眼珠子都要掉出来，一栋呀，啧啧，你们本地人真好，吃土皮就行。赔了不少吧？

但种菜的地方都没了。

老太太双手一拍，说，买呀，不像咱，儿子儿媳每个月供完房贷，得省吃俭用，一个钱恨不得掰成两半儿用。我们老了，帮不上忙，到处捡点废品，阳台上种点小菜。为住这房子，买个小东西都得三思。儿媳妇却嫌我们丢人……

护栏拐角处，一个蛛网在太阳光下闪闪发光，中央有只小苍蝇，不停挣扎。贺少俊嘴里叼着烟，凝视着。他走近蛛网，右手弹了弹，烟灰抖落，从蛛网上方落下去，有些搁在网上。他用力吸了一口烟，两边的面颊陷进去，成了一个旋涡，能裹住一枚鸡蛋。烟尾燃得通红，贺少俊在蛛网一处烫一下，蛛网一边往中央弹缩去。小苍蝇跟着蛛网晃。

合作吧。贺少俊说。

合作什么？

以后你们种的菜我全要了，付市场价双倍的钱。

贺少俊摸出钱包，数了一沓，递过去，说，两千块，这个月应该够吧？

老刘睁大眼睛，伸出手，停在半空，不敢接。刘老太太几乎抢着接了，眼睛笑成一条缝，说，够，够，够。

贺少俊哈哈笑起来，拿出打火机，点火，把蛛网烧了。说道，有个条件，不要对别人说，别人问，就说我种的。

达成协议，三人拉起家常，聊了一个多小时。贺少俊掐了一把韭菜，割了一盆麦菜，哼着小曲回了家。

一进门，他对胡桂英亮了亮手中的菜，像打了胜仗回来的将军，自得之意爆棚。胡桂英眼睛睁得圆圆的，疑问，你种的菜可以吃了？凑过去，夺了菜，用她几十年蔬菜种植经验迅速做了检验判断，一脸惊异，自言自语说，真的不是大棚菜。说完，把菜搁桌上，从包里掏出求来的符袋，递了一个给贺少俊，说，戴上，每人一个。

贺少俊闻了闻，说，太香，女人的东西。美琪会戴吗？

那么多废话，挂脖子上。美琪的放枕头下。

贺少俊走向卧室，说，我的也放床头。

胡桂英斜了贺少俊一眼，对着背影念了个来回，然后，在沙发上坐了，打开电视，一个熟悉的身影映入眼帘，大声喊，老贺，你出来。

着火了？贺少俊慌着跑了出来。

你看，杨建军。

贺少俊凑到电视机前，看了看，又戴上了老花镜，笑嘻嘻地说，真的是这个衰仔，怎么上电视了？胖成这样了！

他上电视了！啧啧。

美琪要是嫁给他多好，都是你，就看不起外地人。

我就不想美琪走我的原路，世界上没有后悔药。胡桂英眼睛一直盯着电视，又说，真看不出来，他那时交房租都拖。

那时，杨建军在一工厂作保安队长，租了胡桂英的房，每天下班后邀一伙人在店铺外喝小酒，讲笑话。他油嘴滑舌，嘴巴像抹了蜜，见人就夸，人缘极好。不知道用了什么手段，把美琪迷了。两人一起看电影，一起跳舞。胡桂英知道了，像王母娘娘，硬是给杨建军和美琪之间划了一条银河。还逼着杨建军搬走了。

真是人不可貌相，杨建军这小子也能开公司挣大钱。他既没背景，又没资金。看他说的，当时是贷的款。贺少俊感慨地说。

杨建军在电视上说着自己的创业史。不做保安了，他去一家公司做了总务主管，边工边读，上了夜校，拿到本科文凭。2000年，买了房。十年前，他把房子抵押，贷款开了公司，搞服装，刚开始批量生产，在东门搞了个批发档，后来实体经济受网络销售冲击，出现危机。杨建军及时调整，请了一批设计师，原创设计，深圳、广州开有旗舰店，主要走网络销售。这一招跟上了形势，在大片服装公司关门倒闭中，杀出一条血路。

杨建军侃侃而谈，合着电视台的拍，夸深圳是创业者之宝地，英雄不问出路，机遇多，环境好，肯学肯干，都能闯出一片天地。

看完电视，贺少俊把茶杯重重地磕在茶几上，瞟了胡桂英一眼，说，心里流酸水了吧？当时说那么难听的话，说人家是土地庙里的石头，一辈子都翻不了身。这不翻了身？不是你搅和，美琪现在怎么会人不人鬼不鬼的？

胡桂英鼻子里哼了一声，喃喃念道，我估计就是没和美琪结婚刺激了他。算起来，也是我的功劳。

贺少俊张了张嘴，没出声，摇着头起了身。他取下钓鱼竿，抚弄起来。不一会儿，拎上钓鱼行装，钓鱼去了。

晚上，胡桂英做了五个菜，打电话叫贺美琪回来吃饭。

贺美琪回到家，扫了一眼餐桌，说，吃斋呀？拎着包，往楼上走。

胡桂英得意地扬起头，说，这你就不知道了，全是土菜，你爸在楼顶种的，一大片，菜园似的，你得去看看。在外面天天大鱼大肉，在家吃素，中和一下。

贺美琪一边走一边应，老爸总算被你夸了一回。

胡桂英嘴像石头做的，说，谁夸他了？这都是孔雀山菩萨保佑。他在阳台种那么久，吃过几次？胡桂英一边说一边打饭。

话未落音，门开了，贺少俊进了屋，扛着钓鱼竿，提着桶，桶里有五条筷子长的鱼。他换了鞋，把鱼往鱼缸里倒，说，今天这几条好，在干净水域钓的，应该没污染。吃不完，得养起来。

养金鱼缸里吗？成何体统？胡桂英摆筷子，扭头说道。

这时，贺美琪手里晃着香袋，一步一摇地走下楼梯，说道，这个家反正没体统，那些鱼和金鱼养在一起我看也不是什么问题。倒是这个，又是从哪里弄来的？

胡桂英愣在那里，正想着怎么回答，贺美琪就把香袋扔垃圾桶了。胡桂英"哎哟"一声，跑过去，捡出来，叫道，赶快捡起来，逢凶化吉的，五千块钱一个。

这么便宜，肯定没效的。

别乱说话。

胡桂英紧张地制止贺美琪，捧着香袋，跑到阳台上，朝着孔雀山方向，跪了。

贺美琪对着胡桂英的背影，冲贺少俊耸耸肩，摊开双手，吐了一下舌头。贺少俊用食指在贺美琪头上杵了一下，举着三根指头，低声笑着说，三个。

贺美琪回头看着胡桂英，只见她闭着眼睛，嘴里念念有词。一缕阳光打在她额头上，额上的白发反射出彩色的光芒。贺美琪忽然感到自己与母亲活在两个世界，谁也没法干扰谁。她反身，坐在餐桌旁。等胡桂英跪完，贺美琪表现出前所未有的孝顺，要了香袋，挂在脖子上，并询问香袋是如何求来的。

第二天，贺美琪约杨建军来家里。

杨建军像打了鸡血一样兴奋，戴着墨镜，扣着一条路易威登的褐色皮带。他问了楼号，直接把车开到了地下停车场。然后哼着小曲，双手提着三个礼品盒，左顾右盼，向目的地进军。

胡桂英见了杨建军，瞳孔瞪得比猫还大，她拉着他的手臂，像欣赏一件稀世珍宝，一个劲地说，孔雀山的菩萨真的好灵验呀。

杨建军首次受到热情接待，颇不习惯，尴尬地叫了声阿姨。十多年前，胡桂英见了他，脸像绣花绷里夹着的布，拉得紧紧的，看他的目光总是从眼角斜出去的，说话时，声音像从鼻孔哼出来的。两个胡桂英在杨建军脑子里晃来晃去，他分不清哪一个更真实。一瞬间，他怀疑胡桂英是否认错了人，怯怯地补充道，阿姨，我是建军。

我眼力可好着呢，你再胖也认得出来，那天在电视里，好神气哟。胡桂英脸上荡漾着甜蜜的笑，把杨建军堵在门口，这里看看，那里摸摸，像研究牲口似的。

叫建军进来坐呀。贺少俊在后面扯了扯胡桂英的衣服。胡桂英一边退着步子一边把杨建军往沙发上引，还没忘及时接了杨建军手上的礼品袋，笑着说，来就来，带什么东西？燕窝呀，还有高丽参呢！

多年前，杨建军提着水果被扔门外的情景在他脑子里盘旋了一下，他看了看胡桂英亲切的眼神，挺了挺胸，声音洪亮了，说，燕窝是马来西亚的朋友带回的，人参是韩国正官庄的，十年生，孝敬您老人家。

好东西，好东西。这下楼下阿婆不敢在我面前夸海口了，她女婿带的人参燕窝，都是些什么呀？

话里，好像胡桂英天天在研究人参燕窝，压根儿不是吃米饭的。胡桂英将人参燕窝搁餐桌上，又翻看最后一个礼品袋，上面全是英文，不认识，她声音低下去，这个是什么呀？

雪茄，孝敬叔叔的。

胡桂英听了，扫了贺少俊一眼，说，你的英文烟。贺少俊赶紧接了雪茄礼盒，里面是两盒十支装的雪茄。他脸上堆满笑，自言自语，上次美琪给我买了一盒，三支装，一支好几百。

下次买中南海就行了，这么贵，他会拿去小店换掉的。胡桂英一边说，一边把高丽参和燕窝放进冰箱。回过头，吩咐贺少俊烧水泡茶。

杨建军坐下，打量屋子。屋子空间虽大，装修也豪华，但室内摆设不伦不类，电视机左侧的墙壁上，挂着一幅小油画，油画只露出四个角，中间部分被斗笠盖住了。下方摆着一株发财树，树上吊着一树的红包。杨建军顺着楼梯往楼上望去，只见贺美琪穿了一套 adidas 的黑白运动套装，扎着个马尾，背着一个 Gucci 的背包，一步一摇地下楼来。

复式结构呢，好豪华。杨建军跷起大拇指，赞道。

有三套呢，那两套也不错。胡桂英一边说一边从冰箱摸出一堆水果，进了厨房。

阿姨什么时候有空，到我公司看看，你们是我成长的见证人。

好，建军有出息了，去看看。胡桂英端上果盘，又把几根牙签插在切好的水果上，举起一瓣橘子，递给杨建军，笑着说，食柑。

杨建军吃着水果，喝着茶，眼睛落在美琪身上，天南地北地聊着。

我家美琪没福气呀，你看建军现在都大老板了。要是——贺少俊话没说完就被胡桂英右手碰了一下，他端着公道杯的茶水溅了出来。

要多来我家，你跟美琪是几十年的朋友了，要多来往。

妈，你瞎说什么？我们出去了。贺美琪说着，站起来，拿起公道杯里的茶往保温杯里倒，然后伸手拽住杨建军。

杨建军站了起来，说，我们去孔雀山。

俩老人起身恭送，像送贵客似的。

出了门，进到电梯，贺美琪耸耸肩说，最烦我妈了。

杨建军嘿嘿笑着，还不是为你好？你也是，不多让我坐会儿，我还想去你住的房间看看呢。

想去我房间？提点燕窝，买盒雪茄就行呀？

那你想要啥？

结婚呀。反正今年我要把自己嫁出去，实在不行，就李印了。

给我点时间。她同意了。只是，要一套房子，还得给她一千万。

一千万？

一千万拿出来，公司周转就困难了。广州新开了家旗舰店，资金都压在固定资产上了。杨建军一副发愁的样子。

一阵沉默。好一会儿，贺美琪挽住杨建军的手说，不怕，一起想想办法，办法总比困难多。

谢谢你，美琪。我尽快离。

孔雀山之行，贺美琪和杨建军各有目的。贺美琪为了找骗子，杨建军重温过去美好时光。当然，两者并不矛盾，贺美琪陪杨建军好好游了一遭，杨建军也帮贺美琪抓到了骗子。

和尚和那个中年妇女见杨建军跟着贺美琪，免费给他俩解了签。贺美琪没遇上母亲遭遇的情形，不泄气，暗地里跟踪。她看着两人成功地骗取了一个妇女五千元。贺美琪录了视频，扬言要报警。和尚软了壳，不停求饶，并答应退款一万五。贺美琪周旋的过程，杨建军没报警，却爆了料，电视台记者赶来，直接把这事曝了光。

晚上，胡桂英正要出门跳广场舞，贺少俊把她扯住，指着电视，看，美琪上电视了。胡桂英看完了，傻了眼，瘫坐在沙发里，像堆泥。贺少俊劝慰她，说钱退给美琪了。

胡桂英冲贺少俊咆哮，我说钱了吗？

胡桂英说着，将脖子上挂的香袋扯下来，找来剪刀，咔嚓几下剪碎，一把扔垃圾桶。又冲到贺少俊房里，把他枕头下的也一起剪了。

剪完，胡桂英像具僵尸，木然地坐在沙发上，一声不吭。

贺少俊给美琪打了电话。半个小时后，贺美琪回了，一身酒气。

胡桂英见了，身体里埋着的炸弹瞬间引爆。她腾地站起来，指着贺美琪，说，看看你，还像个女孩子吗？成天花天酒地，不正儿八经谈恋爱结婚，叫我们怎么指望你？你管不好自己就算了，为什么要管我的事？你跑孔雀山去干什么？去了就去了，为什么还找和尚要钱，你拿到钱了就算了，为什么还找电视台去采访？你这么闹，我以后上哪里祭拜去？

胡桂英像放连珠炮，贺美琪听得一愣一愣的，她没见母亲发过这么大的火，以前，只有她发火父母受着的份儿。贺美琪轻轻地在沙发上坐了，倒一杯水喝了，怯怯地说，电视台的人不是我叫的，我只想要回你被骗去的钱。是建军叫的。

鬼才信，你们所有的人都是成心和我作对。刘敏，不就是个社区主任吗？神气什么？那地又不是她的，偏不让我盖。现在孔雀山又这样，你们叫我去哪里祭拜？

改天我带你去大华兴寺，很大的庙。

从此，胡桂英忙着拜庙，大华兴寺、弘法寺、弘源寺、龙兴寺、万佛禅寺、大鹏东山寺都去过了，深圳大大小小的庙，只要听说了就找过去拜。她买了一张大的绘画纸，每拜一处，就画一座庙。一段时间后，就绘成了一幅深圳庙址图。贺少俊忙着钓鱼、种菜。贺美琪忙着约会。人人跟上下班似的，家里成了宾馆，做饭也少了，只有晚上才有点人气。

这天，胡桂英一大清早去重华寺了，贺少俊说去惠州钓两天鱼，贺美琪应了他们，又跑回床上睡了个回笼觉。直到中午，饿醒，贺美琪拿起手机，十几个未接电话，其中五个是杨建军打的。她回拨过去。

杨建军约她打高尔夫球，说正在她家附近吃饭。贺美琪叫他打个包来接她。

不一会儿，门铃响了，贺美琪撕下脸上的面膜，轻拍脸部，趿拉着拖鞋，开了门。

杨建军双手提得满满的。贺美琪接了，把礼品袋搁餐桌上，拎着饭菜，说，今天礼物白买了，一个都没在家。

红酒茶叶，现成的，随便提了，怕不让进门。

你现在出息了，空手来也没人赶你。

吃完饭，贺美琪上楼化妆。杨建军跟上去，走进卧室，环视一周，在床边坐了。说，闺房越来越气派呀。边说边拉贺美琪在身边坐下，直直地盯着她，体内燃起一团火，把他燃成了一匹狼。狼眼红了，但没吃到羊。贺美琪不是羊，她挣脱杨建军的怀抱，半嗔半媚地说，不结婚，没门。杨建军纳了闷，说，前些日子都让，现在怎么啦？贺美琪妩媚一笑，前些日子是前些日子，以后你不跟我结婚就不让。你已婚人士，我未婚，不对等。

杨建军泄了气，顺手抱着床头的宠物狗抱枕，眼睛一层雾，说，你妈那时要是同意我们就好了，都会过得挺好的。你看，现在再走到一起，困难重重。

又怎么啦？

闹着呢。

我可告诉你，杨建军，我四十岁了，等不起。

主要是钱的问题。

贺美琪没接话，这两天，她思前想后，不敢把钱轻易打给杨建军，她想结了婚再打。吃了几十年饭，除了长年龄，近年也长了心眼。

杨建军低了头，不说话。他扔了抱枕，拿起床头柜上的相册，打开来，第一张正是他十多年前的照片，他心里淌过一股暖流，没想到贺美琪还把他放在床头天天怀想呢，他含情地看着贺美琪，说，美琪，我一定不负你。正要往下翻，贺美琪一把将相册夺了过去。

杨建军诧异地望着她，给看一下嘛。说着，伸手去抢。贺美琪站起来，把相册藏在身后。杨建军嘻嘻笑着，站起来，说，你抢不过我的。贺美琪一边后退一边说，这个你别看。看下嘛，杨建军像老鹰一样扑过去，贺美琪一闪，没躲过，相册被扯得掉在地上，正开着，上面，两个俊美的男子一左一右。

叫你不看，非得看。贺美琪迅速捡起相册，藏背后，靠床一屁股坐了。

杨建军微微叹了一口气，朝贺美琪笑了笑，反正看到了，给我吧，否则我不安。贺美琪不出声，将相册扔床上。杨建军打开相册，一页页翻，里面全是男生，整整一本，有些，下面还有纸条注解，姓名，爱好等信息，最后一页是那个李印，上面备注着 1992 生，香港人。小册子仿佛是一本男人这个物种的百科全书。杨建军心里五味杂陈，他压抑住自己的情绪，装着轻松的样子，说，恋爱史嘛，有什么？

也算不上恋爱史，那些，好多只见过一面。你知道，我现在目标明确，就是想结婚。

杨建军点点头，燃起了一支烟。一边抽一边说，去趟洗手间。

杨建军在洗手间抽了三支烟，他回想起与贺美琪过去相处的一些场景，得出结论，贺美琪爱着他，谁也看不上，一直在等他。这么想着，那些相册里的男人仿佛全被他打败了。

杨建军从厕所出来，贺美琪化好了妆，换上了运动服。

带你去我公司。

不去打球了？

先去公司，打球再说。

杨建军的公司在松岗，注册时在新安，紧靠南头关。这些年，房价一路飙升，他的公司就一路西迁，从新安到福永，又从福永到松岗。他经常说，再迁就迁出深圳，滚回老家了。

车子驶进公司，保安狠狠地敬了个礼，把贺美琪敬得飘飘的。

下了车，杨建军领着她进了展厅，展厅正面，一张海报，两米来宽，正是杨建军上次做节目的情景。旁边一张很大的台，上面有电视机，播放着杨建军做节目的内容。展厅两侧是公司发展简史，图文并茂。展厅中间是两排模特，展示着各类时装。

杨建军一边介绍一边把贺美琪往里引，穿过展厅，是两排并列的小单间，每间里面有位设计师，全是男生，披长发的、扎马尾、编辫子的，个个像艺术家。

怎么全是男生？贺美琪问道。

加班方便。杨建军笑了笑说。

单间过后就有联合办公室，里面有十几张办公桌，男男女女，各自在忙。

杨建军按电梯上了二楼，转弯，一间豪华的办公室出现了，门上写着：总裁室。杨建军按指纹进了门，一张二米长的红木办公台霸气地横在屋子一侧，后面整面墙是书柜。办公台前方是缅花茶桌，五把别致的小椅子围摆着。

杨建军给贺美琪拿了瓶芒果汁，拉开窗帘，指着对面的房子说，那边是生产车间。贺美琪顺着看过去，对面是一排排的女工在工作，穿着统一的天蓝色工作服。

杨建军领着贺美琪，像陪同客户参观一样，把几栋楼逛了一个遍。自走进公司的门，杨建军在贺美琪眼里、心里不断地膨胀放大，大到贺美琪恨不得立马把他占为己有。但一想到一千万拨出去，还是得谨慎。

三月三庙会是前海旧村村民聚会的日子，大家从四面八方赶来，吃大盆菜，比过年还热闹。如今，前海旧村被高楼大厦覆盖，也只有这庙会才找得到它的存在。庙会期间，附近的旅馆酒店房号告急。旧村的村民携家带口，回到这里，住上几天。老人带着儿孙，徘徊在大街小巷，举着老照片，把沉下的岁月抖出来，新旧日子混在一起。

胡桂英对庙会从不上心，庙会捐款她总是吊队尾，成了惯例。聚餐时，家里来个代表，把捐款吃回就行，也不占别人的便宜。十多年前，贺少俊偶尔来代表一下，后来也不肯来了。贺美琪从不感冒。庙会的事，成了胡桂英的专利。每当三月三，别人拖家带口，只有她单枪匹马，悄悄出现。

古庙前，人山人海。胡桂英戴着斗笠，和往常一样，坐在石狮子旁。斗笠盖住了脸，不低下身子俯着看，根本认不出她。

捐款榜前，人们议论纷纷。

胡桂英居然捐了两百万，第一名。人群里有个男人声音惊叫道。

以前她总是不肯捐，要捐也是几百块钱。这个榜没搞错吧？一个女人的声音响起。

胡桂英呢，来了吗？有人问。

没看到。她年年都是开吃了才在哪个角落出现。

人群里出现一个六十岁左右的老人，穿着一身蓝色印花绸质长袍。老村长来了。有人叫道。大家自动闪开一条路。老村长拨开人群，伸长脖子盯着捐款榜。这个榜，他统领了几十年。每年，他捐一百万元，成了惯例。如今，他名字前横了个胡桂英，脸色不由得暗下来，他在人群里张望，说，刘敏怎么不告诉我？

现在添钱来得及，保第一，给我们加一个月戏。有人鼓动。

老村长取下奇楠手串，搓着转圈。中指上黄金镶嵌一颗硕大的绿宝石，闪闪发光。他吩咐众人找刘敏。刘敏从庙里钻出来。老村长拿出一张银行卡，说，再刷三百万。

三百万！老村长话刚落音，他身边的人一齐惊叫。往年，一百万也遥遥领先，一般人捐几百几千，多的也就几万。

确定？刘敏举起三根指头，睁大眼睛，愣在那儿。

老村长点头，大声说，对，三百万。

不能加。胡桂英从石狮子旁边站起，取下斗笠。众人把目光刷过去。胡桂英走过来，指着张贴榜，说，榜都放了，怎么还加？高考放榜了还能再考试吗？

老村长脸部肌肉抽动几下，从手提包里拿出一包烟，取出一支，点了。人群里一阵喧哗，有人窃窃私语，又没人家有钱，出什么风头？

有人小声规劝胡桂英，别傻了，争这个干啥？

众人望着老村长，个个一副看热闹的兴奋样子。庙门前的石狮子，静静地卧着，太阳从街对面的屋顶削下来，把狮子削成一明一暗两半。

刘敏赶紧出来打圆场，这又不是高考，加是能加的。再说，主持庙会，还是老村长有经验。

胡桂英昂起头，说，没什么难的。

人群里又沸腾了，分成两派，有人看热闹，起哄支持胡桂英，还喊起了口号，胡桂英，当主持。有人息事，规劝胡桂英，但声音被喊声盖住了。最后，老村长闪到了人群外，夹着烟，一根接一根地猛吸。

胡桂英取下斗笠，走上戏台。台下花花绿绿全是人。胡桂英全身冒汗了，站了几分钟，没说出一句话。

台下人群骚动，有人叫道，可以开始了。

胡桂英憋红了脸，大手一挥，说，一切照旧，庙会开始。

哗的一声，人群里爆发出一阵笑声。刘敏赶紧跑上台，附在胡桂英耳边，劝她下台，让老村长上。胡桂英拂开刘敏，仿佛体内山洪暴发，大声说，我有碗话碗，有碟话碟，今年的庙会，有一项重大的决定，就是——在品质前海城大门口盖座土地庙。

台下又哗的一声笑，人群像煮开了。两面派分头忙。一帮人哄笑着喊，盖土地庙，盖土地庙。另一帮人叽叽喳喳，像洒水机灭火，叫起哄的人别闹。

刘敏把胡桂英往台下拖，胡桂英一把将她推倒，冲她嚷道，我花了二百万，凭什么你们不听我的？

看到刘敏被推倒，有人上去帮忙拖胡桂英下台。胡桂英一屁股坐在台上，放出狠话，看谁今天敢把我弄下台，我跟他拼了。

没有人敢动胡桂英。

好一会儿，刘敏拉着贺美琪从人群里钻上台。

贺美琪像一阵风似的，旋转到胡桂英身边，拖住她的手，低声说，丢人丢到家了，走。

胡桂英像火烧了似的，甩开贺美琪，莫管，手指拗出唔拗入。然后叉着腰站在台上，说，要么盖土地庙，要么二百万退回我。

土地庙自然盖不了，一番周旋，刘敏答应退钱给胡桂英。

胡桂英回到家后，像痴了傻了似的，跟她说话不搭理。拜遍大大小小的庙，没有效果。有人指点说，信奉土地庙要专一，什么都信，什么都会不灵。胡桂英觉得有理，于是想到妙招，在三月三庙会上下功夫，希望重修土地庙，不承想，落了个一场闹剧的下场。愿没遂，胡桂英郁郁寡欢，憋了一肚子苦闷出不来。她身体里，装着一座土地庙，落不了地。

过了些日子，胡桂英像换了一个人，每天忙完家务，就往床上躺。广场舞没跳了，很少下楼。她说病了，脑袋灌了铅似的，浑身无力，什么都不想做，提不起精神，晚上总是做梦，经常梦到土地公公。贺美琪把她拉到医院做了检查，没毛病。后来，胡桂英再叫不舒服，没人回应。贺少俊忙着侍弄他的菜，贺美琪照常去保养、约会。

这天，贺美琪在美容院做保养。贺美琪的身体在 13 号那双小手的按、压、推、拿过程中完全放松、打开，做完经络疏通，又做腹部卵巢艾灸，暖烘烘的热气直逼腹内，不一会儿就烫得她难以忍受。贺美琪叫 13 号把艾棍提高一点。13 号挪了挪，说，忍着点，太高没效果的，你那个朋友杨建军每个月都来，可能忍了。我们都服。13 号说着，憨笑起来。

每个月来，我们怎么上次才遇上？贺美琪嘀咕着。

他每次来叫 22 号，22 号在 B 馆。那天 22 号请假，我刚好得闲，才叫了我。

难怪。

他说他来这里不是因为我们服务好，而是因为这里曾经是一片香蕉林。你说怪不怪？

贺美琪心里咯噔了一下，香蕉林，怎么能忘记？那是二十多年前她和杨建军初吻的地方，后来他还在这里把贺美琪从一个女孩变成了女人。他一直念念不忘，可见他心里一直有着她。

贺美琪心潮翻滚，拿起手机给杨建军发了条微信，账号给我，我转给你一千万。

电话响了，是杨建军，他不停地说爱她。

贺美琪对着电话啵了一下，说，不过，有言在先，资金注入我要入股。

电话那头沉默了一下，马上笑声响起，我人都是你的。

贺美琪用耳机煲着电话粥。13号笑嘻嘻的，她旁听着电话，大概明白了什么。

贺美琪聊得欢，一个电话打进来，贺美琪拿起手机，一看，是个陌生号码，她不理会，继续和杨建军聊天。不料，来电很固执，一个接一个。贺美琪只得接了，对方是个男的，问她是不是贺少俊的女儿，说他父亲要跳楼。贺美琪从床上弹坐起来。原来，是管理处李主任来的电话。

贺美琪起身更衣，这几年，她倒成了家长，父母像调皮的孩子，总给她找事。她给父亲打电话，不接，她火速往回赶。一路闯红灯，十来分钟回到小区。跑到楼顶，傻眼了，贺少俊倚在楼顶的围栏边，一副要往下跳的样子。十几个保安围着。地上，一片狼藉，长长的红薯地已被刨了一半，那些种着菜的盆盆罐罐搬到了一个大推车上，有些碎了一地。罐子里的韭菜绿油油的，西红柿歪着身子，诱人地垂挂着。

贺美琪大叫一声爸，别做傻事。

正要跑过去，贺少俊伸掌制止，别过来。谁要不同意，我就跳下去。

同意什么？我都答应你。

你同意没用。贺少俊一只脚搭在栏杆上。

是管理处，不让他在这种菜。这时人群里钻出两位老人，正是那湖北老两口。

管理处李主任听了，一脸苦楚，对贺美琪说，楼顶种菜不符合规矩，有业主投诉了。

贺美琪明白原委，把李主任拉到一边说，你们先答应他。

不能，坏了规矩，以后凡有个什么事都往楼顶跑，电动车乱摆放乱充电那些，我们怎么管理？

假装答应。

不能假装。假装答应了，不兑现，就是我们的错，真出了事，谁负责？

还想等真出事？你们总不能看着他跳的。

他不会跳，我们叫你来，劝劝他，把他带回去。

万一跳了呢？贺美琪突然发火。

答不答应，我真跳了。贺少俊整个人都坐到了栏杆上，双脚搭在栏杆两侧，一不小心就可能坠楼。人群里有人尖叫。看热闹的人越来越多。这时，第一现场的人扛着摄影机上来了，现场一片混乱，大家都劝李主任赶紧答应了，闹出人命不是玩的。贺美琪带着哭腔喊，爸，别干傻事。

李主任抹了一把额上的汗，望了一眼摄像头，对贺少俊招手，我们答应你，赶紧下来，赶紧。

贺少俊纹丝不动，说，你对着电视台说，留个证据。

李主任对着摄影机重复一次。

贺少俊跳下来，几个保安上前一把将他扶住，害怕他再往上面爬。记者把镜头对着贺少俊，问，您为什么要跳楼？

他们糟蹋老百姓的农作物。

记者把镜头对着地面，来了几个特写镜头，然后又对着贺少俊，说，这就是您的农作物呀？您不知道楼顶是属于公共场所，不能种菜的吗？

我种的不是菜，是寂寞。贺少俊的话刚落音，人群里哄笑起来。

请您好好说话，我们在录节目。您以这种极端的方式扰乱公共秩序，是非法的，知道不？

我听出来了，你在帮他们，你们是一伙的。

记者笑了笑，说，我没有帮谁，我在了解事情的真相。请问您为什么要在楼顶种菜？

没菜吃。

市场那么多。

土地公公不吃，打了激素，喷了保鲜剂。贺少俊说完，人群里又一阵哄笑，贺美琪脸憋得通红，插不上话。

记者紧跟着问，怎么扯上土地公公了？

那你还得采访我老伴。

这时，贺美琪往摄像头前一站，把贺少俊挡在后面，说，不好意思，我是他女儿，老人家老了，太闲，想着种点菜，不承想天台不能种，我们搬了，搬了。不拍了。贺美琪用手挡住镜头。拖着贺少俊，往楼梯口去。

记者把镜头对着李主任，郑重地采访了一遭。又采访了几个看热闹的人，问对在楼顶种菜怎么看。回答无非两种，一种支持，充分利用空间，绿化环境；另一种表示反对，公共区域无法确定归属，存在安全隐患。

湖北老刘两口子正忙着抢收盆菜，回过头，对着反对的人说，走路也存在安全隐患呢，干吗还要出门？

眼看要吵起来，李主任赶紧出来劝阻，又吩咐保安清理现场，把记者请到管理处去了。

贺少俊回到家，像个斗败的公鸡，耷拉着脑袋，坐在沙发上，连续抽着烟。做饭时间了，胡桂英还躺在床上没动。贺美琪站在胡桂英房间门口，说，妈，你怎么就知道睡？爸都差点跳楼了。

胡桂英翻身坐起，干吗跳楼？

管理处不让他种菜。

胡桂英哦了一声，我怎么没想到这一招呢？

没有人对贺少俊嘘寒问暖，好像知道他自杀是玩玩的。胡桂英来到客厅，见烟雾浓天，嚷嚷道，少抽几根会死人？要抽去阳台抽去。

贺少俊将烟头狠狠按在烟灰缸里，你们都想我死！都不帮我，我看我们也不必住在一个屋檐下，不是每人一套房吗？最差的那套给我，我要种菜。

屋子里种菜？这大阳台不够你闹，还得一整套房？贺美琪瞪大眼睛，一副地球人看外星人的神情。

阳台一巴掌大，怎么施展拳脚？

房子出租每月八千，种菜能种出八千来？

贺少俊不吭声，站起来，去到书房取了二胡，戴上斗笠，默默地出了门。

他来到小区后门的广场公园，在石凳子上坐了。广场不大，有六七十平方米，一排高大的榕树撑出一片阴凉。树下，有几个老年妇女正在切磋舞艺。贺少俊取下斗笠，闭上眼，拉起二胡，拉着拉着，摇头晃脑。二胡声像细长的水藤，钻进路人的心里，忧伤的调子伸出无数触角，扯住路人的心，扯得人心里一颤一颤的。渐渐地，有人驻足倾听，不一会儿，围了七八个人。有人朝斗笠里扔钱，一块两块，五块十块，还有人扔硬币。硬币没扔中斗笠，跌在地上，发出声响。贺少俊睁开眼，见状，二胡声戛然而止，他将身边的斗笠用力一掀，对着路人吼道，我像乞丐吗？我住在这个楼里。他指着品质前海城的楼宇。

有人说，还以为是个流浪艺人。

住那么好的豪宅，干吗在这里拉？

不在这里拉，我去哪里拉？

贺少俊流泪了。

贺美琪把钱打给了杨建军，入股的事却迟迟未落地，杨建军总说忙。这天，贺美琪开车到他公司，想逮着他把这事给办了。

杨建军不在，女秘书接待了她，安排在接待室坐。不到几分钟，杨建军来电话，说马上赶回来。

女秘书陪着贺美琪聊天，介绍公司情况，说得很流利，听得出，完全是做了功课的。贺美琪低头刷微信，这时，一个女职工在门口，问，杨总还没回吗，我明天都要走了，啥时结工资？再怎么拖欠也不能拖我的呀，家里等着交住院费呢。

女秘书慌忙站起来，拉着女职工的手到隔壁去了。

贺美琪纳闷，站起来，走出接待室。她沿着走道往前面走，联合办公室里议论纷纷，听得人说：

这个月该会准时发工资吧，听说进了一千万资金。

你从哪里来的消息？进了也应该还布料厂了吧。

你说杨总也是，明明资金都周全不来，还花钱去上电视。

这个你就不知道了，这也是救命的一招。

咱们得做好两手准备呀，万一那个啥，措手不及。

……

贺美琪正吃惊，女秘书赶来，贺小姐，您怎么出来了？杨总一会儿就到了。

贺美琪拨通杨建军电话，你发不出工资了？

杨建军哑了一下，哪里的事？公司改革，学华为，股份到人，鼓励大家买股。话未落音，人出现了。

美琪，你怎么来了？也不知会一声，让你等多不好。说着领着她上楼。

杨建军拿出陈年普洱，泡起茶。贺美琪问女职工怎么回事，他说她是急辞工，他忙，还没签字。说着打电话叫来财务，吩咐立马结清。贺美琪问及公司的事，他总是打哈哈，然后，两人在入股和结婚的事上交了火，贺美琪要先入股再结婚，杨建军坚持先结婚再入股。

入股不是很容易的事情？马上都可以办。结婚是大事，我要办得轰轰烈烈。贺美琪说。

结婚了，说不定你愿意入更大的股。公司正在改革，我要让员工都有股份。再说，我和她谈好了，这个周末就离。

那可以着手准备婚事了？我要在西湾公园举行婚礼，请西乡乐谷的手风琴队来一场大型演出。

得多少钱？

不多，就两三百万吧。我们把钱用在周游世界上，旅游结婚。我回去规划一下路线。

我们先领证，然后忙完公司分股的事再操办那些，反正，我们以后有大把时间。

贺美琪激动起来，杨建军，你到底想干什么？

尽快，尽快，杨建军做了暂停手势。然后他陪着畅想了一下世界旅游城市。畅想并不愉快，杨建军的电话接个不停，不断有人找他签字。

回家路上，贺美琪总感觉有什么不对，仔细琢磨，那些员工的话让人不安，还有，她没想到杨建军不同意马上入股。贺美琪打李印电话，问他手上有没有探子之类的资源。李印得意地说她找对了人。

李印找人查了杨建军公司的底。第三天，有了答案。原来，杨建军公司资金上有了大窟窿，面临破产，家里的几套房子都抵押给银行了。

得知消息，贺美琪像扎了麻醉针，思维停了，脑海里一片空白。

贺美琪在家休养了一段时间，一日两餐，足不出户。胡桂英长吁短叹，埋怨自己造了孽。倒是贺少俊，又找了一处种菜的地方，在小区花园的一个角落的花坛，那里比较阴暗，阳光照不到，园艺工试种了好些品种的花，都没成活，索性拔了花，荒着。贺少俊看了那些土，全是黄土，没营养。他把土刨了，又找了些黑土来，撒了肥，浇上水，把湖北老人的盆菜移栽过来，红薯藤、空心菜、葱。贺少俊天天守在那儿，像守摇篮里的孩子。但没过多久，出了事。贺少俊回家吃饭的工夫，几个孩子扯菜往家带，争着争着，打起来了。家长投诉到管理处，管理处扯了菜，还找人把花坛废了，夷为平地。

贺少俊种不成菜了，成天垂头丧气。一家三口全军覆没。

不久，胡桂英又忙碌起来。她买了宝安最好建筑市场的材料，请了本地民间最好的建筑师，在家里敲敲打打。问她干什么，只得一句，到时你们就知道了。

贺美琪受不了家里叮当响，约了几个朋友旅游去了。

旅游中，贺美琪的微信收到一张李印的照片，杨建军发的，照片上，李印正搂着一个金发女子，在亲昵。还有一条文字信息：试婚王子。贺美琪瞪着手机，半晌，笑了。她默默地把李印的头像调出来，删了。对自己说，下一个 Mr.Right 会更合适的。

胡桂英请人在家，原来是盖土地庙。她找出土地庙的旧照片，交给建筑师，让他按照上面的造型打造，但不能盖那么大，胡桂英比画着，说，比门窄一点。还请人写了一副对联：佑斯地物阜民康，保此方风调雨顺。横批：前海土地。

贺少俊看了，笑起来，还风调雨顺呢？都没得田种了，换成种玉原因土德厚，生金本为地恩深。胡桂英摆摆手，说，按原来的，不会错。

风调雨顺的对联，触发了贺少俊的回忆，他只身来到自家房子旧址，坐在废墟上，眺望着海。海上波光粼粼，几只船漂着，一群海鸥向远处飞翔。左边几公里处，一幢房子正拔地而起，那是开发商第一期工程。贺少俊想，一年半载后，自己坐的位置就是一幢高楼大厦，一切过往，都将被埋葬。贺少俊随手扯着身边的草，扯着扯着，脑子里冒出一个想法。

贺少俊邀了老刘，两人抬了一张犁，搁到废墟处，说要种田。

看守的保安见了，过来阻止。贺少俊塞了一沓钱，说了一箩筐好话，表示房子要是盖过来了立马收工。

保安拿了好处，说话软和了，说到时庄稼没收就得停，没人赔偿损失。

贺少俊保证，自己负责，绝对不给他添麻烦。还承诺倘若老板因此炒了他鱿鱼，他愿意赔他半年工资。

不在乎钱，事情好办。保安不再阻拦。

贺少俊和老刘把废墟上的荒草拔了，又从自然形成的水塘里引来了水，倒进地里。那块地像个无底洞，水倒下去，就不见了。两人慎重商量一番。叫来一台挖机和一台抽水机，半天工夫，挖机就挖出了一块稻田的形状。下午，抽水机抽来水，灌在地中央，一块水田有模有样了。

贺少俊和老刘坐在田边，挂在脖子的毛巾拧得出水来。旁边的犁在太阳下闪着黑黝黝的光，犁铧已经锈住了，变成黄褐色。

休息了一会儿，贺少俊站起来，脱了鞋子，挽起裤脚，说，老刘，咱们试试这犁，好多年没用，不知还好使不？

没牛呀。老刘愣在那里。

贺少俊指了指自己，笑说，一头老牛。

老刘兴奋了，脱鞋站起，说，那我要找根过硬的鞭子。

两人说笑着，嘻嘻哈哈地下了田。还你一句我一句唱起了老歌：

清早船儿去呀去撒网
晚上回来鱼满舱啊

四处野鸭和菱藕

秋收满帆稻谷香

……

傍晚的阳光洒在大地，大海，犁人，如油画般。

贺美琪旅游没回来，胡桂英的土地庙就盖好了，盖在一个特制的小推拉车上，金碧辉煌，像一座小小的宫殿。

这天，胡桂推着推拉车，按了一下启动开关，轮子滚动了。她推着土地庙，出了门，进了电梯。电梯里有好几个人，惊奇地打量着。胡桂英按捺不住内心的喜悦，见人就点头微笑。有人发问，也不做答，只嘿嘿笑。

出了电梯，土地庙立即吸引人围观，胡桂英推着土地庙，昂头挺胸，像个骄傲的公主。小孩子紧跟其后，喊着"土地庙，土地公公"。

胡桂英在品质前海城大门口停下来，她弯下腰，从土地庙里请出一尊土地神，摆在土地庙前。大门口人来人往，一会儿就把土地庙围得水泄不通。胡桂英从推拉车一侧的小架子上取下供果盘，里面有两个苹果、两个梨、两根香蕉、两块饼干，她将盘子放在土地公公面前，虔诚地跪下来，取了香烛，点燃，插在烛炉里。然后，默默地闭上眼睛，双掌合十，嘴里念念有词。

彼岸花

姥姥坐在院子里，盯着院门。门外，一米来宽的路，扭着身子，静卧在竹山和田野间，爬向远方。

姥姥说，今天有客人来。每天，她都这么等在门口。如同雕塑。

院门掉了漆，有几处朽了，一推一拉，吱呀一声，仿佛要把姥姥过去的岁月唤醒。院门外，两边是红色龙爪花，姥姥种的，蓬勃的两排，一圈张扬的龙须，围着滴血的红色花瓣。花瓣向外自然卷曲，妩媚，霸气。每株开着五六朵，十来株，一字排开，火热的一片。院子是石头砌的，石缝里绿苔镶嵌。院内墙脚下，一边种着丝瓜，一边是南瓜。瓜藤爬满院墙，这两种蔬菜，接近生命的尾声，几条干丝瓜吊在藤上，院墙上搁着一个金灿灿的南瓜。姥姥说，留种的。

姥姥坐在竹椅上，对面，还摆着一张空竹椅。竹椅四只脚开始斑驳，那些斑点，像传染了姥姥。她身上也有很多。她九十三岁。岁月把她高高的个子折成一张弓。蓝色碎花棉汗衫、黑色的吊脚裤、细细的脚杆，如同衣衫晾在树枝上。风吹过，微微摆动，仿佛水面荡起涟漪，姥姥的倒影一晃一晃。泛白的青布鞋，后跟的底快磨破了，走路时，很轻盈，一飘一飘，如在飞。

一只喜鹊飞到院墙上，叫个不停。姥姥咧开嘴，露出残缺的牙根，我说了，会有客人来。她的客人是儿女。姥姥生了七个儿女，每天，等着他们来看她。周一到周末，排得满满的。今天周一，是大儿子来。

三只小黑狗围着姥姥，转来转去，舔着她的手和脚，讨吃的。我一天没给东西吃了。我自己都吃不饱。母狗没奶，肚皮下吊着两排空袋子。小狗们很瘦，比姥姥还瘦，眼睛凸出来，圆圆的。好多次，我要将它们扔马路上去，姥姥说，长大可以煮汤，能吃三次。

大黄猫两三下爬上院墙，蹲在上面，对着姥姥，喵喵叫。它毛发发亮，圆滚滚的。它可没少吃，经常跳上厨房台面，把剩饭剩菜吃个精光。

姥姥叫我去煮饺子。饺子是爷爷买的，姥姥给他一百元钱，他带回两包饺子两包汤圆。背着爷爷，姥姥念叨说，一百元可各买五包。爷爷不是姥姥的儿子，奶奶才是她亲生的。两年前，奶奶得糖尿病死了。姥姥嫁过四次，第四次嫁人时，带着奶奶一起过来，母女俩嫁给父子俩，刚好两对。姥姥的声音像男人，她的四个丈夫都死了，有人说她克夫。但奶奶曾说，姥姥的第四个丈夫是病死的，活了七十六岁，那时我还没出生。后来，又有人说奶奶也是姥姥克死的，说姥姥命真硬，她要是死了，奶奶就不会死。一转眼，姥姥在这村子过了大半辈子。前些年，奶奶生病，我爸盖房子，姥姥毕生的积蓄吐在大盘子里。她做梦也没想到，爷爷不管她了。爷爷接的姥爷的班，在镇上煤矿做事。早年，爷爷右手大拇指弄没了，高高兴兴地办了残疾证，提前退了休，每月领四千多元工资。后来，在镇上找了份工作。本来，日子过得顺溜，谁知两年前，爷爷有了新相好。新相好瞧不起这房子，不愿搬过来，也嫌姥姥是个负担，说，亲生儿女都不管，你管什么？爷爷就很少回来了。

其实，除了院落，房子是新盖的。扶贫下来的钱，爸爸还借了几万。四个房间一字排开，像宾馆：姥姥一间、爷爷一间、爸爸一间、我一间。要是房子早盖几年，妈妈就不会跑了。妈妈是四川人，深圳打工时认识了爸爸，生了我。六年前，我五岁，爸爸带我们回来，妈妈看到三间泥土屋，傻了。睡觉的地方都没有，临时打地铺。那些天，妈妈像换了一个人，老对着天空发呆，眼睛红红的。住了几个月后，有一天，妈妈到镇上给我买了很多衣服，抱着我哭。然后，就消失了。

水开了，打着滚。我心里也打着滚。大黄猫跳上灶台，对我叫。我抡起锅铲，它转身跑了。半袋饺子下锅，抚平了水，不一会儿，贴着锅底的饺子像醉汉，一鼓一鼓，飘起来。我夹起一个饺子，放进嘴里，嚼两下，全部吞下，从嘴里一直烫到肚子里。我又夹起一个，狠狠吹了吹，这才小口小口地吃。然后，我舀起一碗饺子，往院子里走。姥姥正痴凝着，见了我，醒过神儿，边接碗边说，萍儿，记得，水果刀、菜刀搁饭桌上，等会给你大舅爷，遇上日本鬼子用得上。说完，对着碗口，哈着气。饺子像冒了烟儿，在太阳光下，冉冉飘着。

我没见过大舅爷，但他成了我生活的一部分，每周一，我和姥姥，一起等他。

吃完饺子，姥姥叫我去淘米，她要熬粥。大舅爷要吃白粥，用搪瓷碗小火慢慢熬的。姥姥把自己挪到院墙下，坐小木板凳上。墙角架着两叠砖，上面横搁着一把铁火夹。两块砖中间是燃尽的灰。砖内侧的院墙上，黑黑的一道，从底部往上，由宽而窄，颜色由深而浅，如同一幅水墨画。简易砖灶旁边，堆着几枝黄色的杉树枝、几节樟树枯木。

我淘过米，端给姥姥。她接过熏黑的搪瓷碗，往铁火夹上搁了，萍儿，柴不够，你再帮我拿些柴来。我立着，不动，说，用液化气，一样。姥姥将杉树枯枝点了，说，大舅爷只吃柴火烧的。一缕青烟腾起，火光亮了，给姥姥面部的沟沟壑壑涂上一层金光。姥姥嘴唇开始打哆嗦，念儿，回来吃饭。我抱几块干竹块，放在姥姥旁边。灶里，柴火燃稳了。姥姥用一根树枝拨着火中心，嘴里念念有词，她，又在和大儿子说话。

算起来，大舅爷应该七十六岁。但姥姥塞进我脑子里的大舅爷是个婴儿。姥姥的故事我听得耳朵起了茧，但不妨碍她继续讲。

姥姥 1925 年出生在山村一个普通家庭。十六岁那年，在志溪河里洗衣，突然，一声震耳欲聋的爆炸声，河中央冲起一股丈来余的水柱，好像有什么从河底腾空而起，河水形成巨大的屏障，向四周盖过来，姥姥没来得及抬头，就被席卷到了河里。姥姥呛了几口水，胡乱摸到木桶，抱着。头顶是嗡嗡的轰鸣声。后来，姥姥才知道，那是日本鬼子的飞机。河面浮起一层翻白的鱼。混浊的水发出沉泥的臭味，和着鱼腥味，漂在河面。姥姥抱着木桶，顺流而下。

姥姥醒来时，躺在一艘渔船的甲板上。一个中年男人，满脸胡子，俯视着她，手里端着一个瓷碗。他用勺子舀着糖水，往姥姥嘴里喂。

男人是个商人，叫李怀中。后来，成了姥姥的第一任丈夫，比姥姥大十八岁。李怀中船上的饼、盐、干鱼、糖牛出钩子，钩住姥姥回家的脚步。姥姥跟着男人漂泊在志溪河里。

日本人像刀一样横搁在日子里，河中央再也没有船，李怀中的商船总是挨着河边行走。村子的宁静被烧杀抢掠拎起来，埋在了惊慌、恐惧的脚下。姥姥像株茁壮的野草，在李怀中的村子里生根发芽，第二年，生下了大儿子念儿。

念儿可胖呢，姥姥捡了捡灶里的干柴，对我说，但他是个短命鬼，一岁生日那天死了。姥姥说死像吃饭穿衣一样，轻飘飘的。

那一天，念儿一岁，姥姥带着他坐船去市里。念儿趴在甲板上，对着碧绿的河水咯咯地笑。他要去抓水玩。姥姥抱着他，把小手放在河里荡呀荡。突然，远处传来机帆船的声音，还有枪声。李怀中赶紧将船驶进芦苇丛里。刚开始，念儿还伸手去抓芦苇玩，玩了一会儿，见船不动，吵闹起来。姥姥哄着他，她那颗心呀，跑到念儿嗓子尖上，哭一声，就颤一下。机帆船越来越近，是鬼子的船。几个鬼子站在船尾，端着枪。姥姥赶紧捂着念儿的嘴，不让他哭出声。时间戴着脚镣，走得异常缓慢。念儿的脸渐渐涨得通红，再慢慢地，慢慢地变成了紫色。机帆船从视线里消失时，念儿在姥姥怀里没有了动静。

灶里的火熄了，红通通的火子闪亮着，搪瓷碗里，粥稠稠的，冒着小气泡。浓浓的米香弥漫了整个院子。渐渐地，灶里明明灭灭，火子慢慢黑去，归于灰烬。

姥姥用抹布包着搪瓷碗的把儿，端起来。我赶紧跑过去，接了，走到厨房，搁桌子上。又拿出糖，等着姥姥一步一摇地走来。姥姥在桌子旁坐下，用勺子挖了亮晶晶的白糖，转着圆圈撒在粥面，然后，细细搅拌。桌子一边，整齐摆着菜刀、柴刀、剪子。姥姥吩咐我拿出香烛。她擦亮火柴，拿起香烛，一一点燃，插在白萝卜块上。红烛燃起黄色的火焰，香散发出好闻的气味，烟在尖端扶摇直上。萍儿，采些花来，千万别碰龙爪花，有毒。姥姥又叫我去采花，每次，她都强调我不许碰龙爪花。

走出院门，我往菜园里走。菜园在屋子的右侧，二十来步就到了。菜园的篱障是木槿做的，白色和粉色的花朵娇艳地开着，我对它们视而不见，开了几个月，当菜都吃腻了。园子里一半的土地种着花，我推开篱笆，各种花香扑鼻。紫茉莉招展着，绿叶间，数朵花儿簇生枝端，细细的花丝从喇叭花瓣里伸出来，像探针。有些还是花苞，粉嫩粉嫩的，长短不一。旁边是一畦永生菊，细长的茎笔直地立着，叶子安静地生长在茎的下半部，每一株只开一朵花，粉色的花瓣，黄色的花蕊，不张扬，又透着一股淡淡的傲气。对面篱笆下是鸡冠花和指甲花，还有月季和铁线莲。中间的几畦土种着小白菜、红萝卜、白萝卜、香菜，园子的另一端篱笆下种着扁豆，扁豆藤爬上篱笆，白色的扁豆躲藏在绿叶间。山脚下的那一畦长长的土，一直种着姥姥的龙爪花，各种颜色的都有，白色的、黄色的、鲜红的、粉红的、玫瑰色的，张牙舞爪，我很少靠近它们。爷爷曾经把所有的花都刨掉，他说，栽这么多，没人来，谁看？那段时间，土空着，也没种菜，吃不了那么多。后来，姥姥不声不响地又种上了。爷爷见了，没再说什么。

一只麻雀飞过来，落在木槿树上，歪着头，清脆地叫。我捡起一个石子，扔过去。麻雀一转身，飞地坪去了。地坪前的竹林里，鸟儿叽喳地叫着。我摘了几枝永牛菊，往回走。进到屋里，姥姥手里拿着一件破旧的小布衣，正在说话，我不捂着你，都得吃枪子儿。姥姥抬起头，看到我，接了我手中的花，接着说，这些花可好看了，吃完粥就都带上。我害怕姥姥又扯着我说话，赶紧往房里跑，打开电视，独自看起来。

时间不经意间被电视磨成了饥饿的形状，我按着咕噜的肚子走出来，见姥姥躺在睡椅里，手里抱着小布衣和花。世界静成一幅画，姥姥渐渐地浮起来，模糊成无数的线条。香烛燃尽，粥早凉了。

我蹑手蹑脚地走过去，轻轻端起搪瓷碗，走到屋外，大口吃起来。小黄猫喵喵地叫着，往我脚上蹭。三只小黑狗拼命地摇着尾巴。我推开院门，走到地坪，把它们关在院子里。

对面山脚下，小河蜿蜒，伴着公路，不知流向何方。半年没人来了，爷爷也一个月没回。公路挺宽，好像它的另一端连着新生活。妈妈从这儿离开，爸爸从这儿去打工，爷爷从这儿去相好家。我也想从这里出去，看看路的尽头在哪里，但，我不能走，还有姥姥。

一阵微风吹过，地坪前的樟树倏倏作响，飘下几片落叶。快中秋了。

我一勺一勺儿舀着粥，细细地含着，吞咽。水一样的日子，粥显得更稠酽，白糖的味道像裹着所有的美好，甜丝丝的，从舌尖往喉咙蔓延。碗里的粥，慢慢地往下沉，一会儿就空了底。

我走进屋子，姥姥醒了，她瞧了瞧我手上空着的碗，说，我又饿了，拿瓶八宝粥来。八宝粥也是姥姥的主食，之前我上学的时候，姥姥每天中午就吃它。小学毕业后，爷爷就不让我上学了，留在家里照顾奶奶，说我是家里学历最高的，他们都小学没毕业。

我给姥姥取了八宝粥，姥姥把手上的永生菊递过来，叫我插花瓶，然后再把昨天的花葬了。

姥姥的花瓶是青花瓷的，瓶身是荷叶荷花，浮在幽蓝的水纹里。目光陷进去，仿佛到了另一个世界。瓶颈洁白如雪，有着透明的质感。瓶口优雅地往外张开，宛如端庄沉静的女子。花瓶里的月季花依然绚烂，白的、粉的、红的，艳丽夺目。我把月季花抽出来，放在花篮里，将花瓶换了水，插上新摘的菊花。

我提着花篮，静静地候在姥姥身边，看着她把最后一滴八宝粥用塑料小勺子刮干净。

太阳从东边的山顶，挪到了西边的山顶，光芒从峰顶削下来，房子的一半落在阴影里。姥姥拄着拐杖，我一手扶着姥姥，一只手挽着花篮，向溪边走。小溪伴着山，往外流向志溪河。溪水的声音越来越响亮，姥姥的脚步越来越慢。我们在溪边的一块大石头上坐下，姥姥喘着气，把花篮抱在怀里，喃喃地说，念儿的魂在志溪河上，这些花瓣他会看到的。

我脱了鞋，跳进水里。鹅卵石沁凉，硌着脚底，痒痒的。

小鱼游过来，在我脚上啄着，一下一下，若有若无。姥姥扯着花瓣，摘了一手，叫我撒在水中央。

月季花瓣落在流水里，像流动的缎面绣上了花，衬着溪底明明暗暗的石头，如舞动的纽带。花瓣顺水流走了，姥姥把叶子也扯下，一片一片，撒向空中，徐徐地落在水面，顺流而下。我和姥姥向着远方，枯坐在石头上。

日历又撕下一张，我和姥姥每天早上轮流。今天周二，是二舅爷来，姥姥早候在院子里了。

冰箱冷冻柜只剩一包汤圆。过几天就中秋了，还是吃面条吧。

锅具一响动，狗和猫围过来。三只小黑狗，舔着我的脚，摇着尾巴绕圈圈。大黄猫跳上灶，对着我绵长地喵喵叫。我这才想起，昨天它们一天都没吃东西。

水开了，我取面条，差点被一只狗绊倒，我发火，狠狠踢了一脚，狗尖叫一声，呜呜着跑出门。叫声俘虏了我，罪责感拖着手多抽了一把面条。我洗好一把小白菜，扔锅里，撒上盐，倒了些油。我煮的面，要么没熟，要么糊了，但结果都是糊了，没熟得加水。面再烂，奶奶总夸我煮得好，说，煮出了几十年前的味道。我不喜欢自己做的面，爸爸带我在镇上吃的臊子面才好吃，一根一根，清清爽爽，上面盖着一大勺肉臊子。两个星期了，爸爸没来电话，姥姥说他可能有新女朋友了。手机没钱，等着爸爸充值。刚等待时，心里像长了水草，那些水草纠缠着，从心里长到脑子里，长成爸爸的样子。耳朵像施了魔法一样，听不见鸟叫，连姥姥叫唤半天也才听见，耳边总是手机响起的铃声。每次跑去拿起手机，不见声响。渐渐地，那些水草就长成了带刺的荆条，扎得我心疼、头疼。我把手机往床上摔，手机在床上弹跳，我又赶紧扑过去，以防掉到地上。后来，我不再念叨爸爸，我狠狠地诅咒石小强。石小强是我爸爸的名字。我跑到后面山坡上，对着天空大声喊，石小强，你怎么还不给我充值。山谷跟着一起喊。石小强听不见，我把手机轻轻地摔在草地上。手机保护屏被磕了一道口子，像脸上留下长长的疤痕，扎眼。从那以后，我把手机扔沙发上，不再理会。姥姥每天给它充电，说，充了电就会来电话。

面条在锅里煮得翻滚，和小白菜绞在一起。我夹起一把面条，绕了几圈，举着筷子悬在空中，黑狗拼命地摇着尾巴，发出呜呜的乞怜声。我把面条扔地上，两只黑狗张嘴就往地上啃，烫得哇哇叫。被我踢跑的那只狗又跑进来，母狗也跑了进来。四只狗围着我，灶上的花猫偏着头，拖着绵长的声音，提示我不要把它忘了。我对着它们，吼道，别叫。它们并没停下来，叫得更欢。

我捞了一碗面，端给姥姥，队伍跟着跑到院子里，围着姥姥转悠。姥姥一边吃，一边时不时扔下几根面条，黑狗们欢快地叫着。回到厨房，只见花猫在舔着锅边上的面。我大喝一声，它竖起耳朵，往一边闪。给自己捞了满满一碗面，我把剩下的面和汤倒在猫食碗和狗食盆里，狗们听得声响，跑了回来，四个头挤在一起，拼命抢着吃，一个个烫得直叫，母狗吃了一大口，发生尖锐的怪叫声，嗯嗯低鸣着，跑开了。三只黑狗围着食盆，转圈。倒是花猫，悠悠地在碗边舔呀舔。

吃过早餐，我和姥姥忙乎起来。

我挖了十来个红薯。回到院子，姥姥在砖灶里燃起了火，她把坛子里的火子，倒在灶里火周围。姥姥说，盼儿最喜欢吃烧红薯。她接了我手里两个红薯，埋在火灰里。然后叫我把剩下的红薯都洗干净了，准备做些地王根，给盼儿带走。

盼儿是在念儿死了的第二年生的，那时，姥姥十九岁。

姥姥的家在河边，山坳里住有十来户人家。李怀中长年在河里跑，待在家的日子屈指可数。有一次，李怀中半夜回来了，姥姥挺着九个月的大肚子，打开门。李怀中身后，还有四个人，他们蹑手蹑脚，一进门就把煤油灯吹灭。李怀中吩咐姥姥在屋子外守着，说见人来立马通知他。那一刻，姥姥感觉李怀中突然好陌生，黑夜和疑虑把恐惧做成一件紧身衣，牢牢地裹住姥姥。屋子里悄悄地讨论着，姥姥把耳朵贴到门上，偶尔听到"鬼子"两个字。

天上的星星隐隐约约，姥姥一晃眼，星星掉下来，在渡口一闪一闪的。哪家的狗叫起来。突然，身后的门被打开，姥姥倚在门上，差点摔倒。李怀中轻叫一声"不好"，把姥姥拖进门。狗的叫声越来越大。李怀中领着大家进了柴房。柴堆下有个地窖，收藏红薯的。李怀中叮嘱姥姥千万别出声，然后让大家下到地窖里。地窖的木板盖了，姥姥才知道自己的男人不下来，她哭喊男人的名字，立马被一个男人捂住了嘴，嫂子，不能出声。无穷的黑暗，一堆呼吸的声音，姥姥脑子里一片空白。

狗叫声越来越凶。猛然，一声枪响，姥姥身子抖了一下，狗叫声戛然而止。不一会儿，一阵急促的敲门声。然后是嘈杂的叫嚷声，尖锐的破碎声。

姥姥永远也不会忘记那个夜晚。他们从地窖里爬出来，被眼前的情景惊呆了：整个屋子一片狼藉，李怀中倒在血泊中，胸口上插着一把短刀，那是他随身携带的护身工具。

姥姥尖叫一声，昏倒在地。然后又被一阵疼痛扯醒，疼痛从腹部往全身发散，她发作了。

那个月高清冷的夜晚，姥姥经历了几件大事：失去丈夫，生下盼儿，此外，家里财物被劫如洗。

日子沾满了灰尘，姥姥在灰尘里打滚，每天忙得蓬头垢面，吃食不知所踪。

姥姥抱着三个月大的盼儿，一路询问。她不知回娘家的路。之前，回过几次，都是李怀中把船停在她洗衣的河边。

太阳毒辣辣的，姥姥在生和死之间转悠，好多次，她昏倒在路边，是孩子的哭声把她唤醒。

姥姥决定舍弃孩子是因为一道炊烟，她坐在地上休息时，不远处，一户人家的屋顶，炊烟袅袅。炊烟生出一桌香喷喷的饭粒，还有米糊。恍惚中，姥姥看到盼儿吃得咯咯笑。

一阵风吹过，炊烟断了。姥姥抱起盼儿，走到屋子前，她轻轻地将盼儿放在台阶上，打开包袱，拿出仅剩的一个烤红薯，放在旁边。盼儿离开母亲的怀抱立马哭起来，姥姥抖了一下，兔子似的往一旁的竹林闪。她躲在一棵棕树后。门开了，出来一个女人，粗布衣上绣满了补丁。她见了孩子，疯了似的跑到地坪里，四处张望，破口大骂，哪个没良心的、遭天杀的不要孩子了？造孽呀，要遭雷劈的。女主人足足骂了半个钟头，周围的邻居围过来，议论纷纷。最后，女主人抱起哭得嘶哑的孩子，一堆人进屋去了。

姥姥不知怎么回到娘家的。回到娘家，她大病一场。

我正在煮红薯，姥姥过来察看，我问，姥姥，你想盼儿吗？

也想。

怎么不去找她？她会想你，还会恨你的。我扔下手中的锅铲，一股气体在身体里横冲直撞，我被自己大大的声音吓了一跳。

姥姥盯着我，叹了一口气，找过一次，那户人家不见了，听人说，那个村子被鬼子烧光了。

我仿佛看到通天的大火，跳起来，大声叫道，烧光了？她本不是在那村子的。说完，我推开院门，撒腿往外跑。顺着公路，我一直朝前跑，两边的青山像两道不可逾越屏障，把我夹在一线天里。我跑得满头大汗，感觉却像在原地奔跑，两侧依然是山，脚下仍然是路。终于，听到了汽车鸣叫的声音，前面就是国道了。转过一个弯，阔大的双向公路横在面前。我在国道前停下来，一屁股坐在一旁的草地上。

妈妈就是从这里离开的。

草地一侧，几丛水蓼里有两只蝴蝶追逐。蝴蝶一大一小，黑色的翅膀上间或着白色的斑点，大蝴蝶停在一株玫红色的水蓼花粒上，小蝴蝶立在花下的绿叶上，翅膀一张一张。水蓼叶片上有五个小洞，可能是被虫子啃的。一枝狗尾草垂下来，微风吹过，轻轻摇曳。我伸手摸裤兜，没带手机。照下来多美，可以发给妈妈看看。但我没有她的微信了，只有爸爸的，爸爸没时间看这些。

妈妈的微信是我删除的。那一次，与妈妈视频时心情极坏。我在学校打了架，和谢彩虹，她比我高半个头。谢彩虹经常唆使同学们不和我玩，嫌我臭、偷东西，其实我洗了澡，只是没用肥皂。那天她笔不见了，怪我。她搜了我的书包，没找到，认定我藏起来了，还骂我穷鬼，没娘崽。我和她扭打在一起。她被我打得鼻青脸肿。我也鼻青脸肿。她妈妈到学校，老师让我给她们道歉。我不。谢彩虹妈妈说我没教养，还说没妈的小混混不要在学校带坏了其他孩子。我差点又出手打人，我握着拳头，指甲把手掌按了几个血印。晚上，我在视频里对着妈妈一个劲地哭，什么也说不出来。突然，鬼使神差，我对着妈妈大声地吼，我没你这个妈，我妈死了。然后关了视频，删了妈妈的微信。

不一会儿，我就后悔。但我微信里找不到妈妈了。第二天，我忍不住，打妈妈电话，号码居然成了空号。妈妈真的不见了。后来，渐渐地，我感觉妈妈好像死了。

大蝴蝶飞起来，带着小蝴蝶，飞走了。留下水蓼轻轻地晃动。

国道上，车辆来来往往，拉货的车、小车、摩托车、电动车，时不时呼啸一声，从我眼前滑过。远远的，一辆白色电动残疾人代步车向我开来。会是爷爷吗？我站起来，往国道迎去。车子从我跟前呼啦一声，一闪眼，过去了，屁股后扬起一片灰尘。开车的是一个小伙子。

我怏怏地回到草地，躺下来。天上，白云一堆一堆，是另一个世界。看着看着，白云向我压下来。我揉揉眼，眼睛里出现一片彩色的圆圈。我感到一阵晕眩，闭上眼，突然，妈妈的脸跳了出来，一张模糊的脸。

妈妈。我喃喃地叫出了声。我被自己的声音吓了一跳，睁开眼，妈妈不见了。我坐起来，顺手扯拔水蓼，一株，两株，伸手够得着的水蓼被我都拔了出来，堆在脚前，蓬松的一小堆。

我身体里有一股横冲直撞的东西寻求出口，我拧起水蓼，一根根拦腰扯断，往外抛。草地上，顿时铺满了水蓼的残枝败叶。我蓦地站起来，对着天空大声喊，石如萍，你没有妈妈。

石如萍，你怎么不上学了？身后传来一个声音。我回头，是郭岸和谢彩虹，他们家离学校近，中午回家吃饭。

我心里像吊着一个吊瓶，不知什么被撞击了。我深深地呼出一口气，不想理睬，正要离开。谢彩虹说，石如萍，我以后不打你了，去上学吧。

我"哼"了一声，心想，才不是因为你呢。

九年义务教育不要钱，郭岸说，他说起话来像个老师，做班干部练出来的。他皱起眉头，又说，你的情况，我会向学校反映，你做好上学的准备。

我瞪了他们一眼，啐了一口，多管闲事。说完，迈开脚步往回跑。

回到家，姥姥已煮好饭，正就着剁辣椒吃。红薯还在锅里，煮熟了，没捞上来切。姥姥见了我，问，跑哪儿去了，盼儿没菜下饭。

盼儿盼儿，我也没吃饭呢，我冲姥姥嚷道。说完，拿起菜刀，往菜园子跑。

早种的黄油白，裹着嫩嫩的身子。我看准最大的一棵，一刀斩了，拎在手上，像俘获一个手无寸铁的士兵。

放油放盐放水，扔几片厚薄不一的肉片，不到二十分钟，我把菜端到了姥姥面前。菜的品相，无论怎样，姥姥都觉得好吃。就算是没熟，她也说味道好极了，叫我帮忙再煮一下，烂一点，像喂猪一样都行。要是烧煳了，她又说，太好吃了，连锅子都抢着吃，下次别让锅子抢在前头。

姥姥给盼儿夹了黄油白和肉片，又拿起烤红薯剥皮。红薯一边烧煳了，外壳成了黑炭，裹着的红薯肉一半橙红，一半金灿灿的，冒着热气。姥姥把金灿灿的那半放到了盼儿碗里，自己拿起煳掉的那半儿吃起来。盼儿的，就是我的，我每餐至少吃三碗饭。

四只狗在桌子下摇着尾巴绕来绕去，抢着吃姥姥扔下的红薯壳，大黄猫跳上一把椅子，拖着绵长的声音乞食。

九年义务教育不要钱，你做好上学的准备。郭岸的话老缠着我，像野蛮的藤。我不想上学，没有新衣，没有零花钱，没有人和我说话。我低头看了看身上的黑色 T 恤，已经变形了，有七八个小洞，也不知怎么弄的。三天没洗澡了，没人管我。

吃了饭，姥姥吩咐我把红薯切成片，晒在晒盘里。忙完，我躲在房间里，反锁了门。姥姥催我葬花，我冲她大声嚷，要去你自己去。

悄无声息，世界像过滤了似的，只剩屋子外鸟叫的声音。

待我开门出来，姥姥已将花瓶里的花换了，四枝木槿，两白两粉。菊花的花瓣被姥姥掰下来，搁在菜篮子里，桌上躺着光光的菊梗。姥姥抬起头来，说，你知道，我一个人不敢再去的，上次都摔水里。我提起菜篮子，飞跑着往溪边去，站在大石头上，一股脑儿全倒了。

返回家，见姥姥痴凝着，浑浊的眼眶里像蒙着一层雾。

雨，不知什么时候开始下的，淅淅沥沥。曙光从窗户溜进来，我半睁着眼，听着微雨抚摩后山的楠竹、落叶松、梧桐，还有园子里开得茂盛的各种花儿。姥姥还没起床，夜里，她的腿疼又犯了，隐隐约约听她哼了一晚上。

今天，是三舅爷来。

我起床，打开门，院子里像涂了一层油，亮光亮光的。姥姥的睡椅也湿漉漉的。我打了伞，将睡椅拖上台阶。

姥姥不想吃东西，我取了一瓶八宝粥，拿了几块饼干，一把地王根，坐在沙发上看电视。突然，手机响了。是爸爸。我跳起来，饼干掉落在地。我望着手机，任凭它狠命地响。姥姥在里屋唤我，我冲她嚷了一句，听到了。

我故意不接。电话第二次打来，我捧着手机，心里暗暗跟着手机上的数字数，就在五十秒的时候，按下接听键。

我没叫他。爸爸问我怎么没接电话，我反问他为何没给我充值。忙忘了，他说。眼泪掉下来，我冲爸爸大声喊，忙就忙，怎么能忘了？

是不是爸爸？姥姥扶着墙出来。我用袖子抹了一把眼睛，爸爸在那头一个劲地解释怎么个忙法，我根本听不进去。姥姥伸手抢了手机，诉起苦来，没肥皂了，没油了，没饺子了，没肉了，没八宝粥了，爷爷不回家了……

一只小狗跑到我跟前，摇头晃尾。我用脚撩着它玩。

不一会儿，姥姥没声音了，我抬头，她放下了电话。怎么就挂了，我还没说呢？我捡起她身边的手机，回拨过去。接通了。爸爸，我叫了声，然后一箩筐的话堵在喉咙，出不来。怎么了？爸爸连问几句。我哽咽住，半天，吐出一句：你去忙吧。

放下电话，我软耷耷地窝在沙发上。姥姥说爸爸给我们买了新衣，拼多多的，过几天就到，通知了爷爷去镇上取。

姥姥的话像豆子一样倒进我心里，滚来滚去。我站起来，找了红色笔，在日历上的今天，缓缓画上一个圈。

萍儿，今天接待三舅爷，还是和往常一样，错儿喜欢吃鸡蛋，多弄几样，姥姥一边说，一边扶着墙又进房去了。不一会，屋子里漫出浓浓的黄道益药味。

当年，姥姥寻回娘家，村子面目全非，没有一个人。姥姥漫无目的地往外走，后来，昏倒在一大户人家门前，是当地刘姓地主，救了她。自那以后，姥姥就在刘家做工。

姥姥在刘家怀上了三儿子，叫错儿，是地主刘义仁的。错儿五岁时，地主婆知道了他的身世，赶姥姥出了刘家。从此，姥姥与错儿再也没见过。

错儿小时候吃蛋最多，姥姥在地主家放鸭时，常常私藏鸭蛋，留给错儿吃。

鸡窝里传来报喜声，母鸡下完蛋了。那是我们家唯一的一只鸡。爷爷多次要杀了，说喂鸡不划算，买鸡和买鸡蛋更简单。姥姥坚决不同意，把鸡抱在怀里，说要杀就先杀了她。

我把刚下的鸡蛋捡在盘子里，点了点，刚好七个。走到厨房，抓了一把茶叶，丢在煮水壶里，把四个鸡蛋轻轻放在里面。姥姥说要等水开了再放茶叶，我懒得麻烦，反正都是煮在一起。

雨，停了。我走到院门外，四面的山，蒙着雾，若隐若现。抬起头，一块灰色的天，盖在头顶。我的家，像装在一个敞着口的笼子里。院门旁，姥姥的龙爪花像吸了血，艳丽地舒展着。

打开菜园门，园门上的雨水抖落我一身。我踮着脚，走到韭菜地旁，掐了一把韭菜，又在旁边地里顺手扯了一个红萝卜。远处，龙爪花放肆地伸开爪子，雨滴油腻腻的，像要挣脱龙爪花的怀抱。

回到院子，茶叶蛋的香味飘过来。我坐在矮凳子上，磕掉鞋底厚厚的泥，母狗不知什么时候来到我身旁的，它摇着尾巴，我没注意，被它舔到了脸。我骂了一句，这才想起，昨天又忘记给它们饭吃。我把剩饭全倒在狗食盘里，四只狗摆着身子狼吞虎咽。

厨房有时是打发时间的娱乐场，我像玩游戏一样侍弄菜蔬，有时，也像监狱。今天阴沉，沉到我心里。姥姥的哼叫声也让我脑子里疯长出无数荆条，搭在锅碗瓢盘上，让这些家什不再得心应手。四个菜端上来，只有蒸蛋像个样。葱煎蛋放少了油，一面有些焦黑，荷包蛋汤说不清是什么颜色，姥姥用了一个词，叫"污色"，我没洗锅。红萝卜切得粗没熟透，硬硬的，姥姥说，生的也能吃。

我拿出香烛，正要点，姥姥及时叫住我，错儿也许还活着，不能点。

萍儿，把你的书拿来，姥姥又叫我去拿书。那些小学的书我要一把火烧了，姥姥一本本地捡起来，有几本还用报纸包了皮。她说，错儿在刘家是念了书的。我不待姥姥吩咐，采了一把紫茉莉回来，搁桌上，花朵上噙着水珠。

姥姥唤她的错儿吃饭，把各种蛋往错儿碗里堆，都是你爱吃的，这可是鸡蛋呢，那会儿你只有鸭蛋吃，鸡蛋香，不腥，回去时再带上四个茶叶蛋，路上吃。我吃着红萝卜，等着错儿，他吃完我再用他的碗。

姥姥吃了一大碗饭，吃完，搬了小凳子去了客厅，放在沙发前。她捧着书在沙发上坐了，说，错儿不着急走，我陪你看看书，你教我识字。

姥姥不识字，那一叠书，顺的顺，倒的倒，她一本本地拿起，一页一页地翻着，口里喃喃自语。在她眼里，每一本都是历史书。

我慢慢吃着饭，吃完错儿碗里的，又把桌子上所有的菜拌着时间吃光。洗了碗，走到客厅，姥姥抱着书睡着了，她窝在沙发里，像一只半蜷缩的蜗牛，嘴角溢出闪闪的涎水。

星期四，是姥姥的禁食日。姥姥为她的四娃禁食。四娃没有名字。

姥姥从地主家出来后，四处乞讨。后来，一个知识分子收容了她。知识分子名叫夏潜龙，在一家造纸厂做小领导，老婆病逝未娶，家有一老母瘫痪在床，需要人伺候。姥姥跟了夏潜龙，但姥姥肚子里怀着地主刘义仁的孩子，姥姥试了种种办法，挤压肚子、剧烈跳跃、喝草药，但孩子就是不掉下来。夏潜龙倒欢喜，单位离家较远，他一个星期才回一次。孩子出生那天，他不在家。姥姥疼得鬼哭狼嚎，夏婆婆帮不上忙，在床上祈祷，还不停地念，怎么早产四个月。

姥姥生下四娃，一看，傻了眼，跟刘义仁像一个模子刻出来的。姥姥感到刘义仁缠上自己了。屋外，电闪雷鸣，下着倾盆大雨。雨滴敲打着屋顶，敲打着玻璃窗，也敲打着姥姥，把她心里滋生的某个念头一次又一次地按下去。一个闪电划破天空，照亮红皮老鼠一样的婴儿，刘义仁的脸变形地在姥姥眼前膨胀，姥姥像被一股强大的力量控制，她闭着眼睛，将刚生的四娃按在尿桶里。

夏潜龙回来，姥姥说，娃早产没了。

姥姥每次禁食，我也落得轻松，一天都懒得做饭，八宝粥对付了早餐，我就照常上山了。

秋天的山林色彩丰富，绿的、红的、黄的，每一种颜色都很热情，微风吹过，树叶飘飘落下，各种鸟鸣声，与野花的香味掺杂在一起。我像个闯入者，与它们碰撞，每一次碰撞都产生一种叫寂静的东西。寂静越来越厚，裹着我，把我往山顶推。

山顶有一块巨大的石头，我爬上去，站在上面，整个世界缩成一口锅，全收眼底。天空，是锅盖。我向四周眺望，纵横的公路，像白色的纽带，蜿蜒交织；又像稀疏的蛛网，网上爬着星星点点的蜘蛛。远处，灰蒙蒙的，没有边界，左边房屋密集，是镇上集市，妈妈给我买衣服的地方。妈妈从哪条路离开的呢？我盘数着镇子周围的白色纽带，每一条都找不到头。站这么高，我也没法知道妈妈在哪里。目光往回收，最近处，是学校。操场上，有队伍在跑步。谢彩虹、郭岸他们吗？我坐下来，静静地注视着操场。队伍停下来，开始做操。我想象自己站在排头位置。郭岸真的跟学校说了吗？学校该不会有人来找我吧？我不想上学，成绩不好，谢彩虹还欺侮我。万一学校有人找我，我就躲这里，让他们找不到。可谢彩虹答应不打我了，上就上吧，再说，爸爸在网上给我买新衣了。可是，姥姥怎么办呢？谁帮她接待她的儿女？我躺下来。石头硬硬的，还透着凉意。天空是灰色的，阴天，没有太阳，昨天的雨还没彻底告别。

姥姥要是能上敬老院就好了。一年前，姥姥住过一星期，后来，人家说不符合条件，有子有孙。从敬老院出来，姥姥扯着日子骂了一段时间老天爷。那段时间，我以为姥姥会活不久了，她不停地哭，嘴里念念叨叨，骂我爷爷，骂我奶奶，骂我爸，还骂着一些我不熟悉的人。后来，她又像一株顽强的野草，拄着拐杖，找到村干部家，控诉爷爷。村干部找了爷爷。从那以后，家里总是八宝粥、方便面不断。后来，我不上学了，姥姥又吃上饭了。

一阵风吹过，石头边的枫树沙沙沙地响，黄色的、红色的叶子纷纷落下，好几片落叶吹到我身上。我捡起一片叶子，叶子的脉络分明，像人的血管。我盯着叶子，叶子上出现了学校、操场还有谢彩虹。谢彩虹挽着我的手，把我拉到同学跟前，说，石如萍以后是咱好姐妹，谁也别想欺侮她。说完，领着我一起打篮球。我进了很多球，同学们拥着我，把我抬起来，往空中抛，一齐大声喊，石如萍，牛。我咯咯地笑，觉得成了英雄。他们放下我，又举着各种花过来，我抱着满满的花，向着太阳奔跑……

不知过了多久，饥饿把我从梦里抓回来。石头的凉浸入身体。我鼻子湿了，打了个喷嚏。坐起来，望着深深的林子，突然，感觉自己被这个世界遗忘了。

我踏着寂静往回走，树林里各种鸟叫声弹击在寂静上，弹成一段段音符。林子幽深得可怕，我有一种想哭的冲动。

妈妈。我不禁叫出了这个名字。哭找到了突破口，奔泻。我双手轮流抹着眼泪，大声叫妈妈，树林里回荡着"妈妈"的声音。鸟叫声低下来，成了伴奏。

最后，哭喊声变成了吼叫声，我对着树林，歇斯底里地叫道，石如萍，你没有妈妈！没——有！

风照样吹，鸟儿照样欢叫。我一路狂奔，往山下跑。树木像长了翅膀，往身后飞。一口气，我跑到家门口。四只狗迎上来，挡在我跟前。我踢开它们。

进了屋，走到姥姥房间，她蜷缩在床上，寂静的，小小的一团，像被子没铺好，中间隆起。我找了一包方便面，走到厨房，泡了。茶瓶里的水过了夜，没有温度，泡不开面条。面条挺挺地搁着，像裹了盔甲。我用筷子把面搅开，温水得了势，拼命渗透。

四只狗摇着尾巴，猫嘶着长声叫，我往地上扔了几根面，它们发出呜呜的争夺声。

没等面泡开，我狼吞虎咽，吃了个精光。

姥姥房里传来了哼哼声。我进到屋里，姥姥侧睡着，蜷着身子，被子中间有个旋涡，往外展开。姥姥肚子里发出的咕噜声，撑得整间房子更加空荡。紫茉莉散发出淡淡的香气，这花，如果不换，可以插一个星期。

记得葬花，姥姥的声音像从坟墓里飘出来的，一丝，幽幽的。

我拔出花枝，放在篮子里。今天的花得土葬。

土葬的地方在园子后面，姥姥在那盖了小屋，像个小小的土地庙，用砖垒起来，上面盖了一大片石棉瓦，里面往下挖了一个坑。我在小屋前的光滑石头上坐下，搁下篮子，取了一枝紫茉莉。紫红色、白色的小小的喇叭花朵俏皮地开着，我一朵朵地扯下，往坑里扔。花朵堆起来，像个小坟头。

太阳落到山那边去了，夜色如一张无形的网，覆盖下来，笼住我和周遭。今晚，夜又更漫长。

晚上 9 点，姥姥开始呓语，她的声音有时像春天的猫叫，有时又像婴儿的哭泣。我开了家里所有的灯，屋子里亮堂堂的。姥姥的声音是黑色的，覆盖着白炽灯的光芒。空气里好像长满了长长的手，向我张开爪子。

我把电视机的声音调到最大，盖住姥姥的声音。窗外，黑漆漆的，树叶沙沙，一阵一阵，好像一双大手在挥过去，拂过来。偶尔伴随动物怪异的叫声。黑夜把万物拎起来，一件件向我抖落。窗户上，好像贴满了黑色流动的物体，我一抬眼就要破窗而入。

我从睡房抱来被子，躺沙发上。电视机里的人晃动着，流动物体应该不知道那些人是假的。

窗户上的流动物体不见了，慢慢地，一个庞大的物体从远处飞过来，贴在玻璃上，渐渐清晰了，是一张婴儿的脸。四娃。我大叫一声，对着那张脸叫道，姥姥在后面屋里。说完，迅速钻进被子里。

我不知什么时候睡着的，醒来的时候听到一声巨响，然后是姥姥叫我。走到姥姥房间，地上一只杯子碎在中央。姥姥的头发乱成一个窝，裹着头部，两只眼睛像草丛中的什么果子，脸上的皮肤像树皮，埋藏在乱草下。她稍微抬头，像童话里出来的巫婆，对我说，叫你那么久都没反应，电视机开那么大声干吗？饿死我了，没八宝粥了，快弄点吃的。

听到声音，我回过神来，打开姥姥柜子，果然什么都没有，只剩几瓶牛奶。

白天不吃，这半夜三更，吃什么？我冲姥姥嚷嚷。

煮点白水面就好，姥姥央求道。

这时，我的肚子也发出空响。我也一天没吃饭。狗和猫也来了，绕在我脚边。夜扯得跟面条一样，细长细长。墙上的钟指向凌晨一点。我用筷子在锅里搅着面条转圈圈。窗外，依然是黑漆漆的，我已感觉不到那些流动的物体了，饥饿可以驱赶一切。

第二天醒来，已是中午，爷爷的三轮摩托车声音把我从梦里拖出来。我一骨碌爬起，爷爷拎着大包小包进了院子。我叫了一声，跑过去，接了他一只手的袋子，一边走一边翻，渴望从里面翻出生活的新意。是散装面条。我问，爸爸给买的新衣呢？

没那么快。

那零食呢？

除了米饭，八宝粥这些不都是零食吗？爷爷的声音听起来像打牌输了钱似的。我见到爷爷的高兴劲像火炕里夹出的红火子按在水里一样，刺的一声，黑了。

姥姥出来了，拄着拐杖，倚着墙。她的裤管微微抖动，拐扶也有些颤，她翕动着嘴唇，没有发出声音，眼睛里不知是含了泪还是有了神，显得比往常明亮。爷爷将八宝粥、方便面、花生奶放在姥姥房间的方桌上，顺手捡起了柜子旁的几个空纸箱，用刀片划开胶布，叠起来，叫我拿去杂物房。我噘起嘴，把手中的袋子放椅子上。杂物房里，一侧，堆着一人高的纸箱，旁边的箩筐里扔满了八宝粥和花生奶的包装瓶。我丢下纸箱，往外走，爷爷，你把那些废品卖了吧。爷爷没听见，回到客厅，见他正冲着姥姥嚷道，想去检查？你不是还有亲生儿子吗？他们都不管，凭什么我管?!

姥姥整个身子颤了颤，像冬天萧瑟山坡上风吹的一株枯草。我没带他们，姥姥的声音干巴巴的，听不出一点情感。顿了顿，又说，上次不是找了吗？没用呀。

姥姥上次找的是惜儿，是她的第五个孩子，他根本不认她。

姥姥和夏潜龙生了三个孩子。嫁给夏潜龙，她以为这辈子安稳了，工人家庭，还是赫赫有名的造纸厂，福利首屈一指。谁料到有一天还要跟着他下放。姥姥下到的乡村连住的房子也没有，在石缝里搭了一个棚子，挤着六个人，日晒雨淋。婆婆瘫痪在床，三个孩子惜儿最大，十四岁，我奶奶慧儿十二岁，最小的孩子冰冰才四岁，老的老，小的小，慧儿留在家里做家务，照顾老小。惜儿和姥姥跟着夏潜龙出工挣工分。夏潜龙文质彬彬、皮肤净薄，扁担一上肩就硌脱了皮，干起活儿来像搞表演，别人一担挑的粪土，他得分两次，担子在他肩上摇啊晃的，倒给农村人添了不少乐子。惜儿小，也干不了重活儿。挣工分的担子压在姥姥身上，她像头野蛮的水牛，不停歇地耕耘。那时候，姥姥总感觉自己随时会倒下，几个月见不上一滴油，眼睛里常常像有火星在冒，看人看物都是两个影子。姥姥没倒下，冰冰先倒下了。冰冰小，挑食，饥饿终于把她带走了。冰冰走后，姥姥像哑巴，谁跟她搭话都不理，也不哭，痴痴的。过了一个月，突然有一天，姥姥娘家来了人，接她回去。姥姥清好包袱，牵着慧儿出了门。惜儿路上拦了，抱着姥姥的腿使劲哭。姥姥流着泪，把惜儿拉站好，说，你可以养活自己了。姥姥没痴没傻，以现在的话来说，她可能是抑郁了。就这样，姥姥带着慧儿离开了夏家。

从那以后，姥姥再也没去看过惜儿。她说，她受不了离开时他那双眼睛，眼睛里像长了一把剑。后来，姥姥知道惜儿过好了，回到造纸厂，虚报了几岁年龄，提前接了夏潜龙的班。

姥姥没想到这辈子还会见惜儿。

惜儿退休后，在乡下盖了房子，两口子种种菜，养养鸡。不知道爷爷怎么打探到他家地址的。那一天，爷爷受了相好的蛊惑，把姥姥拉上残疾三轮车，说，送她去享福。

一路上，姥姥的心里像一股脑儿倒进了酱油、味精、胡椒，思绪像匹尾巴上绑了火把的马，无厘头地乱撞，一辈子的事情哐啷哐啷地砸过来，乱成一团。

姥姥进到惜儿家，正赶上他请人做棺材，家里一屋客人，桌子上摆满了长寿面等礼品。在乡下，做棺材是很有讲究的，得挑良辰吉日，也会有很多亲朋好友前来祝贺，表示添寿。

爷爷搀着姥姥，说找夏惜，还娘来了。

夏惜也成了老人，头顶秃了，稀稀拉拉地竖着几根白间黑的短发，两鬓是浓密的白发，烟熏过的脸上布满山川河流，张大的嘴巴间，挂着两颗黑色的门牙。夏惜错愕地站起来，盯着姥姥，像瞧一个陌生人。半晌，眼里含了泪，哆嗦着说，现在来找我干啥，我都做棺材了。

姥姥很想哭，她调动了所有哭的器官，唯独没有调动眼泪，或者，根本没有眼泪可调。她干干地哭，声音是哭的，腔调是哭的。她哭诉当初不该扔下他，哭诉自己多么无奈、多么难。

夏惜只摇头，重复着一句话，没娘的日子到底有多苦谁也不知道。

屋子里的人看着热闹，渐渐地明白了事情原委，像看到电视剧有了完满结局似的，个个往好里感叹。人头攒动中，姥姥在夏家住了下来。

爷爷以为甩下了包袱。不料，半个月后，夏惜老婆租了个车把姥姥送了回来。原来，夏惜的老婆不乐意，自己都老了，突然多出一娘要养，不认。

姥姥每当回忆起那段日子，眼睛就格外亮，他们家住得可舒服，床是席梦思的，房间有各种灯，白色的、彩色的、亮的、暗的。吃得也讲究，剩饭剩菜不吃，每餐的菜不重复，还有饮料、红酒，每天有两个水果。那日子，简直像电视里一样。惜儿本来想养我的，我亲生的嘛，只是那媳妇不同意。姥姥还悄悄跟我说，如果某一天那媳妇先走了，惜儿就会来接她的。

爷爷听姥姥提起上次找惜儿的事，瞪了姥姥一眼。每次提起惜儿，爷爷就更生气，你没儿子了我就认了这个命，偏偏你又生了那么多。他取下帽子，往沙发上一甩，露出一头乱糟糟的头发，你别一天想着检查这检查那，病来了先扛扛，我可没你儿子有出息。再说，你也没带我，现在拖着你这个累赘，再组合个家都难。你九十四了，亲人一个个被你克死，要是我，早自己解决了。爷爷的话像把利剑，直接扎在姥姥的心窝。姥姥的心是钢板，早生了锈，扎不进去。她喃喃自语，你们巴不得我死，老天都还没来收我呢。姥姥按着胸部，身子往下沉。和她一起沉的还有我和爷爷的心。

在我走近前，爷爷迅速伸手扶住姥姥，往房间拽，一边说，是不是又一天没吃饭，不吃就一星期不吃，饿一天要磨人呀？爷爷把姥姥弄上床，我松了一口气。上一次，姥姥正是这样去了医院，我在医院照顾她好些天。爷爷一边气冲冲地出了房，一边抱怨姥姥是包袱。我扶着姥姥在床上坐好，拿了一盒牛奶给她，赶紧去做饭。

爷爷扛了一袋米进厨房，见我淘米，问，萍伢，你是不是又打电话跟你爸说没这没那了？我在心里说，才不是我，是姥姥，但我没说出口，说了一句，本来什么也没有了。

没有了我会买回来的，心里有数，告什么告？爷爷嘀咕着，扔下米。

我心里想，我们饿死了你也不会知道。

不一会儿，我叫爷爷吃饭，根本不见踪影。爷爷不知什么时候走的。他就像一个快递员，专接爸爸的单。

望着特意加炒的胡萝卜，我像霜打过似的。爷爷最爱吃胡萝卜，之前，他即使在单位吃过了，也会坐下来再吃一点。

把姥姥搀扶到餐桌前，我埋头扒饭。

萍儿，怎么没给惜儿准备的？姥姥问。

以为爷爷在家吃，我说。起身来，拿了一空碗，给惜儿盛了半碗。

还有花，也忘了采。

我不知哪里来的火气，说，采采采，我能不能先吃点饭，饿死了。姥姥低下头去，我见了，心里又像搁了一根棍子，饭咽不下去了。我放下碗，往园子里跑。

推开园门，花香扑鼻，龙爪花开得最得意。我突然有种冲动，戴上篱笆上搁着的胶手套，拿起镰刀，直奔龙爪花。白色的、粉色的、黄色的、鲜红的、玫瑰色的，我各采了一枝。回到屋，姥姥吃惊地叫道，怎么动这个花？快，搁地上。

不碍事，又不吃人！

它不叫食人花，还真能吃人。

又没嘴巴，我笑起来，又说，它名字那么多，就是没有食人花的叫法。我最喜欢叫它彼岸花，哪像龙爪花那么难听。

彼岸花？姥姥放下筷子，睁大眼睛，彼岸，彼岸呢……姥姥突然像个孩子，树皮似的脸上挂着皱皱的微笑，嘴里不停地念叨。

我催着姥姥吃完饭，又扶她到睡椅上。姥姥按着胸部，喊疼，又说，要你这个小孩来打点，作孽呢。老天快收了我吧。

我跟爸爸打电话，让爷爷带你去医院。

姥姥摇头，说，零件坏了，修不好的。拆，全会散架。只是这人心，探针都探不到底。姥姥目光呆滞，说胡话似的。突然，她向我招手，示意我过去。

我挨过去，蹲在地上。姥姥抚摩着我的头，她的手像冰箱里拿出的章鱼，冰冷、僵硬。

告诉你一个秘密。千万不要让爷爷、爸爸知道。

我抬起头，看着姥姥，她的眼睛里有一丝微弱的光。

我懵懂地点头。

姥姥吩咐我拿了锄头，去花园。扶着姥姥，拖着锄头。姥姥右手拎了一个小板凳。我们在彼岸花靠山的一侧停下来。姥姥指着一株鲜红的花，说下面埋着宝贝。

彼岸花像刚吸完血，花瓣张牙舞爪，与我对抗。我扬起锄头，挖下去，根兜和着锄头一起端了出来，齐整斩断的根系残留在泥土里，末端汁液闪亮。我抛开花株，继续往下挖，二尺深处，露出一根红色绸带，污迹斑斑。姥姥喊道，小心，往边上挖。我轻轻地从四周刨土，中间露出一个白色塑料包裹着的红色塑胶盒。扒开土，抱出来，打开，里面塞着一块青花瓷的布，布里包着一面镜子：金色的手柄，雕刻着一条龙，镜背塑有"乾隆十年"字样。

姥姥接过镜子，捧在双手，念道，老头子，这东西并不管用，哪有什么东西可以保障呢。这玩意儿，只能埋在土里，埋在心里。变成钱，我也做不了主。镇上太远了。

一只蜜蜂飞到姥姥面前，在镜子上方嗡嗡地转圈圈，姥姥举着镜子一挥，蜜蜂飞走了。姥姥托起我的手，把镜子交给我，叮嘱要好好保管。

我不喜欢这面镜子，太重，也太小。但姥姥说它可以变成很多钱。我又把它埋在了地里。

土地翻动了，像新土一样，少了一株花，格外惹眼。姥姥吩咐我把屋子里的彼岸花和这一株红色的一起火葬了，就葬在新土上。

火葬？

对，这些花只能火葬。

我搬来一把椅子，把姥姥从板凳上搀扶起来，在椅子上坐了。她像个将军一样指挥着我。我戴上胶手套，搬来一些干柴，把彼岸花夹在干柴里，搭成松松垮垮的一堆，又在下面拱了一把枯稻草，打开火机，把稻草点了。火焰蚕食着稻草，渐渐把干柴燃了，发出霹雳声，突然像浇了油一般，砰地燃成了熊熊大火。火光照在园子里，所有的花更艳亮了，火光在姥姥的脸上跳动着，仿佛姥姥在火中燃烧。

日历翻到星期六，晴。今天，等待的是我的奶奶，慧儿。

姥姥带着慧儿从夏家回到娘家后，娘家人很快就给她介绍对象。很多男人被姥姥拒绝了，她心里想着的，还有慧儿。六年后，慧儿十八岁，那一年，有人介绍对象给姥姥，工人家庭，条件不错。姥姥看了男人，一脸的麻子，心里鸡皮疙瘩堆成了一个"不"字，但没"不"出来，姥姥看到男人身后的小伙子挺英俊，配慧儿，刚好。

麻子姓石，是姥姥的第四个男人。英俊小伙子叫石尚文，就是我爷爷。石麻子给姥姥家下了很重的聘礼，凤凰牌自行车、上海牌机械手表、红灯牌收音机，还有一台缝纫机。石麻子搞了很多关系才弄到票买的。接亲时，石麻子找朋友借了一辆九成新的自行车，父子俩穿着中山装，戴着大红花，一路响着铃声往姥姥家骑。

整个镇子都知道姥姥母女俩一起嫁给了旁边镇子的父子俩，一路上，看热闹的人们都跑到公路上。石麻子父子骑着自行车，载着姥姥母女俩。自行车前头系着红布花绸带，姥姥母女俩穿着红色新衣，胸前戴着一朵红色塑料花。姥姥坐在石麻子后面，慧儿坐在石尚文前面的横杆上，后头座位上，驮了一个木箱子。看热闹的小孩跟在自行车后面追。

到了石家，一套戏班唢呐锣鼓吹打得瓦屋熠熠生辉，看热闹的人围得里三层外三层，小孩子们哄笑着跟在新娘后面。姥姥与石麻子拜了堂，姥姥潮红着脸，石麻子当众给她戴上上海牌手表，白色的底盘，银白色钢链闪闪发光。众人起哄叫好。姥姥含着泪，看着手表。石麻子牵着姥姥在堂屋上位坐了。石尚文领着慧儿，羞涩地拜天地，又在主婚人的安排下，齐齐跪在地上，朝父母磕头。姥姥含着笑，笑里含着泪，她走上前，把上海牌手表褪下来，轻轻地戴在慧儿手上。

嫁给石麻子，姥姥的日子擦了油，有了光泽。石麻子在灰矿上班，还是个小领导，工资不低。姥姥自个儿在火车站旁边开了个小卖店。慧儿做了裁缝，操持家务。不久，有了石小强。石麻子为了后代，提前退了休，让石尚文顶了班。石麻子和姥姥一起经营小买卖。姥姥掌管财政大权，她的小金库越来越大。

十年后，石尚文在单位把右手的手指搅掉了两个，没有了拇指和食指，手拿出来，像半只螃蟹。只得走动关系，提前办了退休。拿着退休工资，石尚文每月进账有保障，又有废手为挡箭牌，天天游手好闲，懒惰像魔鬼，缠上了他的身，钻进了血管。

后来，搞建设大修公路，老铁路废了，火车站成了标志物，姥姥的店也终结了生命，她保本清货，处理了商品，翻过小山坡，回到了山脚下。日子又低下头来，姥姥的小金库越来越小。石小强学习成绩一团糟，初中没毕业就不肯上了，我成绩不好就是他遗传的。接着，石麻子中风，瘫了几年走了。慧儿跟着患上了糖尿病。石尚文只得在镇上找了个零工做，石小强去了深圳打工。慧儿临死前病重的那几年，泡在药里，姥姥的小金库被药洗了。

慧儿死了两次才死成。第一次，道场都请到了家里，慧儿躺在地上，盖上了寿被。石小强从深圳赶回来，扑在地上哭，把慧儿又哭了回来。慧儿活回来又熬了两年，瘦得像个骷髅，姥姥侍候着。慧儿死后，姥姥没哭，她像个木偶一样，痴痴地坐着，不停地念：白发人送黑发人。

慧儿的坟在园子后的山坡上，每个周六，我和姥姥给她送饭。今天，我和姥姥忙了一上午，做了她爱吃的粉蒸肉、炖萝卜。秋天的太阳从天空照下来，四周的山像卫士，挡了它的锐气，泻到地面，没了脾气。太阳光和着山风，在山坳里转悠。我提着腰篮子，搀着姥姥往山坡上慢慢行进。不带姥姥，我一个飞跑就去了，只消一分钟。搀着姥姥，这段路走起来就悠长了。姥姥每走一步都停一停，目光与周围的每一株花，每一根草都要打个招呼。经过花园，姥姥打量着园子，用拐杖指点点，感叹这朵花谢了，那朵花开了。

我们在慧儿的坟前停下来，坟前的大石头上，落了几片枯叶，我捡起来，扔了。扶姥姥坐下，她长长地舒了一口气，像经过长途跋涉回到了家。坟头上，长满杂草，还是爸爸清明回来修整过的。十来根残存的香烛杆秃秃地立在石框里，我一把扯了，扔到了山沟边的荆条里。又取出新的香烛，点了。烛火轻轻摇曳，与飘着的香烟交缠在一起。在草地上铺了蓝色碎花布，揭开腰篮上的毛巾，我端出了饭菜，一个香干炒肉、一个红萝卜。又取出慧儿的遗像，摆放在坟前干净的瓦片上。姥姥拿起筷子，絮叨起来，慧儿，起来吃饭了。姥姥不停地往慧儿碗里夹菜，我不断地从慧儿碗里夹菜。我几分钟就吃完了一碗饭，接着，把慧儿的碗端起来也吃了。姥姥满满的一碗，一动未动。我站起来，看着姥姥。姥姥吩咐我去玩，一会儿再接她。

我感觉放学了似的，一天中最重要的任务完成了。我跑下山坡，刚进院子，听到手机像春猫一样叫，我冲过去，拿起来，按下接听键，电话里传来嘟嘟嘟的声音。怎么就挂了，我瞪着那串数字，陌生号码，会是谁呢？一定是学校的老师，郭岸肯定向学校汇报了。幸亏没接到，我还没想好回不回呢。谢彩虹要是对我好了就回，她得亲自来接我。想到谢彩虹求着我回去的情景，我笑起来。笑着笑着，眼前浮现了爸爸的面孔，他给我买的衣服怎么还没到，该不是快递员打来的吧，他们找爷爷没找到，打到我这里了。讨厌的爷爷，还不回来给我送衣服。我想回拨过去，看到底是谁打的，但我害怕老师接电话。于是，我拿出一枚硬币，往空中抛，心里想，正面就回拨，反面就不拨。硬币落到了地上，一溜滚，不见了。我趴在地上，仔细找。沙发下，厚厚的积尘，我决定不找了。我重新拿出一枚硬币，走到房间，往床上抛。硬币落下来，是反面。我懒懒地捡起，继续抛，是正面。接下来，我连抛了几次，都是正面。我兴奋地坐起来，掏出手机，回拨了过去。

电话里是一首好听的音乐，我不知道是什么名字，听了一会儿，接通了，是一个甜美的女声。我问她打我电话有什么事，对方说，您好，我是中国农业银行客户部，代号033，请问需不需要办理信用卡？

什么是信用卡？我问。

电话里传来忙音，她挂了。我愣了一下，扔下手机。

郭岸说话不算数，还班干部，我看压根儿就是骗子。爸爸到底给我买了什么衣服呢？都三天了，还没到。

一缕阳光透过窗玻璃映在床上，很多细细的灰尘在光柱里跳舞。我扑倒在床上，怀抱着熊猫抱枕，妈妈留下的。明天就中秋了，以往，在深圳，妈妈总要做很多菜。出租屋里，一些不认识的叔叔阿姨来做客，给我买礼物。爸爸工厂还发月饼。那些月饼，金灿灿的，里面是五仁、鸭蛋黄，有的还是说不出名字的馅。还有可乐和雪碧，我喝很多，妈妈不骂。每次，我都喝到打嗝儿。

妈妈爸爸是在工厂认识的，生了我，妈妈就没再上班了。她带着我，闲时绣十字绣。妈妈的手艺很好，《八骏图》《清明上河图》，都能绣出来。每一幅卖很多钱。要不是我要上学，爸爸就不会带妈妈回来，妈妈也不会走了。深圳上学，公立学校上不到，私立学校需要很多钱。回来上学，不用钱。爸爸只想把我扔老家，没想到，妈妈都弄不见了。爸爸真傻，早知道，还不如让我陪着妈妈在深圳。

笨蛋，我对着熊猫枕骂爸爸。熊猫枕瞪着大大的黑眼睛，同意了。这些年，熊猫枕对我最好，我打它、骂它，都由着我，也愿意听我说心里话。喵，花猫不知什么时候进来的，它跳上床，对着我叫。我猛地起来，驱赶它，大喊，脏死了。花猫灵敏地躲开，跳下床，还冲着我叫。这家伙，饿了。我往厨房走，四只狗也跟过来，摇头摆尾。我把锅里的饭都挖出来，分给它们。这时，姥姥在叫我了，叫我把花也带上。

我拔了姥姥花瓶里的月季，经过花园时，爬上篱笆的铁线莲生机蓬勃，紫色的花蕊，白色的花瓣，藏不住的妩媚，我顺手折枝摘了十来朵。

姥姥的饭还剩一小半，她的食量越来越小。姥姥吩咐我插了三枝月季在坟前，叫我把余下的花瓣撒在坟头上。风微微的，花瓣飞舞着，落在坟头的杂草之中。

慧儿，明天中秋节，你记得回屋团圆。姥姥说。

每个周日，最繁忙，来客是冰冰，我和姥姥至少要做四个菜，姥姥说，冰冰饿死的，要多吃点。今天，赶上中秋节，姥姥说做九个菜，儿女们都来，团团圆圆。

吃过汤圆，姥姥就叫我去园子里摘菜。我提着腰篮，出了院子。九个菜，我弯着指头数：扁豆、红萝卜、白萝卜、小白菜、韭菜煎蛋、木槿花、肉丸，还做两个什么呢？

推开园门，几只小鸟受惊，扑棱着翅膀，飞走了。扁豆架上，白色的扁豆藏在绿叶间，嫩嫩的，有的还噙着露水。姥姥教我采摘豆子饱满的，我不管，只要长得有点模样，都摘下来。木槿花开得接近尾声了，我挑着鲜艳、有光泽的花瓣，那些蔫着、垂着的花儿见了，更抬不起头。我突然感觉，那些花里，藏着我姥姥。掐了一把韭菜，搁篮子另一头。放下篮子，我在红萝卜地里观摩，有些红萝卜长出了地面，挨茎部长成了绿色，我挑了两个大个儿的红萝卜，爷爷喜欢吃呢。我反身随便拔了一个白萝卜，扔在菜沟里。小白菜正是生长季节，蓬勃的一蔸，就够一碗。我把小白菜、白萝卜、红萝卜捆在一起，一手提了，挎上腰篮，往回走，剩下两个菜就用蛋凑吧，蒸蛋、荷包蛋都行。

远远地，传来车轮滚动的声音，是爷爷，红萝卜没白挑。爷爷的电动代步车，长得跟小汽车一样，只是细了点。我往地坪跑，和爷爷一齐到达。爷爷打开车门，提出一个黑色塑料包裹，萍儿，衣服到了，去试下。

我将手里的东西往院子里一搁，反身接了爷爷的包裹，上面贴着一张快递单。我用力一撕，黑色塑料开了，露出一个透明胶袋，里面黑乎乎的一团。又是黑色！我失望地叫出声。

黑色耐脏，爷爷又从车里提出一包东西，一边对我说一边往里走。

我连拆的欲望都没了，走到客厅，扔在沙发上。姥姥见了，正要拆，我大吼一声，不许拆。

爷爷接了话，真不喜欢就不要拆，还能退。

不许退，我又大叫一声。

爷爷把手里的东西搁在桌子上，说，不许拆，又不许退，你想干吗？

我拿起手机，拨电话，通了，石小强，你买的什么鬼衣服，又是黑色，除了黑色你想不到别的颜色了吗？我是个女孩子。

电话那头，石小强愣了一下，问，不喜欢吗？可以换的，还有粉红色，我是想着太不耐脏了……

换换换，你就不知道先问问我。我气呼呼地挂了电话。拿起包裹，往房里跑。关上门，我倒在床上，泪水奔涌而出。

客厅里，爷爷的电话响了，我竖起耳朵，仔细听。爷爷有一搭没一搭地说着话：那就换个颜色呗。不麻烦，我一会儿带镇上去。买了些排骨，还有月饼。爷爷电话挂了，我重新躺下来。爷爷在外面敲门，萍儿，你爸爸帮你换粉色。我不吭声，打开包裹，一套黑色的学生运动装，领和袖子是白色的，胸前也有个白色的运动标示，裤子两侧有两道白色的杠。我扯了扯身上的旧衣服，前面和袖子都好几个洞，是我在山上挂的。脱了旧衣，我把运动装往身上套。穿衣镜里，那个中学生，朝气，有活力。我拉上拉链，剪下了吊牌。

我穿着新衣走出房门，爷爷夸道，很好看呀。他又说，赶紧脱下来，要换就不能搞脏了。我冲爷爷嚷嚷，不换了，换了今天没新衣穿。

那你哭什么，爷爷一边说一边扛着锄头往外走，说，我去放水，一会儿抓鱼，拿两个桶过来帮忙。

我跳起来，剩下两个菜齐了，一个排骨、一个鱼。我走到厨房，姥姥在洗菜，拖了那把高椅子，坐在洗碗槽旁，侧着脚，很吃力的样子。她扫了我一眼，说，我看衣服要得，比粉色耐脏，做事方便。

做事做事，除了做事，还是做事。我有些生气，不理睬姥姥，提了两个桶往鱼塘走。

太阳光温和地照着，像是打在山头上反弹下来的，柔软而明媚。各种鸟清脆地叫着，爷爷已经挖开了出水口，上面用网隔着，白花花的鱼在出水口窜来窜去，像是好奇地探险，拼命地逃离。爷爷接了桶，在水塘里舀了半桶水，搁在塘边，说，半个小时就能放完，又扫了我一眼，说，回去换衣服，一会儿抓鱼。

我扯了扯衣边，悻悻地往回走。

回到屋，姥姥叫我帮忙做饭，我拿爷爷做了挡箭牌，鱼塘等着我抓鱼呢，别做那么多菜，反正吃不完。

脱下新衣，我把它们叠好，放在枕头上，心里想，谢彩虹和同学们看到我穿这套衣服肯定不会嫌弃我了。

我又穿回了破洞衣，顿感轻松，不用管草地、石头、泥巴、灰尘，哪里都可坐。我拿着一个脸盆，返回鱼塘边，爷爷在抓鱼，他像捡干鱼一样，把那些搁浅在淤泥上的鱼丢进桶里。池塘中央，鱼儿翻着肚皮挤来挤去，在阳光下，闪闪发光。近边，一窝窝泥水里，野生的小鱼蹦跳着。我赤着脚下了池塘，淤泥立即淹没了小腿。我在塘边抓小鱼，浊水里的用手捧，淤泥上的一个个捡。爷爷拿起鱼篓往中央走，淤泥没过了他的膝盖，那些水放不出去了的。鱼儿跳起来，蹦到头顶，落下去，击起泥水溅得他满身都是，兴许眼睛里也有，爷爷用手一抹，一脸的淤泥，像戏子一样。爷爷抓满了一桶，提到岸上，又拿了另一个桶往池中走。姥姥在准备菜，我得送一条鱼去。我上了岸，从桶里挑了一条大草鱼，手指挖在它腮帮处，往回走。

姥姥见了，笑容展了，她指着洗碗槽，示意我放里面，感叹道，这条鱼好大，都一锅了。我对她大声喊道，还有好多好多，已经装满一桶了，爷爷还在捉。姥姥的笑堆得脸上像排满了梯田，她喜欢吃鱼，见了鱼，自然欢喜。

我又往池塘跑，背后，姥姥叫我快点回去炒菜。她端不起铁锅，那次端铁锅摔了跤，还弄了一身菜，从此炒菜成了我的专修课。

鱼塘像个战场，爷爷成了泥人。我又跳进池塘，继续抓鱼。快中午时，姥姥在地坪催我炒菜。我端起一大盆小鱼，往回走。

换上新衣，我往厨房走。九个菜，不知做到什么时候。姥姥吩咐我把排骨用高压锅煮了。先煎鱼，其他炒菜简单。

我在锅里淋上油，正要把鱼扔锅里，姥姥说等油热了再放。锅里冒烟了，我害怕，很多次，油溅到脸上，烫起泡。我关了火，想等油冷一下，姥姥在旁边干着急，喊道，关火干吗，快往锅里放鱼。我听了，把鱼扔锅里，一闪身，躲开来。锅里炸开了，还是溅到我新衣上。

姥姥指责道，你做饭穿个新衣干吗？

今天中秋节。反正，每天都得做饭。说完，我打开火。

姥姥脱下围裙，叫我围上。我迟疑下，还是接了，脏是脏，但可保护新衣。锅里又开始发生吱吱声，我正要拿锅铲把鱼翻身，姥姥阻止，等烧黄了皮再翻。再翻的时候，还是失败了，皮是皮，粘在锅上，肉身是肉身。姥姥说，不该熄火。最后，煎鱼做成了水煮鱼。

刚做好鱼，听到外面车子启动的声音，爷爷在喊，我去那边了。我和姥姥同时往外跑，我跑到地坪，爷爷的车到了拐弯处，一眨眼，消失了。姥姥拄着拐杖赶出来，她左看右瞧，问我，人呢，走了？

我不吭声，我知道她知道。

鱼呢？没给我们留鱼吗？

都带走了。

一条也没留，全拿她那边去了？他知道我最爱吃鱼的，水缸里还可养好多天，再说，可以做腊鱼。

我们还有很多鱼。突然，我想起了自己抓的鱼。跑到洗手间，端出一脸盆的小鱼，那些小鱼在清水里游来游去。

姥姥愣了愣，眨着干巴的眼睛，喃喃说，对，还有这么多鱼，萍儿，我们继续做饭，一会儿，还有好多客人来呢。

我和姥姥回到厨房，默默地炒菜，烧焦了锅、放多了盐，姥姥没有提醒我，她坐在高凳子上，像雕塑。我炒累了，问姥姥，少做几个吧，反正吃不完，剩菜不好吃。姥姥不说话，只摇头。

忙了一个多小时，菜齐了，水煮鱼、烂熟扁豆、葱花红萝卜丝、清炒小白菜、烧黑的韭菜煎蛋、木槿花肉片、肉丸汤、白萝卜炖排骨，还有一盘没切开的咸鸡蛋，摆在圆桌上，满满的一桌。我抽出9双筷子，围着桌子一路摆过去，念道，大舅爷、二舅爷、三舅爷、四舅爷、五舅爷、奶奶、冰奶奶、姥姥、我自己。摆完一圈，我立在那儿，突然脑子里闪现一个人影。我返回，又拿了一双筷子，摆在自己位置旁边，念道，妈妈。

没有雪碧。

深圳过节，总是要干杯的。我想了想，有了主意。跑到厨房，端出一叠茶碗，每个位置摆了，提起开水瓶，一一倒满。

姥姥一一点名，叫她的儿女吃饭。我也默默叫了一声妈。姥姥端起茶碗，和大舅爷碰了碰，说，鬼子早没有了，不知你那边还有没有，帮不上忙，全靠自己，周一给你的那些刀，用不用得上，要是还需要什么就托个梦。姥姥说完，轻轻喝了一口。

姥姥扯着儿女一个个唠叨，最末一个，不是冰冰，而是奶奶。姥姥端起茶碗，还没开始说话，哽咽起来，慧儿，你最不应该，我在你身上花了那么多心思，却狠心扔下我。现在，便宜了外头那姘妇，你不知道，萍儿说今天好多鱼。

姥姥，我们还有好多鱼。我说道，给妈妈夹了一块鱼，然后跟她碰了杯，抿下小口水。同时，在心里喊道，妈妈，你在哪里？

深圳的几个出租屋跳了出来，每一处，都不真切，连妈妈的样子也模模糊糊。妈妈会在其中的一个屋子里碰杯吗，还是一群人到海边玩了呢？我发着呆，姥姥突然叫我，萍儿，去拿红酒。

红酒？我纳闷。

对，在我床下那口旧木箱里。

我起身。从姥姥床底拖出木箱，打开，一股刺鼻的霉味。里面摆着一件寿衣，旁边搁着一瓶红酒，还有一开瓶器。红酒瓶上蒙着一层霜似的。我找了纸巾，把瓶身擦干净。

我学着爸爸的样子，拧红酒塞子，红酒塞子一点点往外挪，渐渐地，露出了半截，我使力一拉，嘭，出来了。

一股酒香，我和姥姥同时深呼吸。我正要在每个瓶子里倒满，姥姥阻止我，说，咱俩喝。

我按姥姥的意思满上，殷红的酒汁，像一团暗藏的火。我端起酒碗，跟姥姥碰了碰，中秋节快乐。

萍儿也快乐，说完，姥姥喝了半碗。我学着姥姥，也喝了半碗。感到有点酸，说，这酒，像苹果汁。

二十多年了，你姥爷留下的，不是说越陈越香的，怎么就酸了呢？那年，他说中秋节喝，没想到，中秋节前一天就走了。

姥姥絮叨着往事，我听着听着，就走神了。我给妈妈倒了酒，和她喝起来，我左手端了自己的，右手端了她的，碰一下碗，左手一口，右手一口。

喝着喝着，有了困意，脸热热的，头昏昏的，眼睛打着架，我扶着墙，回房倒在了床上。

不知过了多久，一阵汽车的喇叭声把我叫醒。我起身来，穿过院子，打开院门。地坪里，停着一辆白色的小车，亮闪闪的，车头处的标志有四个圈圈。我返身往里屋跑，一边喊，姥姥，来客人了。

冲进姥姥的房间，我呆住了。姥姥安详地躺在床上，她的脸上挂着笑，嘴角有浆色的汁液。床头柜上，不锈铁钢杯子卧倒了，浆色的液体顺着桌子往下流，一张纸巾染成了咖啡色。旁边，有一个擂茶钵，里面有残花瓣。靠墙的一侧床上，竖立着一排五颜六色的彼岸花。

叩　门

A1

　　房间里，爸爸妈妈的声音像掉进一个深洞里，听不真切。我盯着门，倒立的"福"字越放越大，在我眼里渐渐成了殷红的一团。

　　非得这样吗？那么多双非孩子，别人怎么过的？爸爸在吼，像狮子突然发怒。

　　你操一点点心就这鬼样子，北区那么多人挤，一旦失败，得到更边远地区，每天接送，不是你，当然不疼不痒。妈妈大叫，她停顿一会儿，又说，就在元朗区，竞争小一点。

　　门开了，妈妈走出来，用袖子擦眼睛，眼睛红红的。是不是进灰了？上次我眼睛里进灰，妈妈就是用湿毛巾帮我擦的。

　　我跑过去，牵住她的手，问，为什么姐姐不用去香港上学？我想和姐姐一起。

　　妈妈呆呆地立着，眼睛盯着鱼缸。我顺着她的目光，几条金鱼摆着尾巴，游来游去。氧气管插在水里，冒出一串小气泡。妈妈低下头，摸了摸我的脸，叹了一口气，说，香港的学校比姐姐的好，你长大就知道了。

那姐姐也去香港，我想有个伴。我用手环绕着妈妈的脖子。

她去不了，她不是香港居民。

香港居民是什么？

妈妈从桌上拿起文件夹，从里面抽出一张复印纸，说，就是这个身份证明，在香港出生才有。妈妈的眼睛里发出亮泽的光。

妈妈偏心，把你生到香港去，把我生在这里。姐姐从书房里伸出一个脑袋，口里咬着铅笔头。

妈妈回头，像要发火，姐姐做了个鬼脸，把头缩了回去。姐姐在共兴小学读五年级，作业老要催着做，早上妈妈还抽了她屁股。

妈妈起身，掀开盖在钢琴上的布罩。叫我，来，练一下琴，给你拍照，还要去楼下照相馆做自我介绍的小册子。这两天要叩门。

我答应一声，乖乖地坐到了钢琴前。问，叩门怎么叩？

在校门外等校长，让他面试你。来，赶紧弹琴。

我机械地弹着上一堂课的曲子，妈妈从不同的角度给我拍照。最后打开了客厅所有的色灯。

表情好一点。校长喜欢活泼可爱的孩子，别一副不愿意的样子。

妈妈怎么知道我不愿意？手指头疼死了，好不容易考完级，说好休息一个星期，又弹。我噘起嘴。说，你说话不算数。

只做个样子，摆个姿势拍照。要做资料，赶紧，乖。妈妈说完，右手做了一个"耶"的姿势。

我很想配合妈妈，但手指一碰键盘就疼得往回缩。我讨厌这钢琴，我对着它用力拍下去，钢琴发出长长的嗡嗡声。

疯了？妈妈吼叫一声，一个跨步跑过来，把我的手从钢琴上拿起，往下一扔，一个巴掌扇在我脸上。凶狠地说，音不准了调一次得多少钱？当玩具呀？

我捂着脸，咧开嘴，哭起来，手疼，不想练，我讨厌琴。

买琴时你是怎么答应的？说每天都练。现在说不想练，迟了。妈妈不是在说话，是在喊。学喊字的时候老师正是这么示范的，她喊了很多种样子，其中就有这一种。

我看着妈妈，她的眼睛睁得大大的，里面的眼珠闪亮闪亮的，像要掉下来。我感觉她像香港同学嘉杰的妈妈。那次，在学校门口，嘉杰和我一起玩石头剪刀布，我赢了，兴奋得大声叫起来。嘉杰妈妈走上来，拉着嘉杰的手，皱起眉头，瞪着眼睛看着我，吩咐嘉杰不要和我玩。

妈妈的眼睛让我害怕，我不喜欢她变成嘉杰妈妈的样子。她大声说话就要打人。每周二，我要学英语，妈妈像狂人一样拖着我走路，飞起来似的，把我接回来就立马做饭。每次，看着满桌子的饭菜我没时间吃，妈妈总是塞给我一个面包，叫我学完英语回来吃。有次，实在太饿，我非要吃了饭再去。结果妈妈就冲我喊，说吃了饭还学个鬼，一百块钱就泡汤了，不学好英语，怎么能在香港上学。说完拖着我往外走，我吊着餐桌不肯走，妈妈就动手打了我。想到这里，我哭得更大声，好像妈妈又打了我似的。

这时，爸爸出来了。他掏出火机，点燃一支烟，对妈妈说，好不容易周末休息，把家弄得跟菜市场一样。有你这么带小孩的吗？

爸爸话没说完，妈妈像放鞭炮似的，菜市场，你去过几次菜市场？这个家你操过什么心？衣来伸手，饭来张口，两个孩子好像我一个人生的。嫌我带不好，自己带呀。妈妈说话时手在空中划来划去，像表演。

爸爸鼻子里哼一声，说，没操心？你们吃的穿的哪里来？

爸爸把我的玩具用手臂往沙发一头扫过去。哎呀，我刚拼好的积木坦克又被他弄散了。我停止哭，差点从凳子上跳下来，准备跑过去重新组装，碰到妈妈的身体，不敢动。只见爸爸在沙发空处坐下来，又端起了他的紫砂壶，准备泡茶。爸爸的茶难喝死了，像中药一样。我不喜欢他在家泡茶喝，有时候还带人来，几个人围在一起，凶巴巴的，不准我和姐姐开心地玩，说我们吵死了。

妈妈像是挨了一闷棍，半晌，冲爸爸嚷道，光上个班就尽力了吗？我还想上班去呢。谁还没上过班吗？不是生孩子，我职位不会比你低。妈妈又这么说，看来真是我和姐姐害她没工作的。

你们吵死了，我怎么做作业？姐姐突然从书房跑出来，光着脚在木地板上使劲跺。这个汤思绮，跺得真过瘾！我从钢琴凳子上跳下来，学她使劲跺。

妈妈像刚跑完步似的，胸脯一起一伏，摇着头，骂道，反了天了，懒得管你们了。说完，拿着手机和 U 盘，出了门。

姐姐对着我扮了一个鬼脸，然后低了头，对爸爸说，我和弟弟玩一会儿。

玩玩玩，不好好做作业，等你老妈回来收拾你。爸爸头也不抬，继续泡着他的茶。

就玩十分钟。姐姐两个食指交叉。

油腔滑调的。去把烟灰缸给我拿来。

姐姐一阵风似的跑进爸爸卧室，捧着烟灰缸放在了茶几上。爸爸指着墙上的时钟，说，十分钟，自己看好时间。

姐姐往墙上瞟了一眼，应了一声。从玩具箱里找了两把枪，给我一把，短的。她的是机关枪，长长的。又顺手抓起魔方。那是一块普通魔方，十元钱买的。

魔方是我的，给我长枪，我叫着。姐姐往房间跑，还把枪口对着我扫射，嘴里发出砰砰砰的声音。我急了，端起手枪，瞄准她，追了上去。姐姐躲到了床那边，我从床尾绕过去，姐姐忽地跳起来，踩在床上往外逃跑，不时回头用枪口扫射我。

我中了很多弹，应该死了，于是倒在地上。姐姐嘻嘻笑着跑过来，我对着她放了一枪，她也倒在地上。然后我们都复活了，继续战斗。

我们在床上、地上滚来滚去，跑得满头是汗。魔方抢过来又夺过去。妈妈回来时，三个房间的地上横七竖八地甩满了东西：枕头、绒布狗、零食、书本，还有姐姐用废纸做的手榴弹。

听到开门声，姐姐赶紧用食指竖在嘴巴边上。她飞速地将枕头扔上床，捡起书本往书房去了。我抱着绒布狗，用脚踢着手榴弹。

你们在干吗？妈妈大声吼叫，又跑床上踩去了？

我不敢吭声，想从她身边溜走，妈妈一把抓住我，满头大汗，都疯成什么样了！一边说一边扯了毛巾往我头上擦。我头发被擦疼了，咬着牙忍着。

B1

看着这个家，我感到身心疲惫。汤卫刚坐在一堆玩具的沙发里，像个世外超人，悠闲地喝着他的茶，看着《最强大脑》节目。

餐桌上的碗还没来得及收拾，摊在那里。我不去动，永远也没人动。礼拜天，我依然五点半就醒了，成了习惯。在床上躺了一会儿，六点起床，煲粥、和面、做鸡蛋饼、打豆浆。小宝醒得早，他吃了早餐就玩积木，客厅地板上摆得像战场，那些坦克、装甲车、士兵铺满一地。战斗片看多了，穿的、用的、说的都喜欢模仿。大宝上了厕所，又跑回去睡回笼觉，八点多才起来。早餐吃成流水席，小宝和我一轮，大宝一轮，汤卫刚是最后一轮，完了还不收拾碗筷。刚结婚那些年，汤卫刚尊我为女皇陛下，洗碗、洗衣、拖地，样样都干。同事都说我嫁了个好男人，抢着说要换。如今，他要能洗次碗，就像给了我好大的恩赐似的。什么时候这些破事都成了我的？女人，结婚后就跟孩子绑在一起，生孩子，带孩子，老了还得带孙子。

早几年，周围的朋友在计划生育的缝隙里，握起美国、中国香港做武器，找到了一片新的天地。在内地播种，又汲取内

097 ·

地的营养，把肚子喂到十个月大，跑到美国、中国香港，生下美国居民、中国香港居民，然后揣着护照、回乡证，回到大陆居住地，对着独生子女证，发出胜利者的微笑。那一阵，汤卫刚劝我生二胎，说得天花乱坠：医疗条件好呀，小宝可享受香港政府援助和免费疗服务，以后有老人强积金和生果金；读书不用花钱，十二年义务教育，还双语教学，考回内地可减200分；出国方便，上百个国家免签入境；我们还能办探亲通行证，长时间在香港生活和工作，60岁后还可移居香港并享有香港所有福利。当然，最重要的是，他拐个弯就可实现他传宗接代的梦想。着了他的道，我也扑进了香港生子的大潮。生下来，是个带把的，汤卫刚押中了宝，高兴得忘乎所以。满月酒那天，办了二十桌，汤卫刚端着酒杯，每桌敬酒，一个劲地感谢庄丰源。庄丰源不是名人，但对汤家很重要。没有庄丰源，就没有汤炜。当年，广东汕尾的庄纪炎夫妇把庄丰源生在香港，才有了"庄丰源案"，法律宣布庄丰源为香港永久性居民，才有了汤炜做我们儿子的可能。

殊不知，在缝隙里生的，还得在缝隙里存。想想这几年我过的日子，能和谁说去？

给小宝擦完头，我从环保袋里拿出影印本，叫他拿给汤卫刚看一下。

小宝接过本子，往汤卫刚走去，爸，你看，好漂亮。他跑到汤卫刚面前，一边指指点点，一边说，我的照片，这个在画画，这个在朗诵比赛，这个在游泳，这个在弹钢琴，就是刚刚妈妈照的，只有这个没有笑。

汤卫刚把小宝搂在怀里，夸道，小宝真厉害，会这么多，还会英语、粤语、普通话。小宝快上小学了，以后小宝还要留学，到美国、加拿大。

我不要留学，汤卫刚的话没说完，小宝抢着说。

傻呀，留学才有出息，汤卫刚刮了小宝的鼻子一下，问，干吗不？

我要和姐姐一起上学，留学好累。

不累，以后姐姐也可以留学，只要她好好学习，考到美国去，我插话说。

妈妈骗你，香港上学都这么累，去美国更累，大宝在房间大声地说。这个兔崽子，不好好做作业。我冲她喊道，汤思绮，是不是讨打？看我一会儿怎么收拾你。大宝这孩子太皮了，哪像个女孩？简直是飞天蜈蚣，成绩又不好，真叫我头疼。

汤卫刚皱着眉头，盯着我，说，对孩子能不这么说话吗？一个个都被你调教成什么样了？都听你的吗？怕你吗？

气往脑门冲，压也压不住，我把手上打印的资料往他身上一甩，发火，还把矛头对准我！老子一天到晚为了这个家，啥事都干不成，一个个还没侍候好。你来呀，跷着个腿做甩手掌柜谁不会？叩门要准备九项资料，这里有个人档案、照片、出生证明、统一派位的资料等，还差中英文版本的自述申请信、推荐信，你去搞呀，现在就陪他练习自我介绍，到时关键就看他表现了。

汤卫刚抬头看我一眼，我在他眼睛里读到"厌恶"两个字，然后，他蹙下眉，恢复平静。就那表情，好像我是空气。

汤卫刚一张张叠起那些资料，把小宝转个身，对着自己，说，来，汤炜同学，你叩门成功。现在我代表天水围天主教小学开始面试你了。

我要上元朗官立小学。妈妈说近一点。

好好好，元朗官立小学。现在我是校长。汤炜同学平时最喜欢做什么呀？

玩枪战。

呃，不行，这样校长就不会挑你了。

那，喜欢钢琴吧，小宝垂下头。

不是喜欢钢琴吧，而是喜欢弹钢琴。不要低着头，抬起头来，看着校长说话，这是礼貌……汤卫刚耐着性子教着小宝。

我转过身，收拾桌上的碗筷，拿到厨房，堆在洗碗槽内。看着这些堆起的碗，心里突然酸酸的，什么时候开始，我的生活就只剩这些了？我打开水龙头，冲得一池的洗洁精泡沫。窗外，几百米处的小区外墙边，榕树郁郁葱葱，一些小鸟叽叽喳喳地叫着、跳跃着，在树枝上空飞来飞去。它们倒自在。我机械地刷着碗，碗在手下转着圈，捞出水，很通亮。我一个一个地把它们叠在台面，突然，我感觉日子被压在这些碗中间，扁扁的。

我想要怒放的生命……

I will run, I will climb, I will soar ...

客厅里，两个手机同时响了。

我擦了擦手，跑过去，找了自己的，接了。是 E 栋 602 那个女人，大宝同学黄婷的妈妈。问我黄道益和红花油给她带了没，让我给她送过去。我连声答应。一瓶黄道益、一瓶红花油，港币和人民币之间挣个差价，也就二十来块钱，真想叫她自己来拿，但想想，还指望她买 CC 气垫和面膜之类，服务要到位。挂了电话，我正想叫汤卫刚把碗接着洗完，却见他已到了门口，正穿鞋子。

去哪儿？我问。

朋友约打牌，三缺一。

又出去打牌，心里还有没有这个家？

礼拜天都不放松一下，我要疯了。

你礼拜天放松，我什么时候放松？再说，叩门到底定哪个学校？

哪个学校离黄大仙祠近一点就哪个。话还没落音，门砰的一声，关上了。

黄大仙黄大仙，跟学校一毛钱关系都没有。体内所有的气体都往胸口挤，一块巨大的石头压过来，把那些气体压得要膨胀似的。我按着胸口，拖了身边的餐桌椅子，坐下来。手机不停地叮当，我打开微信，屏蔽的微信群一片红点，未读信息一片红，很多让我代购的客户在询问货拿到没有。

得抓紧时间，及时回复客户。我打起精神，走到厨房，太阳光透过玻璃，照在那叠透亮的碗上，反射着夺目的光。凭什么我就该在这里洗来洗去，他说走就走，孩子和家务全扔给我？我双手抱起叠着的碗，使劲往地上一甩。哐啷，巨大的破碎声拖着长长的尾音，在屋子里回响。地上一摊瓷块，大的大，细的细，如同我被撕得碎碎的日子。拖鞋上，也搁着几片。

妈妈，怎么啦？小宝和大宝一边问一边跑过来，站在厨房门口，惊恐地看着我。

是啊，我这是怎么啦？眼泪滚出来，我赶紧用衣袖抹。窗外，榕树上小鸟的叫声很清脆。楼上，那条关着的狗又在那里呜咽，快两年了，它时不时地这样叫几声，听得人心里发毛，好像在哭诉。

没事，不小心掉地上罢了，我对孩子说。

吓死我了，吓死我了，声音好大。大宝拍着胸脯。小宝也学着一边拍一边说。

我抖掉鞋子上的碎瓷片，一只手牵了大宝，一只手牵了小宝，走出厨房。

爸爸又去打牌了？大宝问。

我不吭声，在沙发上坐了下来。

我讨厌爸爸打牌，每次他打牌，你就不高兴。大宝掰着我的手说。小宝也附和，我也讨厌爸爸，喜欢妈妈。

我鼻子酸酸的，这两个小家伙，平时没少挨我打骂，这时倒会哄人了。我把他俩搂在怀里，抚摸着。大宝挣开来，说道，妈妈，我去把厨房扫一下，免得爸爸回来看见了，你们又打架。

看着大宝的背影，我眼泪决了堤。小宝给我扯来纸巾，笨拙地往我脸上擦。这时，手机响了，是黄婷妈。我擦干眼泪，接了。她说已到楼下，要上来拿东西，不知哪号房。我告诉她0903。

门铃响了。小宝跑过去。

我赶紧收拾沙发，回头看着摆了一地的玩具，落脚的地方都没有。我用手推到一堆，往月饼盒里装。小宝开完门，回头大叫，妈妈，那是我的，我的战场不要动。

一会儿你再摆。阿姨要来了，太乱。我收拾完，正准备去拿拖把，黄婷妈就进了门。

我连忙迎上去，说，不用脱鞋，地没拖，不好意思。

没事。孩子小嘛，都这样，谁不是这么过来的？黄婷妈说。她穿着一身真丝水墨古风旗袍，头发绾了一个髻，盘在后面。脚上是双五厘米高的白色羊皮凉鞋。我在客厅墙上的镜子里扫了一眼自己：头发随便抓成一个马尾，一件白色 T 恤，搭着牛仔裤，脂粉未施，黄色的皮肤暗淡无光。

我说，进来坐吧。

黄婷妈看着沙发，说，不坐了，东西给我。

那么急，好不容易上来一次。坐下来喝壶茶嘛。

你也忙，我知道。再说，实话告诉你，我不爱喝茶。全喝白开水，偶尔泡下生姜。

姜是好东西呀。你跟我去拿药吧。

不去了，没脱鞋子，搞坏屋子。

没事。我一把拖了她。

穿过卧室，我带着她往主卧的浴室走。

黄婷妈左右打量着，问，里面还有房子呀？

主卧的浴室，改成了杂物间。懒得搞卫生，加上好多东西没地方放。

推开推拉门，黄婷妈叫起来，呀，像个小卖部。

我笑笑，两面墙摆了四个六十厘米宽的书柜，里面摆满了商品，都是香港来的，各种促销时进的货。

黄婷妈问这问那，最后拿起一个精致的包装，问我是什么？

雅诗兰黛旅行套装，不错的，含特润肌透精华露30毫升、智研面霜15毫升、眼霜5毫升。原装进口，全球网上可贵，我搞活动时拿的，599。

全英文，我都不认识。

进口的，你看，Estee Lauder。我也英文不好，上学时学的还给老师了。我一边说一边用手机百度，找出全球网的购物链接，递到她面前，说，这里999，贵四百。捡钱。拿了吧？

我想想，还没用过这个牌子，不知过不过敏。

过敏你还我，反正我也用。

黄婷妈犹豫着，挺贵的呢，这么点东西。

要看什么牌子，这是国际品牌。女人不对自己好谁对你好？尤其是这张脸，一定要爱护，不好好保养就成黄脸婆了。

说得也是。那我拿了试试吧。我的药呢？

我从地上的箱子里拿出黄道益和红花油。黄婷妈微信转了钱给我。我又找出一包英文包装的蜗牛面膜，扯住她，试探地问，我帮你做个面膜吧？这个超好用。

黄婷妈说约了人一起学肚皮舞。我只得送了她一片，又送了个试用装的洗面奶。舍不得孩子套不住狼，希望她用得好，找我拿。临走时，黄婷妈叫我下次帮她带个iPhone x，256GB的，她妹妹要。我满口答应。今天送啥都值了。

送走黄婷妈，我开始处理没寄出去的客户商品。忙到晚上十点半，汤卫刚还没回。打电话，不接。结婚后才发现他好赌，一上牌桌就像鬼附了身似的，不输精光不肯回。我们也吵过不少架，现在连吵的力气都没有了，明天还得早起，我上床休息。

睡梦中，感到被什么东西压住，思维从遥远的地方清晰过来，闻到了汤卫刚身上一股酒臭味。我的头感到一阵剧痛，像是一根绳子伸进去，绑在神经根上，被使劲地扯了几下。不想和他吵，这会让我更疲累，只有他睡了我才得安宁。侍候他完毕，迎接我的却是他雷鸣般的鼾声，以及源源不断的酒臭味。我抱着枕头，爬到床的另一端，望着隐隐约约的天花板，睡意全无，漫漫的黑夜与头疼搅拌，失眠正吞噬着我。

A2

妈妈叫我起床，同时，灯开了，妈妈将一堆衣服扔在床头。她拉开窗帘，又跑出去了。我打了一个滚，被窝里真舒服。楼下，树上的小鸟叽叽喳喳，像开会。它们起那么早，没被窝，冷醒了吧。

我踢开被子，睁开一只眼。天花板上的照明灯刺眼，眼睛胀胀的。我望向窗外，微微的亮光，对面的房子还是影子。

小宝，还没起？快六点了。妈妈在房间外叫着。

我睁开眼，把睡衣脱了，开始换衣服。闭着眼睛扣扣子。妈妈像一阵风一样进来。

怎么穿的？扣子没扣齐，上的上，下的下。妈妈帮我解扣子。又说道，小宝赶紧学会自己照顾自己，像姐姐一样。你看，姐姐都不用妈妈管，早餐自己吃，自己去学校。

我推开妈妈的手，说，我会扣。刚刚扣错是闭着眼睛没看。

姐姐都是闹钟叫醒的，不用妈妈催。闹钟根本叫不醒你。

可姐姐还在睡觉。她起得比我晚。

所以小宝比姐姐厉害。你穿好衣，快去刷牙。妈妈把粥盛碗里冷一下。

我不想吃粥，要吃肠粉。妈妈走了，不知她听到没有。我尿急，提着裤子往洗手间跑。

没有肠粉，只有粥，八宝粥。我噘着嘴，一勺一勺地往嘴里送。吃到一半，妈妈拉着我的手往外赶，顺手抓起两个煮鸡蛋，说，没时间了，边走边吃吧。妈妈拖着我，像捡垃圾的老奶奶拖着个大塑料袋。

楼下就是地铁站，和天虹商场连通。妈妈一边大步走路，一边往我嘴里塞鸡蛋。一个鸡蛋两口塞完，还逼着我喝水。妈妈要求我在进地铁之前吃完。地铁上不准吃东西。

我慢慢地走，否则吃不完。天还没完全醒来，小区里，一个老爷爷在扫地，发出沙沙的声音，我的嘴巴跟着那节奏，他扫一下，我牙齿动一下。

怎么这么慢？快点，一会儿赶不上保姆车了。妈妈在我后背上拍了一下。

哦，我怎么忘了？赶不上保姆车还得自己去学校，到时妈妈肯定要发火的。我赶紧就着水吞咽鸡蛋。在安检处，妈妈成功地将最后一半鸡蛋塞进我嘴里。

六点半，乘地铁的人很少，我在地铁里跑步，从这一头跑到那一头。我喜欢干这个，妈妈打过我，她说怕停站的时候坏人把我拉下车，丢了。我还是忍不住，开始，在两节车厢跑，再到三节、四节，再到整个列车。妈妈看我没出事，后来就不管了。

过了三个站，进站的人多起来。我不敢乱跑了，乖乖地坐在妈妈身边。

会展中心转车后，两站就到了福田口岸。大厅里挤满了成群结队的小朋友，穿着与我不同的校服，书包也不一样。我在人群里寻找元朗幼儿园的小朋友，穿红色马夹的保姆老师站在老地方等我们。我从妈妈手上接过书包，背了，向保姆老师跑去。

突然，一个小朋友不知从什么地方蹿出来，和我撞在一起，我们摔倒在地。妈妈惊叫一声，一阵风似的跑过来，大声喊着，小宝，没事吧？

我爬起来，说没事。那个小朋友也站起来了，他妈妈左手提着一个小小的红色保温桶，右手拿着一个勺子过来了，口里嚷嚷，跑呀跑呀，摔倒了吧？吃点东西跟要你命似的，不吃，一上午就得饿肚子了。然后，她转向我妈妈，说道，不好意思，不肯吃早餐，追着吃，没摔着人吧？

妈妈笑说没事，起得太早，孩子都没胃口。你真有耐心，还用保温桶装到这里喂。

没办法，挑食，面包、蛋糕那些都不爱吃，就吃点瘦肉粥。那个妈妈一边说一边扯住小朋友，喂了一勺。这个妈妈真好，我八宝粥都没吃完，妈妈就把我叫出门了，好在我爱吃鸡蛋。

从哪里过来？妈妈问那人。

布吉，每天赶地铁，打仗一样。之前开车送，但路上有时塞，赶不上保姆车，有车也不方便。那个阿姨摇着头跟妈妈说话。

我和小朋友玩起了魔方。他的魔方是袖珍的，一个平面只有四个方块。我们交换着玩。我把他的魔方揣在口袋里，低头一看，根本不明显，老师一定看不出来。

我问他哪里买的，他说是他家楼下的小店。

多少钱，帮我买一个行不？

行啊，三十块钱。

那么贵，我低下了头，小声说，我没那么多钱。

三十块钱都没有？我三百都有。他抬起头来，定神地望着远处，叫道，排队了。我要走了。

随着他的目光，我看到十来个穿着白色衬衣、蓝色短裤、背着红色书包的小朋友在排队，三个穿绿色马甲的阿姨在整理队伍。旁边安检学生通道上，两排灰色格子短裤的小朋友正在通过，他们的保姆老师穿着米白色的马夹。

小朋友的妈妈扯住他，叫再吃一口。小朋友一边张开嘴，一边把书包往身上揽。

一堆堆人、一排排队伍挤满了整个大厅。我的三个保姆老师到齐了，她们穿着红色马甲，吹着口哨，指挥着身边的小朋友排队。我对妈妈挥挥手，说了声再见，然后向我们的队伍走去。

走到队伍里，我回头，看见妈妈正站在白色的护栏外，和很多家长挤在一起，她朝我挥着手。记得第一次和妈妈这样分别时，我使劲地哭，很多小朋友和我一样，不肯离开，后来，是保姆老师把我抱走的。

排队，过关，上车。一路上，我不停地想着那个魔方。

没想到嘉杰也有那样的魔方，他魔方很多，用一个小袋子装着，下课拿出来，分给好朋友玩。嘉杰不和我玩，我只有远远地看着。这次他拿出四个方块的袖珍魔方，大家都争着看，我忍不住也围过去。

嘉杰对我瞪着眼睛，吼道，走开，大陆仔。

看一下也不行吗？我弱弱地嘀咕。

不行，别看坏了。

怎么会看坏？我看着你，你坏了吗？

反正不让你看。我们才不和水鬼的孩子玩。对不对？嘉杰用手指着正在玩魔方的朋友。那些同学个个点头，他们对我挤鼻子瞪眼，叫道，水鬼崽，不和你玩；大陆仔，离远一点；香港是我们的，你跑我们这里读书，不要脸。

我生气了，说，你们才是鬼崽。

他们哄笑起来，水鬼崽，不是鬼崽。真笨。

你们才是水鬼崽，我回击。

我们不是，我们的妈妈都不是水鬼。

汤炜水鬼崽，不要脸。

大陆仔，水鬼崽……

他们一齐对我嚷，声音一个高过一个。

我朝他们举起了拳头，大声说，我妈不是水鬼，你们骂人，小心我揍人。

来呀，水鬼崽，看是你厉害还是我们厉害！嘉杰说着，用手在我头上扫了一下。我举起的拳头不听使唤，像奥特曼一样朝嘉杰挥了过去，击中他胸部。嘉杰晃了晃，一个拳头打在我脸上，并大声说，帮我报仇，大陆仔居然欺负我。

拳头一起向我挥来，我抱着头，蹲在地上。手上、脸上、背上落满拳头，还有硬硬的东西砸在我身上，是魔方。我不顾疼痛，双手抱住魔方，抢过来。

还我魔方，有人大声叫。

我把魔方死死地揣在怀里，心里念道，魔方呀魔方，发挥你的魔力吧，给这一群欺侮我的人一些惩罚，让他们的拳头落在自己的头上。

我眯着眼看他们的拳头有没有打自己。没有，拳头照样朝我挥过来，像一起打鼓似的。

魔方被他们夺走了。

大陆仔，滚回去。水鬼崽，看你敢抢魔方。打死他。他们喊着，用拳头和脚对我攻击。

我已经感觉不到疼痛了，只觉落下拳头的地方麻麻的，眼睛也被击中，无法睁开。姐姐，救我呀。我想起了姐姐。在小区，有小朋友欺侮我，姐姐就会像战神一样出现，她吼一声，那些人就不敢动我了。她一出手就把他们吓得屁滚尿流。

住手，一个声音响起。姐姐来了吗？不是，是李老师。她急急忙忙地跑过来，扒开他们，捧起我的头，紧张地问，汤炜，你怎么样？

我咬着嘴唇，鼻孔里像有什么东西往下流，我用右手擦了一把，红红的，是血。李老师叫人拿来纸巾，卷起筒，插在我鼻孔里。转过身去，命令嘉杰他们靠墙站好。上课铃响了，另外两位老师来到教室。

李老师伸手来牵我，说去医务室。我躲开她，说，不去。

李老师弯下腰来，细声说，炜炜小朋友听话，去让医生检查一下。

我要回深圳。让妈妈带我看。

李老师轻轻牵着我，说，在学校，老师就是妈妈，来。她拉着我往外走。一边问道，头痛吗？

一点也不痛。我才不怕他们，姐姐来了他们全部会被打倒。

炜炜同学，打架是不对的。李老师语气变了，并严厉地问我，为什么和他们打起来了？

我不吭声。

老师问你话，要回答，否则是不礼貌的。

他们骂我是水鬼崽、大陆仔。还说我妈妈是水鬼。我哭起来，眼泪流到脸颊上，有些疼。

老师的手颤了一下，她掏出纸巾，帮我擦眼泪，炜炜不哭，他们骂人，不对。炜炜因此就动手了，是吗？

嘉杰先动手，我就还手。

老师一会儿会狠狠地批评他们。但炜炜出手打人也是不对的，你应该告诉老师，让老师来处理。知道吗？

我点了点头，看着李老师，她的头发扎成一个马尾，眼睛黑亮黑亮的，粉色的裙子落在了地上，像个天使。我犹豫了一下，问道，水鬼是什么意思？

李老师哑住了，一会儿，说道，水鬼本来是指水里的怪兽，这是一种迷信的说法。嘉杰这么说可能不是这个意思，我问问他。炜炜好好学习就是，不要管这个，我会让嘉杰他们向你道歉的。

他们都不跟我玩，才不会给我道歉呢。他们说只跟香港的同学玩。老师，我就是香港人，妈妈说了，我的身份证就是香港身份证。

是哪里人不重要。重要的是要好好学习，做一个对社会有用的人。李老师又像上课一样讲话。

到了医务室。穿白色衣服的医生帮我检查了眼睛，叫我晃头，问我疼不疼，然后在我脸颊上涂一些药水，说没大碍，为了保险起见，建议最好去医院检查一下，看有没有脑震荡。

李老师领着我回到教室，嘉杰他们一个个地向我道歉，后来，他们的爸爸妈妈都来了，我的妈妈没来。老师说电话打不通。

下午，我没有上课，李老师带我去了医院，做检查。回到学校，就到了放学时间。保姆老师见了我，惊叫一声，李老师和她说着话，眼睛看着我。她们在说我的事。

B2

我拖着箱子到达福田口岸，过关队伍排起了长龙。糟了，情况不对。果然，左边队伍里，两个人在聊天，说从下午两点开始，海关开始打击走私、水客专项行动。早知道今天就不给汤卫刚买那套衣服了。前几天，他答应一起带孩子去叩门，特意给他买了件新衬衣和西裤，古士旗的，一套打完折两千多。黄婷妈要的 iPhone x 超过了五千元，我赶紧把包装盒拆了，拿出手机拍照存图。发现手机还是关机状态，试 iPhone x 时，我把卡取出来，忘记开机了。开了机，看到李老师发的信息，说孩子在学校打架了，让我去学校。

炜炜，我的孩子。我的心像被一根细线吊了起来，一扯一扯的。正准备给李老师打电话，来了一行海关人员，拿着牛皮纸信封，在收手机。说是所有大件行李全部得扣留做开箱检查。

iPhone x 也被收走了，包装盒也未来得及扔，一起带走了。所有的人都处于一阵焦虑状态，但无计可施，只有听天由命。做了三年代购，我第一次碰上这样的事，心里没底，不知会发生什么。时间一点点过去，我一会儿想着炜炜，一会儿又想着这些货，身体里像被什么东西伸进去搅过，五脏六腑都挪了位，全都无法正常工作，慌慌的。

在廊桥上排了一个多小时，进入大厅，只见安检处右侧开设了专门通道，仅供携带小件行李以及无行李旅客快速通过。大厅一侧堆满行李箱。有的拖车上面堆着纸箱、双肩包，有的是拉杆箱，五颜六色的购物袋堆在各种行李上，很壮观。

学生专用通道开始出现孩子了，放学时间到了，我盯着学生通道。

队伍慢慢往前移，有人说抓了五百多人。我忐忑不安，后悔这次带的货太多，我在心里算了很多次，除了 iPhone x，其余货物金额远远超过五千元。一个海关工作人员对应一个人开箱检查。

前面的人被带走了。

下一个。穿海关制服的男生喊道，他朝我挥挥手，示意打开行李箱。我的腿像抽走了筋骨似的，瘫软下来。我颤抖着，拉开拉链。

男生在箱内翻了翻，站起来，说，扣下。

我尖叫一声，扑在行李上，哭了起来。同时，听到一个熟悉的声音在喊妈妈。

是炜炜。我扭头，炜炜从旁边通道的学生队伍里向我跑过来，一边跑，一边喊。

炜炜扑倒在我怀里，我蹲在地上，一只手环抱着孩子，一只手护着行李箱。

炜炜用惊恐的眼睛打量着海关人员，说，妈妈，他们要干吗？

我望着那男生，哀求道，你们要是扣了我这些货，我赔不起呀，我一年也赚不回这些钱，日子都没法过了。

前来扣货的海关人员望着检查行李的人，犹豫着，问到底扣不扣。

检查的男生叹气道，带着孩子，请示队长吧。

我牵着炜炜，拖着行李，跟在他们后面。进了一个小房间，有个人站在窗口，正在打电话。等他挂了电话，两个男生向他报告，请示怎么处理。

队长抬眼看了我一下，低头望着炜炜。炜炜怯怯地、紧紧地抱住我。突然，队长严厉地对那两人说，你们打孩子了吗？

两个男生惊慌地回答，没有啊。

那他脸上怎么有一块青？

青？我赶紧蹲下身子，果然，炜炜的右脸有一块青瘀，还涂着药水。我捧着孩子的脸，失声道，炜炜，你怎么了？

炜炜哭起来，他们，他们打我。

谁打你？

嘉杰他们，五六个人，不给我看魔方，还打我，骂我是大陆仔、水鬼崽，还骂你是水鬼。老师都说了，水鬼是水里的怪兽。他们好坏。

炜炜说完，看着那队长，说，警察叔叔，你帮我去把他们抓起来。

我一阵战栗，感觉身体卡进了自行车的链条里。同时，脸像被剥去皮，撒了辣椒粉。

队长摇着头，对炜炜说，小朋友，你去隔壁，跟两位叔叔报告一下他们打你的事情，妈妈在这边谈点事。

炜炜应了一声，看着我。

我配合队长支开孩子，去吧，跟叔叔说，一会儿再仔细告诉妈妈。你就在玻璃那边，妈妈在这边。

待炜炜走了，队长看了我的身份证，开始盘问我，我老老实实地交代。

三年了？那你知道是在犯罪吗？

我一惊，吓得眼睛都瞪着，使劲摇头。

走私罪的起刑点是累计逃税十万元以上，你自己算算，三年，有没有超过十万元？要立案，判刑的。

我吓得直冒冷汗，赶紧为自己开脱，就这次最多，之前偶尔帮邻居朋友带点东西，都好少的。最近有人教我做代购，才学着用箱子拉东西。这不，就被抓了。

这多不好，孩子也跟着遭罪。

是是是，说到孩子，我伤心起来，委屈一股脑儿地跑出来，我也不想呀，队长。一大家子，靠一个人的工资养着，还两个孩子，日子实在没法过。之前我也有体面的工作，现在孩子到香港上学，我这每一天都搭在接送孩子上，哪还能做别的事情？看着别人这么做，也跟着学了。帮朋友邻居带点东西，省得他们往香港跑。谁知道是违法呢？

逃税就是犯法，队长严厉地说，接着，他吩咐人将我的行李拿过来，说要补税。

一听到补税，我傻了眼，几千块钱税款，这个月白干了。我又开始掉眼泪，队长，补了税，我就贴钱了。你行行好。我就想赚几个零用钱补贴家用，老公的钱供房，还要养两位老人。

这时，炜炜扭过头来往这边看，看到我擦眼泪，跑出来，摇着我的手，问，妈妈，你怎么啦？我赶紧找纸巾擦眼泪。炜炜见我不吭声，转过身，对队长说，警察叔叔怎么也欺侮人？

队长尴尬地摆摆手，你妈妈带的东西太多，违反规定。

炜炜眨着黑亮的眼睛，问，放不下吗？我有书包，帮妈妈带。

小朋友，你也不能带，违法，懂吗？

炜炜摇着头，不，没违法。我妈妈是用钱买的，她有小票，每次回去她都整理小票。我们动她的小票她就打我们，说没有小票不能给顾客，我们就别想吃巧克力了。

队长皱着眉，站起来，在屋子里转了两圈，示意手下打开行李箱。箱子里，物品零乱地堆着：包、牛奶、化妆品、药……

队长叫我拿出小票，吩咐人计算，不一会儿，总额出来了，共 24539 元。

队长沉着脸，严厉地对我说，看看，四五次就可以定你刑。这些东西就应该扣了。

我一听扣了，扑在行李箱上，哭起来。小宝跟着尖叫一声，大声哭。我环抱孩子，坐在地上，根本控制不了自己，像要把这辈子受的委屈都要哭出来。

贾胜男，别哭了，孩子在呢。队长语气温和了很多。我捂住嘴，压抑的呜咽声从指缝里溜出来，像一把琴摔在地上，断了弦，声音怪异。炜炜依偎在我怀里，说，妈妈别哭。然后他望着队长，问，叔叔，你们要把我妈妈怎么样啊？

小朋友，你妈妈犯错误了。

犯错误了可以改呀，我犯错老师就叫我写保证书。

听了炜炜的话，队长笑起来，他捏了捏炜炜的脸颊，走到一旁，小声地对手下说话。

拿到手机，走出办公室，十个未接电话，全是保姆老师打来的。我回拨过去，她转告了孩子的事。我含着泪，抚摸着孩子的脸，呆呆地立着，看着黑压压的人群，仿佛走进了荧屏，发生的一切虚幻如梦。海关人员流着汗，开箱检查，一个个忙碌着，候检的人排着队，伸着头往前面望，有些被检的人与海关人员争执，有些掩面而泣，还有些人和海关人员抢着行李箱。队伍边沿拉着警戒线，十来个警察牵着警犬站岗。

我回过神，牵着孩子过了关。拨了汤卫刚电话，老公，来接我们，今天遇到麻烦了。

电话里，汤卫刚声音压得低低的，我正在开会。说完就挂了。

又是开会！开会真好，任何事到了它面前，就可理直气壮地顶回去。要是大学开设这个专业，我也想读。这些年，汤卫刚跟开会结了婚，早开晚开，其他时间随时还开。开会成了挂我电话的专用理由。这个人，和我到底有啥关系？成天见不着人影，偶尔回家吃个晚饭，也说不上几句话。每天衣服一扔，得帮他洗。还喜欢穿白色衣服，得手洗。银行卡也收回去了，嫌我往娘家花的钱太多。不让我做代购，说丢了他的脸。

我强打精神，在心里对自己说了句，贾胜男，自己扛着吧。

地铁高峰期，等了两趟车都没挤上。人如潮水，门一开，就往里面涌，脚踩脚，人挤人，跟乘绿皮火车一样，要拼命。我拖着行李箱，牵着炜炜，往最后一节车厢走。终于上了车，后面一股巨大的力量把我往里推，我张开双臂，像母鸡一样，使劲挡住挤压力量，用箱子和手臂隔出一个小空间，让炜炜站得舒服。

我不停地提醒周围的人，说这里有个孩子。四周的人看了看，都尽量不往这边挤。警示音响了，车门关起来，有几个下车的人还没挤到门口，一脸沮丧。车厢内一股汗臭味呛人，这味道里肯定也掺杂着我的。

每次上下车，人流窜动，我得拼命张开双臂营造炜炜的保护圈，几站下来，我的手臂都酸疼了。炜炜也开始失去耐心，不停地吵闹，妈妈，我好累。我要坐。怎么那么远？还有多久到家？我敷衍地回答他，快了。心里另一个声音说，我更累。

回到家，六点半，客厅没开灯，一片黑暗，大宝在书房做作业，门口有光芒。听到开门声，她跑出来，开了灯。

怎么这么晚？饿死了。大宝接过箱子，打开来，翻着。她拿起一盒费列罗巧克力，嚷着要吃，小宝也伸手去抢。

巧克力是黄婷妈叫带的，我正想吼他们住手，突然鼻子酸酸的，对他们说，吃吧，别吃太多，待会儿吃不了饭。说完，我赶紧往厨房跑。

姐姐，今天有人欺侮我，看，把我打成这样，按下去就疼。小宝扭着头给大宝看。

谁欺侮你？

嘉杰他们。

香港仔？揍死他们。

可你去不了，怎么揍？

唉，要是在我们学校，看谁敢欺侮你。

我不想去香港上学，好远。香港人还不和我玩。

喏，你平时不老在我面前说自己是香港人吗？

可他们骂我是大陆仔，还骂我是水鬼崽。水鬼是啥？

百度一下咯，帮我把手机拿来。

大宝的声音飞过来，击中我的要穴。我手上的菜刀一抖，差点切到手。我搁下刀，对着客厅喊道，汤思绮，我看你骨头痒了，赶紧带着弟弟去做作业。

不跟你扯了，妈妈又发飙了。去做作业吧。你脸上青青的，走，我帮你擦点红花油。

再给我一个巧克力。小宝跟在大宝后面进书房去了。

我机械地切菜炒菜，海关发生的一幕一次次向我盖过来，压得我头昏目眩。走私罪的起刑点是累计逃税十万元以上，队长的话时不时地抽打过来，我后背凉飕飕的。这三年，代购的东西何止十万元。怎么就做起代购来了呢？家长群，对，在那儿取的经。这些双非儿童的妈妈，成天奔走在深港两地，摸出一种新活法。不知不觉，竟成了罪人。倘若抓进牢里，两孩子咋办？后怕的恐惧像条冰冷的蛇，缠着我，甩也甩不掉。卖完家里的存货不干了，我下定决心。

这时，电话响了，是汤卫刚。他刚开完会，说要回来吃饭。

米已经下锅了，煮到半熟，不方便加量。自己吃面吧，多加一个菜。骨头要散架了，我恨不得不吃饭就去躺一会儿，汤卫刚临时回家吃饭让我顿时烦躁。打开冰箱，空空的，还有几个鸡蛋。煎个蛋吧。

火苗舔着锅底，我神情恍惚，脑子里一片混乱，铸铁锅烧得冒烟浑然不觉，赶紧加了油，姜和蒜都没切好，算了，清炒，我把肉片和辣椒一股脑儿地倒入锅内，胡乱地翻炒着。起锅时，夹了菜送到嘴里，居然没放盐。返锅，加盐，一盆菜炒得老老的，自己看了也不想下筷。

七点二十，三菜一汤端上桌，我没有一点食欲。取下围裙，在沙发上坐了，感到浑身乏力，倒了杯水，一口气喝了。头昏脑涨，我闭上眼睛靠着沙发。谁知道我的日子是这样的？每次回老家，乡亲都羡慕不已。在深圳有房有车，炜炜是香港户口，两个孩子各有各的特长，钢琴、国画、舞蹈、古筝，听起来很高雅，落到实处，都裹挟着我的人生。每次同学聚会，不是拖儿带女，就是告假。

是这样，你写错了。书房里大宝在辅导小宝。

没错，老师叫这样写的，你的才错。

你去问妈妈？看谁的错了。

大宝小宝一齐向我跑来，原来，他们在争论郁闷的"郁"字怎么写。我把小宝的日记本拿过来，一眼扫过去，全是繁体字，很多字只认识不会写，而"鬱悶"的"鬱"字根本就不认识，小宝写了今天白天发生的事，说心情很鬱悶，"鬱"字写得出了格，一个字写得有几个字那么大。

不会写就换一个句子嘛。

老师说了越是不会的字越要经常写，这是一个课外字，她说很多小学生都不会写，让我们提前把它收拾了。你看，我们每个人都发了一张纸，放大了的。可我还是不知道这里先写哪一笔。我今天心情可郁闷了。小宝指着"鬱"字的左下角，噘起小嘴巴。

你们香港的字真麻烦，老妈，你说我们的"郁"是不是这样写的？大宝拿起一张写着"郁"的纸给我。

唉，你以后别教小宝了，教糟糕了。

大宝泄了气，拿起纸一搓，往垃圾桶里扔，我又没教他，是他自己来问我的。他写的那个字一大团，谁认识？

为什么姐姐的字和我的不一样？小宝看着我。

姐姐的是简化字，小宝的是繁体字，小宝更厉害，以后会简化字和繁体字，我们家就算你最厉害了。过些天要去元朗官立小学叩门呢。

大宝听了，对我翻了一个白眼，偏心。

小宝嘴巴依然噘着，可我讨厌写这么难的字。我不想去叩门。

不叩门那你不上学？

不叩门就不上学吗？小宝一本正经地问。

傻，小孩子不上学那干什么？不去叩门就没有好的学校收你了。

那就去姐姐学校。

好啊好啊。大宝跳起来。

我盯了大宝一眼，说道，瞎起哄，看你哪像个女孩子？不文静点。你以为想上就可以上的吗？没学位。

大宝伸了一下舌头，冲我做了个鬼脸，大声叫道，我饿死了。

吃饭，你和弟弟先吃，帮他打一碗。妈妈休息下。

大宝往厨房打饭去了，小宝在桌子上用手拈菜吃，我想叫他洗了手拿筷子吃，实在没精力了，由他去。

汤卫刚回来时，我的面已经糊成了团。他换了拖鞋，一只手提着电脑包，一只手使劲地扯领带。小宝跑过来，把电脑包接了，报告说，老爸，我今天被人打了。

汤卫刚啊了一声，问，干吗和人打架？然后抱起小宝，来，给老爸看看。

小宝迫不及待地把今天的事情又讲了一遍，汤卫刚弄明白了，抱着小宝，抚摸着他的脸，又转过头，看着我，大声说，都跟你说过好多次了，不要搞什么鬼代购。现在好了，孩子都被你害了。说完，牵了小宝，走，爸爸带你去医院。小宝不动，说在香港去过医院。

我正往面里舀汤，停住，谁想代购？个个来埋怨我。

不埋怨你埋怨谁？让你专门带孩子，看一个个带成啥样了？成天把乱七八糟的人往家里带。汤卫刚激动了，指手画脚。

你成天现饭现菜。两个孩子你管过吗？我将筷子往桌上一砸。

没管？你们吃的住的哪里来？我现在还带小宝去医院呢！汤卫刚牵着小宝往外走，小宝没注意，被打开的行李箱绊倒。汤卫刚扶起小宝，突然，他像疯了似的将行李箱一掀，叫你成天到晚搞这些鬼东西！箱子里的货品叮叮当当地倒了出来，伴着瓶子破碎的声音。

汤卫刚。我惊叫一声，猛地站起来往箱子扑过去。黄婷妈要的那套雅诗兰黛的化妆品碎了，一瓶法国进口香水也碎了，浓郁的茉莉花香在屋子里散开来。

汤卫刚——你连海关都不如，你不是人。我吼叫一声，坐在地上，捡起香水碎瓶往汤卫刚砸去，碎瓶砸中了他的手臂，划了一道，血浸出来。汤卫刚怒了，他往货品上使劲地踩，咬牙切齿地吼，叫你代购，叫你代购！那套古士旗的衬衣和西裤，包装盒被踩破了，白色衬衣有一角被踩上了脚印。其余货物也被踩得乱七八糟，他踩完，往房间去了。

我倏地站起来，狠狠踩着那套衣服。这时，听到房间那边传来了摔东西的声音，我赶紧跑过去。杂物房内，汤卫刚将我书柜里的货品往地上摔，使劲地踩，口里喊，叫你代购，叫你代购！我冲过去，将他往书柜里拿东西的手击脱，拳头往他身上砸去，你这疯子，神经病！

汤卫刚抓住我的手，早叫你别做代购，一家人跟着你倒霉。我今天让你死了这条心。

心是死了，日子没法过了，汤卫刚，我要跟你离婚。我歇斯底里地吼着。

好，离，小宝归我，其余都是你的。汤卫刚说完，将我的手一甩，出了房间，我瘫坐在地上，客厅里，传来一声巨大的关门声。

A3

爸爸抱着我，出了门。我讨厌去医院，排队，检查，一点也不好玩。

爸爸的新车我没坐过几次。他上班，没时间陪我，周末又总出去。坐在后座，我一会儿躺，一会儿坐。爸爸叫我系好安全带，说免得被警察抓。我极不情愿地答应了。外面黑黑的，除了路灯，就是车子，根本没看到警察。

爸爸，好想坐你的车上学？坐地铁好挤，一点也不舒服。

好啊，叩门是哪天？

妈妈说明天。

明天送你。正好教训一下那些香港仔，看谁还敢打你？

我拍着手欢呼，突然想到李老师，对爸爸说，你别相信李老师的话，我上课可没玩魔方。

爸爸笑了起来，问我是不是特别喜欢魔方。我回答是，叫爸爸再给我买一个。要嘉杰那样袖珍的，四个方块，放口袋方便。

哪里买？

关口有个小朋友可以帮我买。三十元。就是今天妈妈被抓的关口。

爸爸声音突然大了，你说啥？被抓？

是，妈妈还哭了，扑在那个箱子上不让警察拿走。

后来呢？车在十字路口红灯前停了，爸爸回过头来，看着我。

我把在海关发生的事跟爸爸说了，爸爸一边听一边抽起了烟。

你平时不是让我保护妈妈吗？我让妈妈写了保证书，警察就放我们走了。我以为爸爸会表扬我，但是没有。我有些失望，又想起家里刚发生的一切，问，爸爸，你为什么要踩东西？妈妈都不许我们动。

爸爸不吭声，换绿灯了，他将车子开到了路边，停下来。

不是医院，怎么停下来？我冲爸爸说道。

爸爸不理我，趴在方向盘上，很久，回过头来，今天单位出了点事，爸爸心情不好。看到小宝被人打成这样，心疼，就生气了。是爸爸不对，不该踩东西。

那你回去写个保证书。

爸爸笑了起来，问我保证书怎么写。我差点说好容易，想到魔方，灵机一动，说好难好难。最后，爸爸愿意买魔方我才答应教他。

到了医院。我跟在爸爸后面，在大厅、电梯里蹿来蹿去。他把我带到一个医生面前，和医生说了我打架的事，问需不需要拍片。医生说不严重，要是不放心拍个片也可以。医生问我头痛不痛，晕不晕，恶不恶心，耳朵里面有没有什么声音。我都摇头，说鼻子疼。医生笑了，说过两天就好了。这时，爸爸的电话响了，他撇下我，走到门口接电话。

什么事都找我？叫他安排别人处理一下。爸爸声音很大，像咆哮的狮子，我带孩子在医院，到现在都还没吃晚饭……明天我要请假，去香港，小孩上学要叩门……这样的话，下午下班前我可以赶回去。爸爸挂了电话，没有一丝笑容，来到我身边，扶着我的头，对医生说，还是拍个片吧。

医生看着我，想了下，做个脑部彩超吧，孩子小，少拍片。开了单，爸爸带着我七拐八弯，来到检验科，一股怪怪的味道扑鼻而来。爸爸把单交给护士姐姐，没过两分钟，听到喇叭里念我的名字。我们往彩超室走去，门口，一个漂亮的姐姐拦住我们，叫爸爸在门外等，她牵着我往屋里走。一张单人床，旁边桌上摆着电脑，医生穿着白色的衣服，坐在电脑前。漂亮姐姐帮我脱了鞋，扶我躺下。医生叫我翻身趴下，我一骨碌翻了身。床有个洞，刚好是对着我的脸。我从洞里往下看，黑黑的，地板上什么也没有，如果从黑暗里伸出一只魔爪，把我抓走怎么办。想到这儿，我怕了，正想翻身，感觉脖子很冰凉，我用手一摸，滑滑的。别动，小朋友，这是涂的润滑油，马上要做检查了。这时我的手被抓住，不知谁用纸巾在擦拭。

接着，她们问我在哪里读书，上几年级，喜欢干什么，吃什么。我认真回答。她们对我在香港上学很好奇，说我真厉害。那个姐姐还说没去过香港，我笑她，说可以带她去我们学校。她俩争着要去，还让我讲学校的事。我讲着讲着，正犹豫要不要讲打架的事，医生说检查完了，帮我擦干净脖子，叫我起来。

医生把报告单交给漂亮姐姐。我们一起往外走。走道上，爸爸坐在椅子上，歪着头，睡着了。

我叫了声爸爸，他猛地一惊，跳了起来，看到我，揉了揉眼睛，检查完了？

爸爸拿了报告，牵着我回到第一个医生处。医生看了，说没事，注意休息，鼻子很快就会好。

墙上的挂钟指向九点半，我连连打着呵欠。出了医院，爸爸说带我去吃夜宵，我跳起来，嚷着要吃意大利面。爸爸开着车，有一搭没一搭地问我话，我在后座，应着应着，眼睛就重重地合上了。

B3

我瘫坐在地上，痴痴地望着那一堆货物，脑海里一片空白。面膜、泥膜、爽肤水、滋润露、洗面奶、化妆棉等，横七竖八地躺着。活络油流了出来，染在零乱的卸妆纸上，橙黄的一块，浓烈的味道很刺鼻。一盒眼影摔裂了，紫色的、蓝色的、橙色的粉末撒在各种物品上，鲜艳夺目。

大宝不知什么时候进来的，她默默地帮我捡起那些完好的物品，往书柜里放。看着她乖巧的样子，我的眼泪流了下来。大宝弯下腰捡东西时，顺眼看了我一眼，颤颤地叫了一声妈妈。我一把抱住大宝，放声哭了起来。没有这两个小东西，我死的心都有了。

大宝用衣袖替我擦眼泪，嘤嘤地念着妈妈不哭，她自己倒泣不成声。我们彼此抱着哭了一会儿，慢慢地情绪稳定下来。我拍着大宝的后背，说道，咱们一起整理一下。

大宝放开我，跑出去拿来了扫帚和抹布，麻利地擦着脏污的物品，捡回书柜。我捡起眼影盒，盒子里还有一大半，我扯了纸巾，细细擦拭，这套眼影是黄婷妈说要的，后来又说不想要了，我只好自己留着，原本想着赠送给谁，看来真只能自己用了。

收拾完房间，我们把客厅也一起清理了，那套古士旗的衣服被我扔进了垃圾桶。大宝后来悄悄地把它捡了出来，拿到她房间。

整理完毕，大宝洗漱完睡觉了。我拿出被子床单，把书房的床开好。

汤卫刚抱着小宝回来。小宝睡着了。他把小宝抱进卧室，问睡衣在哪儿？我没理会，进到书房，把门反锁了。躺在床上，望着天花板，思绪很乱。做代购快三年了。刚开始惶恐不已，好不容易克服自我障碍做顺手，今天却以这种形式结束。泪水又流了出来，汤卫刚，别人这样对我可以，你凭什么？

怀二宝之前，我在一家贸易公司做财务主管，年薪十来万。生了二宝，我的生活全变了，婆婆来帮忙带了半年，说身体不好，回了老家，我只得辞了职。那时候，汤卫刚的工资卡全在我手上，后来，收了回去，说我不该把他的钱往我娘家花。我上班的时候，往娘家花自己的钱，不显眼，不上班花他的钱，显眼了。我坐吃山空，眼见自己银行卡里的钱越来越少，很恐慌。后来，跟了几个孩子的家长做起了代购。

叮当，我的手机有信息。

打开来，是微信，汤卫刚发来的。看到他的头像，一股怒火升起。我小鸡啄米似的按着屏幕，找到删除好友，红色的警示栏赫然在目。这是我第一次删除好友，手指停在屏幕上，犹豫起来。头脑里又浮现他发疯似的踩踏货物的画面，我把手指按了下去，他，立马从我手机里消失了。

扔了手机，我深深地呼出一口气。仿佛身体内所有的力气都跑了出去，整个人的骨头被抽走了，只剩一堆软耷耷的皮肉。离婚的念头横在我头脑里，整个脑袋像在蒸笼里似的，热乎乎的，还疼得厉害。昨晚失眠，今天又发生这么多事，这两天，漫长得像缠绕不绝的绸带，无从梳理。

小宝归我，其余都是你的。汤卫刚的话又一次锋利地划过我的心脏。小宝也是我的，我身上掉下的肉，他喊一声我都疼，谁也别想夺走。可是，拿什么抚养他们呢？原本指望代购存点私房钱，今天全打碎了。个人银行卡上就十来万，真离了，吃老本，一年都扛不到。就算他能给抚养费，我也只有带他们的工夫，哪能再去找份工作？况且，年纪不小了，没有竞争力。怎能不把他们的未来画纸上。结婚十年，房子、车子、孩子都有了，爱情却挤到了门外。结婚戒指好些年没戴，洗碗不方便。汤卫刚也好些年没送我花了，情人节，早些年送玫瑰花，生了二宝后，学网上热传的图片，在菜市场配一手蔬菜花回来，再后来，蔬菜花也懒得买了。

泪水来势汹汹，卷着往事。夜，碎如重击后没掉落的挡风玻璃，裂缝斑斓似蛛网。

我扯了纸巾，擦干泪。书柜里，大宝的奖杯发出耀眼的光芒，叩门信放在书上面，旁边是小宝的自我介绍影印本。明天要去叩门，得早点休息。这么想着，一声长叹，结婚可以随便结，离婚却不是轻易能离的，没想到，混到这地步，离婚的资格都没有。我强迫自己关了灯休息。这时，手机又响了。是一条申请添加好友的信息，还是他。

老婆，对不起，今天不该发脾气。

然后又是一条。

今天心情不好，单位出事了。看到信息，我在心里说道，我心情就好吗？

董事长召开紧急会议，决定生产部门全面停产，休假。

上千员工休假了，人事招聘也暂停了。

如果危机没解除，高层也将面临失业的危险。

明天叩门我去不成了，刚上头打电话来，明天要研究相关对策。

他不停地发着申请加好友的信息，每一条都像炸弹，看得我胆战心惊。这个家，要完了。我正准备同意添加好友，他踩古士旗的样子又在我脑海里晃，我狠狠心，关了机。

叩门的事重要，天塌下来也不能耽误。头疼欲裂，我强迫自己睡觉，数绵羊。不知数了多久，黄婷妈来了，挺着大肚子，叫我带她去找中介公司，也想在香港生。我带着她穿过一片黑暗的小巷子，来到了中介公司。前台小姐接待了我们，对我们说着在香港生孩子的各种好处。黄婷妈听得眼睛放光、放亮。

我冲着前台小姐大声喊，你怎么不说小孩上学不方便，在香港买不起房，住深圳得天天在路上跑。前台小姐哑住了，半晌，看着我说道，没钱干吗还要多生一个呢，到香港生的不都是有钱人吗？

我被戳中软肋，低了头。黄婷妈把头抬得高高的，问多少钱，前台小姐说二十万。我冲她叫道，你抢钱呀，才几年就翻了个倍。

黄婷妈碰了碰我，示意我别吵，她拿出卡，刷了。

刚刷完，黄婷妈肚子看着就大了。她要生了，喊肚子疼。中介公司赶紧用车把她往香港拉。在关口，黄婷妈生了，生在深圳这边。黄婷妈使劲哭，抱怨我不该带到这家中介公司，应该帮她找家在香港的。她抱着孩子说要送给我，自己准备再生一个。我吓得掉头就跑，黄婷妈在后面使劲追。我迈开大步，拼命跑，跑得满头大汗，黄婷妈的手伸过来，变得很长很长，一把抓住我，我吓得大叫……

我被自己的叫声惊醒，弹坐起来，满头大汗，方觉是一场梦。

窗外，有了曙光，我看了看表，五点二十。再过十分钟就起床了，我索性不睡了。

做好早餐，叫小宝起床，他衣都不穿地就往汤卫刚房间跑，爸爸，快起来，要送我了。

房间里传来汤卫刚没睡醒的声音，小宝，爸爸今天还是去不了。单位又有紧急事情要处理。

爸爸骗人。昨天才答应我的。

爸爸后来又接到电话了。要不，爸爸送你到关口吧？话刚落音，传来皮带头响的声音。汤卫刚在取衣服。

小宝悻悻地走出来，穿衣、洗漱。我催着他吃早餐。汤卫刚穿戴整齐，洗漱完，来到了餐桌旁。他看了一眼，往厨房走。我冲他冷冷地说，没你的份儿。那些是大宝的。以后没人侍候你了。汤卫刚愣了一下，转过身，垂着头。

爸爸，我分一半给你。小宝赶紧说，他把往嘴里送的面包递给汤卫刚。

不用了，小宝吃，等下爸爸到单位吃。汤卫刚说着回房间去了。

爸爸昨天踩妈妈的东西，妈妈不做早餐给爸爸吃，妈妈生气了。小宝一边吃一边自言自语。我看着他，心里想笑，强忍住，催道，快点吃。

十分钟不到，小宝就吃完了，显然，他有些兴奋。一年到头，汤卫刚的车我们坐不了几次。

车子开出去没多久，宝安大道有些塞车。我心里着急，小宝却拍着手叫好，望着窗外，数着车子。

爸爸，要是塞到下午你就不用上班了。

傻瓜，不光今天不用上了，以后也不用了。

那我们就塞到下午。我也不用叩门了。

不叩门？你问妈妈看你能不能在香港上学？到时没学校要你，就只能在深圳上私立。

好啊好啊。我不想去香港上。

小宝怎么说话的？妈妈以前说的那些都白说了？今天一定要好好表现。我轻轻拧着他的耳朵。小宝冲我做了个鬼脸，不理我，继续和汤卫刚聊天。原本我想在上学路上让小宝再背背自我介绍，现在全被汤卫刚搅了。我一肚子意见，但懒得和他说话。

半个钟头的车程，走了一个钟头，到达关口，小宝依然不下车，嚷着要爸爸，汤卫刚耐烦地哄他，我一把将他抱下了车。

A4

妈妈拽着我，往检查处排队。我的脑海里老想着爸爸那句话——到时没学校要你，就只能在深圳上私立。我讨厌去香港，我想上私立。

妈妈给保姆老师打了电话，说我们要叩门，不坐保姆车。

我走的是学生通道，很快就通过了，妈妈还在排队。我突然想尿尿，对妈妈大声喊，说去趟厕所。妈妈很着急，说等她过了关一起去。我没理她，我知道厕所在哪里。

我上完厕所，脑子里冒出一个念头：不去叩门了。我往来的方向看了看，没见到妈妈赶过来。我避开妈妈，绕到了回深圳的检查处。学生通道一个人也没有，我快速通过了检查。

去哪里呢？不能让妈妈找到，我要逃离这里。脖子上挂着地铁卡，我钻进了地铁站。每天都走的路，非常熟悉。出地铁的人真多，没有妈妈牵着我，我老被人碰到，那些人个个走得很快，一边走一边看手机，撞上我了才吓一跳，不停地说对不起。

上了4号线，人很少，我第一次回去就这么少人。过了两站，换乘1号线，人多起来，妈妈说过，他们都赶着上班。我在候车的长椅上坐了下来，心想，等人少了再上。

我从书包里拿出魔方，心里又想起了嘉杰那个小的。爸爸什么时候给我买呢？早上应该问他要三十元钱的，这样我就可以去找找，看哪里有得卖。

我望了望站台上"会展中心"四个字，低下头玩起了魔方。过了很久，坐车的人少了，我上车，找了位置坐下，继续玩魔方，时不时看到了哪一站，好一会儿，终于到达西乡。出了站，我不知去哪里。没钥匙，回不了家。去姐姐学校吧，我知道怎么走，有一次跟妈妈去开过家长会。

远远地，"共兴小学"四个字金光闪闪，大门内哥哥姐姐在奔跑。我要找姐姐。这么想着，我跑起来，跑到大门口，抓住铁门往里望。没找到姐姐的身影。这时，警卫室的保安叔叔走了出来，小朋友，你要干吗？

找姐姐。

你姐姐在这里上学吗？

是。她叫汤思绮。

找她干吗？你怎么没上学？

我……我看了他一眼，松开了铁门，可别让他把我送到妈妈那里去。我沿着学校的墙走。走着走着，又见一个铁门，没有岗亭，里面是操场。我在铁门外停下来。操场上，有一个班的哥哥姐姐在做操。

我扶着铁门，在地上坐下。他们的操不一样。做跳跃运动时，有个哥哥的鞋子掉了。他穿的不是运动鞋，是拖鞋。我哈哈笑了起来。我以为他们会看到我，却没有。我有些失望，靠着墙，斜着往里面看。墙内侧，是一个游乐园，可以荡秋千，玩滑滑梯，还有一个沙场。要是在这里上学多好！这么多好玩的，离家这么近，我自己都可以来，妈妈不用送我。有姐姐在，也不会有人欺侮我。

正这么想着，操场上的哥哥姐姐解散了。他们往游乐场飞奔。我看到了汤思绮。

姐姐——姐姐！我站起来，大声喊。

姐姐不理我，从我面前跑了过去。我急得直跺脚，摇着铁门使命叫喊。里面喧哗的声音很大，她根本听不见。她抢到了一个秋千位，坐上去，荡了起来。我心里难受极了，眼泪掉了出来。一边擦，一边又坐在地上。感到屁股被什么硌着，一看，是根小棍子。我捡起来，使劲敲着铁门，念道，死汤思绮、烂汤思绮……棍子被我敲断了，我把棍子伸进铁门，朝他们扔去，棍子掉在不远处。

我盯着游乐场，看他们玩。沙场处，一个哥哥在跳远，不小心摔倒了，一身的沙子，旁边的同学都笑，我也拍着手大笑。过了一会儿，下课铃响了，更多的人往操场上跑来，很多人抢占游乐场，还有些人在操场上追逐。我一晃眼，汤思绮找不到了。

姐姐，汤思绮！我朝里面喊。

没有人理我，他们玩得很疯狂。太阳越来越大，我往树荫处移了移。不一会儿，上课铃响了，操场上的人如潮水般退去，操场静了下来。我感到很困，靠着墙坐着，不知不觉地眼睛闭上了。

醒来时，太阳直射着我，地面滚烫。我伸手扶铁门，铁门也烫。肚子里咕咕响，在幼儿园，我们早吃点心了。

我站起来，沿着学校外墙继续走。走着走着，绕了一圈，又回到了大门口，看到那个保安叔叔，我不敢靠近。旁边有个小卖部，我走了过去。小卖部的东西真多，各种文具、玩具还有零食。我在玩具处观看，突然，眼前一亮，小魔方。这里居然也有，我伸手抓住，玩了起来。

小朋友，买魔方吗？二十五元。我抬起头，一个阿姨看着我。

只要二十五元？我惊喜地问。

是，要一个不？

明天给钱好吗？我爸爸答应给我三十元。

那你明天来买吧。阿姨从我的手里拿走了魔方，摆回盒子里。

我的手依然停在空中，仿佛魔方还在手里，眼睛盯着盒子。帮我留着，我晚上来。

好啊。阿姨回到了收银台内。

学校的铃又响了，不一会儿，大量的学生出了校门。中午了，姐姐要去午托班吃饭，我要找到姐姐，跟她去。跑到小店外，我往人群里搜寻，喊着姐姐的名字。我的喊声淹没在喧哗声里。

小店旁边有个摆摊卖烧烤的，鸡腿的香味飘得满街都是。一些同学在排队等。我站在旁边，看着老板烤。一个个黄灿灿的鸡腿卖给了排队的同学。我咽着口水，喉咙里伸出了无数只小手，痒痒的。

小朋友，要不要来一个？

我摇着头，不动。

那你站边上，五元钱一个，要吃就来排队。老板说道。

我被挤开了，跟着人流往前走。路边，那个卖豆腐花的老奶奶挑着担子歇在那里，身边围了一堆人，生意很好。我也想吃，每次，妈妈都买给我的。我摸了摸口袋，什么也没有。要是我把书包的十元零用钱放在口袋就好了。

我不仅饿，还很渴。豆腐花真漂亮，白白嫩嫩的，还放了亮晶晶的糖。

要豆腐花吗？老奶奶问我。

要。可是我没钱。

去找妈妈要钱。拿了钱再来吃。老奶奶笑着说。我正想说话，老奶奶就问别人了，我又被挤开了。

我一点力气也没有了，想起了幼儿园打饭的叶老师，这时候，她正把香喷喷的饭菜端给我们呢。

我随着人流往前，在一个挤满人的小摊前停住了，是麻辣烫，推车装着，卤蛋、玉米、火腿肠，豆腐皮和各种蔬菜。旁边没撕开的火腿肠堆得太多，有一根滚到了地上，老板忙着收钱，没有看到。我捡起来，正准备放回原处，手却像被什么东西拖住了，我偷偷退出人群。买的人多，大家给了钱拿着吃的就走了。我把火腿肠放进口袋，赶紧离开。

钻进一条小巷子里，我迫不及待地咬开火腿肠，几口就把火腿肠吃掉了，根本没尝到是什么味道。我开始后悔，应该慢慢吃，可香了！我肚子咕噜咕噜地响。空气里飘着饭菜的味道，我狠狠地吞着那些香味。

中午的太阳火辣辣的，找不到姐姐，我不知去哪里。不知不觉，我来到学校后门，碰了碰铁门，烫手。我转过身，看到一个小小的屋子，只有一人高，里面有个石头人，它面前摆着一个梨子、一根香蕉，还有几块饼干。旁边有三根香，冒着烟。我走过去，拿起一个苹果，啃了起来。外面很热，我缩着身子进了小屋，在石头人后面坐了下来。我把水果盘里的东西吃完了，肚子不饿了，只是眼睛睁不开。

我靠着石头人，闭上了眼睛。

B4

看着小宝往厕所走，我心急如焚。这个小兔崽子，居然不听我的话。待我过完关，立马朝厕所跑。在厕所外，我大声叫着汤炜的名字，没有人应。我心里发慌，拦住一个男厕所出来的人，麻烦帮忙找一下我孩子，叫汤炜。

那人进去了，听得他叫了几声，无人应。他出来说没有。

怎么可能？他说是来上厕所的。我不信，扯开嗓子使劲喊，依然没人回应。我又拦住一个人，让他一个门一个门地找。没有。我头上开始冒汗，在周围搜寻，大声喊他的名字。

我在安检处和厕所之间来回跑了两趟，依然没看到。我冲进男厕所，大声喊。里面的人吓得赶紧拉好裤子，并大声斥责我。我不管，一个个厕所位看，有人的位置就使劲敲，里面应答声都不是小宝。

小宝不见了。我从厕所出来，脑子蒙了，发疯似的跑到一个岗亭，请求警察帮着找。警察拿起对讲机呼叫。一会儿，一个被称作队长的人过来了。问清情况，用对讲机吩咐各个岗位留意。

不是留意，是请你们帮我找，我报警。

对不起，现在不能受理，只能协助你寻找。

我蹲在地上哭起来，拨了汤卫刚的电话。他挂了。我只得给他发信息。马上，他打过来，声音都变了，小宝不见了？

我哭着"嗯"了一声。

贾胜男，你要是把孩子丢了，就别想活了。他挂了电话。这一次他发火我一点也不怪他，只盼着他赶紧出现，一起找小宝。

我在关口两边都寻了一遍，没有看到小宝的影子。

我打电话到学校，李老师说没有看到孩子。我更加慌。

汤卫刚很快就赶了过来。我们在关口仔细寻找了几遍，然后找到孩子学校。正好是下课时间，李老师见到我们，脸色凝重，还没找到吗？学校里我们仔细找过了，没有。尤其是嘉杰这孩子，很自责，一直说昨天不该打汤炜。李老师牵起身边一个孩子，他眼里含着泪。

我和汤卫刚已无心计较昨天的事，说了声谢谢，又急急忙忙地往回赶。这时汤卫刚电话响了，他对着电话大声叫，要裁掉就裁吧，我儿子失踪了都不让找吗？汤卫刚挂了电话，骂了起来，还有没有人性？贸易战再重要也没我儿子重要。他骂完，咦了一声，说，关口安了摄像头的，可以去查。

不出汤卫刚所料，视频里，小宝过关返回了深圳。我拨了黄婷妈的电话，让她帮忙去我家门口看看有没有小宝。汤卫刚开着车回家找。我顺着地铁回家的路线仔细寻找，每一站都下去看一看。

黄婷妈说家里没有小宝的影子，还说在小区也找遍了，没看到。

四十分钟后，汤卫刚打电话来，说他在西乡地铁站 A 出口查到了小宝出站的视频。我稍稍心安了些，赶紧联系所有认识的人帮忙在西乡地铁站附近寻找。

我们把西乡天虹每一层都找了个遍，没有。我的心又悬了起来。已经是下午四点了，我和汤卫刚滴水未沾。小宝身无分文，也不知在哪里挨饿。

汤卫刚查了住宅小区所有门的摄像，没看到小宝的影子。

小宝是在西乡地铁站不见的，这个结果让我恐惧。黄婷妈担心地说，该不会被人贩子带走吧？我哇地哭起来，汤卫刚皱着眉头看着我，就知道哭，有用吗？赶紧在QQ上发布同城寻找信息吧。

我怎么那么蠢？把这个忘记了，立即发布信息，打电话叫朋友一个个转发。黄婷妈提醒我回家把门开了，免得小宝回去了进不去。就在这时，大宝打电话来，她放学回家了。我吩咐大宝守在家里，我们继续在小区附近寻找。小区的业主群闹开了锅，大家热心地转发着信息，议论纷纷，有好奇者还打探着孩子失踪的原因。有些邻居下楼来一起寻找。有个邻居挺着个肚子，指着我问黄婷妈，丢孩子的是她吗？

黄婷妈点点头。那人说道，哎呀，我那时也差点去香港生，幸亏没去，想想都怕。

你幸运啊，现在赶上放开二胎。黄婷妈笑了笑。

是啊是啊。小学不是问题了。那人还想说什么，看了我一眼，住了嘴，又说道，一起帮忙找找吧，孩子可怜呢。

我勉强笑了笑，表示感谢。这时，电话又响了，我紧张地接了。

汤炜妈妈吗？

是。

我是共兴学校的校长，你儿子在我们学校……

我往共兴学校跑。学校门口，小宝让校长牵着，脸上脏兮兮的，我一把将他狠狠地抱住，小宝，你怎么跑了？急死妈妈了。

妈妈，我要叩这个学校的门。小宝指着"共兴小学"四个字。

亲　蛊

　　放学了，罗子豪穿着黄色的运动校服，从幼儿园飞出来，脑后一小撮头发编成的细长辫子一甩一甩的。他跑到惠奶奶身边，摸口袋，嚷着要吃冰激凌。儿媳妇周妙拉着的马脸从脑子里跳出，惠奶奶掂着钞票又往衣兜塞回去。

　　惠奶奶穿着一件蓝色碎花真丝衬衣，一条黑色麻料阔腿裤，风吹过，裤管舞起。罗子豪摇着惠奶奶的手，继续叫嚷，赖在原地，不肯挪动脚步。

　　惠奶奶蹙着眉，额上的皱纹扭成了麻花。一头染黑的斜刘海短发，白色的发根在阳光照耀下，如春天稠密马根草下抽出的新芽。惠奶奶叹了一口气，在罗子豪脸上轻轻拍了一下："别让你妈知道，都会挨骂。"

　　罗子豪点头，又进一尺："再给我买根火腿肠。"

　　"垃圾肉做的，咱不吃。"

　　"我要，冰激凌还不是冷的？妈妈也说不能吃。"

　　"都不吃了。"

"不。"罗子豪甩脱惠奶奶的手，跺着脚，哭起来，"要吃，要吃。"

惠奶奶拖了几次，孙子就是不走。她只得缴械投降："都买，小祖宗。"

惠奶奶跟在孙子后面，往小卖部走。门口，B栋李奶奶给孙女安安买了QQ糖："豪豪也来了？要买什么垃圾呀？"

罗子豪生气地瞪着李奶奶，不理会，钻进了店里。店铺十几平方米的样子，四周靠墙摆满了物品，屋子中间摆了一个玻璃柜，隔开来。书包、雨伞等吊在半空。店里挤得脚挨脚。一个男生站在高凳子上，手上拿着一根长长的米尺，俯视着。罗子豪挤到冰箱前，打开来，拿了一个可爱多，又挤到食品柜，取了一根火腿肠。然后在收银处排队。

两个老人唠嗑，说现在的小孩子真是不好带，不听话。

"你不依他吧，不听你的；你依他吧，都吃的是些什么呀，要是他妈知道了，还得刮一顿。"惠奶奶摇着头。听得罗子豪叫唤了，就过去付了钱。

两个老人跟在孙子孙女后面，进了小区，小家伙们往滑梯跑。每天放学，要玩一会儿才肯回家。

老人家在一旁坐了，眼睛却盯着孙子孙女。两个小家伙交换着东西吃，罗子豪折了一截火腿肠给安安，换了两颗QQ糖。

"豪豪既不像他妈，又不像他爹，应该是隔代遗传吧，像爷爷或者外公外婆？"李奶奶突然说。

惠奶奶心里咯噔了一下，仔细一瞧，孙子还真没有罗家和周家的影子。以前怎么没觉察的？一只小鸟钻进惠奶奶胸膛，扑腾，扑腾。她口里却答道："是啊是啊，隔代遗传。"

"像他爷爷吧？"

惠奶奶做寡妇几十年了，丈夫在罗大为四岁的时候就病死了。她拼了命回忆丈夫的样子，模模糊糊，无法完全。那时候，大家都说罗大为是他一个模子刻出来的，而豪豪，分明搭不上边。

"是啊，像爷爷。"惠奶奶不想在外人面前研究下去。换了话题，聊起了天气。

回到家，周妙提前下了班，在儿童房里铺床。又有客人来吗？惠奶奶心里想。

罗子豪跑到儿童房，往周妙身上贴。一会儿，传来周妙呵斥的声音：

"又吃了冰激凌不是？看看这衣服上还有。你这是害你自己，知道不？感冒刚刚好。"

"奶奶买的。"罗子豪赶紧为自己开脱。

"命是你的，吃坏了没人负责，谁买的你也不能吃。"

周妙的声音很大，越过客厅，钻进厨房，清晰地落在惠奶奶耳朵里。她认认真真把话嚼了几番，感觉自己成了谋害者。把锅铲一撂，走到房门口。

"他要吃，我有什么办法，赖在那里不走。我还拿个冰激凌来害他的命不成？"惠奶奶挺着球一样的肚子，说话像有打气筒在打气。

"他要吃你就买，他要的东西可多了，他要 iPad，你也买？"周妙头也不抬，继续扯着天蓝色的床单，枣红色的卷发微微晃动，过膝的浅紫色连衣裙轻舞着。

惠奶奶被将了军，iPad 她买不起，耍不起这威风。存了两万元养老钱，是过年过节时罗大为给的。不比别家老人，退休了有退休金。周妙点了她的要穴，惠奶奶声音低了："要是有，他跺脚要，还不也得买。"

周妙轻轻冷笑一声，停止铺床，转过身，抬起头来，扬着眉："豪豪小，不懂事。你不能老依着他。还有，从今天开始，豪豪睡这个房间。"

"不，我要跟奶奶睡。奶奶给我盖被子。"豪豪一屁股坐在刚铺好的床单上，两个小拳头轮流在床上击着。床单皱成了几个旋涡。

"下半年你就上一年级了，要学会独立。妈妈今天在朋友圈看到一篇文章，小朋友要养成好习惯。你看看，身上染了多少毛病？还不会自己穿衣，不会自己整理书包，吃饭都要喂，准备啥时候长大？"周妙掰着手指数，像放连珠炮似的。

每一句话都落在了惠奶奶的身上。她一边嘀咕一边往厨房去："要我带，我只有这本事，不会教他搞什么独立。要是嫌弃了，就放我回老家。"

"回老家"几个字让周妙闭了嘴，她可不想让这个免费的保姆炒了鱿鱼。这几年，她忍下那么多，全靠这点事撑着。在深圳，找个保姆成本蛮高的，再说，保姆总没有自家人贴心。

周妙细心给孩子讲道理，罗子豪嗯嗯答应，末了，他甩开妈妈，跑到厨房，让惠奶奶低下头来，在她耳朵边悄悄地说："我还跟你睡。"

惠奶奶听了，很安慰。这些年，小家伙是她手上的一张王牌。每当婆媳之间有矛盾，惠奶奶一罢工，这张王牌就在中间起了决定性作用。惠奶奶还有一张底牌，那就是罗大为。作为一根独苗，罗大为是惠奶奶含辛茹苦，几十年如一日，不嫁不婚，精心呵护才长大的。惠奶奶在这过程中受的委屈、痛苦，经她长年累月地渲染，在罗大为小小的脑海里就钉了骨。如今罗大为欠下的这笔债，到了偿还的时候。每次婆媳之争，罗大为对妻子软硬兼施，逼迫她屈从。惠奶奶有了这两张牌，在家里就是慈禧太后，实权在手，满满的存在感。罗子豪分房睡的事，已经提议过很多次，周妙罗列各种实例，分析各种利弊，终抵不了惠奶奶一句"豪豪不要奶奶了吗"。豪豪坚决要奶奶，他怕奶奶回乡下。

　　惠奶奶今天无心应战，还在想李奶奶的话。豪豪这小子，莫非不是罗家的种？这件事一定要弄清楚，这关系到罗家的香火延续、祖宗的颜面。惠奶奶身负重任，一门心思扑在了孙子血脉纯正与否上，炒菜不是忘记放盐就是烧得焦了锅。

　　罗大为一进门就闻到了："妈，什么烧煳了？"

　　惠奶奶熄了灶火，跑出来盯着儿子看。罗大为以为脸上有什么东西，用手抹了一下："怎么了？"一边问一边转身面对鞋柜上方的镜子。罗子豪跑出来迎接爸爸。惠奶奶打量这两张脸，高一下低一下地轮换着看，采用了帮豪豪在图画书上找不同的招，一小块一小块地铺地毯式比较，没发现相同，连相似也挨不上。她垂了头，叹着气从厨房里端菜上桌。

　　罗大为见状，问豪豪："什么事惹奶奶生气了？"

　　豪豪拿起一把玩具枪，对着罗大为："才不是我，是妈妈。"

罗大为走进房里问妻子，周妙说了分房睡的事，还数落罗大为，为了孝顺，把孩子当了牺牲品，儿子教育上的事交了白卷。周妙的话像利剑，戳中罗大为心窝，老人与小孩，孰轻孰重，罗大为心里有杆秤，是不能由着老人耍性子了。他在心里站好了队。

饭桌上，罗大为宣告圣旨，取消了太后对皇子的睡觉监护权。罗大为以为母亲会耍脾气，准备了一大堆说辞，却没派上用场。惠奶奶平静得出奇，没有说半个"不"字，舀着汤，说出一句让人难以琢磨的时髦话："早该这样了，还不知这些年有没有做无用功。"

"无用功"是周妙的口头禅。周末，她要求罗子豪自己穿衣吃饭，做作业坐姿端正，到了工作日无暇顾及，大权移交惠奶奶，一个星期后，一切照旧，每当这时，她就会在家发表"无用功演说"。

周妙听了，嘴抿了抿，没吱声，埋头吃饭。

罗子豪哭丧着脸，拿着勺子望着惠奶奶，像往常一样等待惠奶奶喂饭。见奶奶没反应，从椅子上溜下来，往她身上蹭。惠奶奶心里在打架：一边是疼亲孙子的情不自禁；一边是怀疑假孙子的忧心忡忡。正不知怎么办时，罗大为在桌子上拍了一巴掌："罗子豪，自己吃饭。"

罗子豪扁了嘴，眼泪做好了表演的架势。可惜，惠奶奶视而不见，一个劲地扒饭。吃完，将碗筷往桌上一搁，站起来，摇着水桶腰往房间去了。

罗子豪孤立无援，认清了现实，老老实实干革命，一碗饭，十分钟就空了，菜也不用。吃完，往奶奶房里跑。

推开门，只见奶奶坐在床沿，手里捧着一个黑白小照片。

"这是谁？"豪豪抢在手里，"是爸爸。"

"不是爸爸。"

"明明是。"豪豪拿着照片往客厅跑，"爸爸，你看，奶奶还说不是你。"

罗大为接了："是你爷爷。"说完，心里涌出一股酸涩的东西。他抱起儿子，大声地说："奶奶最疼豪豪了，长大了，要孝敬奶奶。"

罗子豪同罗大为玩了一会儿，困了，想睡觉。他跑到奶奶面前叫洗澡。惠奶奶操着大嗓门："请示你妈去，老子没得令，不敢洗。"

周妙从房间跑出来，把罗子豪连拖带抱地弄到浴室，在浴盆里滴了沐浴露，放了水。罗子豪依然叫奶奶，不要妈妈洗。周妙朝罗子豪屁股拍了几下："叫你挑三拣四，从明天起，自己洗。"

惠奶奶听罗子豪哭一声，握着的拳头就紧一下。她在房里站了坐，坐了站，几次迈出脚，又缩回来。

罗子豪干号了几声，止了哭，抽抽搭搭，洗完澡，被周妙抱进了儿童房。罗子豪闹着要去奶奶房里睡，周妙讲了几分钟道理，不见效，守在他床边，反锁了门。罗子豪哭累了，迷迷糊糊地睡了过去。

第二天，惠奶奶早早醒了。她没起来做早餐，也不去叫罗子豪起床。她尖着耳朵，听门外的动静。

七点过了，才听到周妙慌张的声音："罗子豪，赶紧起床，自己穿衣，要迟到了。"

惠奶奶在心里嘀咕："叫你自己去弄，看你能弄出朵花来。"

又听得周妙在叫："罗大为，起床送你儿子去学校。"

"妈呢？"

惠奶奶赶紧跳起来，赤着脚，贴着房门。

"罢工了。"周妙压低声音说。

"搭个出租车，我再睡半个小时。"

"我还想再睡半个小时呢，赶紧赶紧。"

罗大为伸着懒腰，然后是隐隐约约的声音："老人家，顺着点嘛。吃到苦头了吧？"

惠奶奶笑了。

外面鸡飞狗跳，周妙在客厅跑来跑去，一会儿，听得隔壁洗手间哗哗的流水声。

"毛巾擦疼我了。奶奶是带温水擦的。"罗子豪嚷嚷。

"别废话。快点，没时间了。"是周妙紧张的声音。

"看你不帮他洗脸，就知道对我指手画脚。"惠奶奶心里说。

这时，罗大为敲门。惠奶奶赶紧蹑手蹑脚地上了床，扯着被子盖了。

罗大为叫了几声，推开门："妈，你咋不起来送豪豪上学？"

"不舒服，头有些晕。"惠奶奶哼了几声。

罗大为走进房："感冒了吗？要不要去医院？"罗大为察言观色，顺手探了探惠奶奶的额头。

"不要紧。"惠奶奶干咳了一声,"睡一会儿我自己去楼下买点药。"

"那叫李叔过来陪你去医院。"

李叔是老家人,罗大为请他在厂里打杂,也是凑合两个老人在一起的意思。但周妙不乐意。这事就吊在这里。

罗子豪跑进来,爬到床上:"奶奶,我再和你睡一分钟。"然后附在惠奶奶耳朵边,悄悄地说,"晚上你来接我,带十块钱。"

惠奶奶在豪豪脸上亲了一下:"快点上学去,等下赶不上吃早餐了。"

周妙在外面催了,豪豪噘起小嘴巴,一家人出了门。

惠奶奶眼前晃着两个豪豪,一个亲的,一个野的。

李叔带着惠奶奶到了人民医院。他穿着一件白色衬衣,一条黑色长裤,手上拎着个环保袋。惠奶奶穿着一件黑底红碎花蕾丝连衣裙,手里拿着一把折好的天堂伞。两个老人在人群中钻来钻去。惠奶奶只认识自己名字和一些简单的字,好在李叔读了小学。两人找到前台,惠奶奶问穿白色衣服的导医:

"同志,请问一下,亲子鉴定科在哪里?"

"什么科?"

"亲——子——鉴——定——科。"惠奶奶一字一顿。

"没有这个科。"

"那 DNA 科呢。"

"也没有。"

"感冒看什么科?"李叔及时插嘴了。

"呼吸内科。在二楼。"导医微笑着回答。

李叔得意了，嘿嘿地笑起来，露出一口烟熏黑的牙齿，两个面颊陷进去，可容纳半个鸡蛋。惠奶奶白了他一眼，打发他先去排队挂号。

惠奶奶扯了扯导医的衣服，左右望了望，小声地问道："同志，我想替我孙子和儿子做个亲子鉴定，挂什么科？"

"我们这里做不了，不是三甲医院。"

"这么大医院，这点小事都做不了？"惠奶奶撇了撇嘴。

"就做不了嘛。"导医看了惠奶奶一眼，接另一个病人。

惠奶奶突然有了主意，趁李叔没注意，闪进了电梯。

到了二楼，惠奶奶走到最边上一间诊室，里面有病人正在看病。惠奶奶敲了敲门："请问这是 DNA 科吗？"

"口腔科。"

惠奶奶退出来，走到第二间，问了同样的话。她一间一间地挨着问。心想，这样总会找到的。罗大为五岁时出水痘，在老家市人民医院，没有导医，惠奶奶就是这样找到医生的。当时住了院，罗大为打着吊瓶，仍然高烧不下，40.2 度，惠奶奶日夜守着，用冰敷额头物理降温。一个星期下来，惠奶奶自己病倒了。出院时还欠医院五元钱，是医生垫的。半年后她抓着一只老母鸡去还钱，那医生调走了。惠奶奶念了那个医生一辈子的好。

惠奶奶一层一层楼地挨间问，走到第四楼，听到电话响，拿出手机一看，十二个未接电话，是李叔打的。惠奶奶回过去，李叔称急得快要报警了。

李叔来到四楼，远远看到惠奶奶，她正指着科室牌，询问坐在那里排队看病的人。一个五十岁左右的妇女正搭理她。

"什么？DNA科？"妇女声音很大，"是不是神经病？"

"你才神经病。"惠奶奶生气了。

"我没有。是我儿子。"妇女指了指身边的男孩，十二岁左右，头比正常人大很多。

"真神经病呀？"惠奶奶瞪大了眼睛，往后缩了缩。

"不是写着神经科吗？"妇女指着科室牌。

惠奶奶看着科室牌上的字，唏嘘不已。

李叔赶过来："你走错了，呼吸内科在二楼。要拿我这个挂了号的才能看。"

"知道。你来，跟我来。"惠奶奶拖了李叔，往前面走。惠奶奶立在另一门诊室前，指着科室牌上的字问："你读给我听。"

"你要干吗？说了呼吸内科在二楼。"李叔纳闷。

"啧，"惠奶奶皱起眉，"你不读算了，问那么多干吗？多事。"

惠奶奶甩下李叔的手，大步地往前走。

李叔追上去："别生气呀，我读。那是——是性病科。"

"啥？"

李叔目光从惠奶奶身上挪开，看着窗外，搓着手："性，性病科。"

"什么鬼。"惠奶奶倒回去，盯着科室牌上的字，"性——病——科。不是三个字呀。"她正想责怪李叔糊弄自己，这时，一个小伙子低头盯着手里的单，从里面出来，与惠奶奶撞在一起。小伙子抬起头："阿姨，你不用看这科吧？"

"你能看我就不能看呀？"

小伙子大笑："这是男科。就算你要看，也是在对面看。"

"对面是什么科？"

"女科呀。"

"算了吧，骗鬼呀。上面都不是两个字。"

小伙子笑得眼睛眯成一条缝："性病科，括号，女。"

惠奶奶还想说什么，李叔赶过来拖她的手。小伙子恍然大悟似的："原来是带叔叔看呀。别不好意思，都是男人，进去吧。"

"去你的。"李叔唾沫横飞，"你祖宗八代都得这种病。"

"这老头，怎么骂人？"小伙子变了脸色，拳头握得紧紧的。

"吵什么？这是医院。"男科的医生走了出来，一个秃头。"禁止喧哗不懂吗？"

惠奶奶推着李叔："走走走，吵什么？"

"那小子欺侮你。"李叔一边走一边回头看。

"哪有欺侮我？倒是你，不好好念给我听，明明不是三个字。"

"意思一样嘛，哪想你要对字数。"李叔嘿嘿地笑。

"还笑，明明知道我不识字。搞得出洋相。现在好好地念我听，一模一样地念。"惠奶奶拉着李叔，一间一间地让他读过去。

爬完六楼，没有找到DNA科，惠奶奶嘀咕，这么大医院连亲子鉴定都做不了，配不上大深圳。

在电梯里，李叔按了二楼："快点，医生要下班了。"

"不看了。"惠奶奶用力按了"1"。

"那怎么行，上午看不成，就等下午。"

"你自己看吧。"惠奶奶白了他一眼。

李叔张了张嘴，终究没发出声音。他一路跟在惠奶奶身后，出了医院。

刚走出几步，一个穿白衬衣、牛仔裤的女人拦住惠奶奶："阿姨，百德堂医院往哪里走？"

"不知道。"惠奶奶摇头。

"前面右拐，再朝前走五百米就是。"一个穿黑色套装的女人停住脚步，热情地回答，"那里不用排队挂号，都是老医生。"

然后看着惠奶奶："阿姨您也看病呀，咋没开到药呢？"

"我是——"惠奶奶回头看了李叔一眼，欲言又止。

"小感冒，她懒得排队。"李叔接了话，又回过头来对惠奶奶说，"就去百德堂吧，大为专门叫我陪你看病的。"

"我没病。"惠奶奶说。

李叔愣住了，搞不清惠奶奶葫芦里卖的什么药。他抓了抓后脑勺。

"人老了，哪会没病的？"黑衣套装女人一边说一边发卡片，"机器老化总要修修补补的。有时我们自己不知道哪里坏了，要检查。卡片上面是百德堂医院的地址和电话，凭卡看病，有优惠。"

这时，来了两个穿制服的人，两个女人赶紧撑起伞，匆匆往人流里去了。

惠奶奶和李叔走到公交车站，在旁边的花坛边沿坐了。太阳毒辣地烤着大地，花坛里，有一部分植物卷起了叶片。惠奶奶撑着伞，额头上布满了细细的汗。这张脸，李叔是看着变老的。那时候，罗大为的父亲刚病死，惠奶奶才三十来岁，姿色姣好，干活也是一把好手，多少人打她主意，可惠奶奶谁也不搭理。李叔是个单身汉，家里穷，娶不上媳妇。后来，李叔一心想和惠奶奶过，一直追到现在，也没得手。

李叔用衣袖帮惠奶奶擦了一下汗，惠奶奶像兔子一样跳起来："李老头，你干吗？"

"汗，好多汗。"李叔尴尬地指着她的脸。

"我有纸巾。"惠奶奶说着，在包里翻。找出一包维达，抽了一张递给李叔。

李叔摆摆手："用这个干吗。"说着，用衣袖在额头上扫了一下。

"啧啧。"惠奶奶露出鄙夷的神情，"你这种人，谁会和你过？太马虎了。"

"有人一起就不马虎了。"李叔又嘿嘿地笑起来，两排黑牙齿像示威似的。

107国道，辅道公交车站前后，车辆排起了长龙，绿化带那边的主道，井然有序。惠奶奶肚子打起了鼓，两人找到一家快餐店，李叔点了两份排骨饭。服务员刚拿着单离开，李叔又把她叫回来："其中一份用两份排骨的量，加钱。"

服务员应声而去。

"你干吗？"惠奶奶问。

"你不是爱吃排骨吗？"

"唉，那都是多少年前的事了。"

很多年前，李叔请惠奶奶吃过排骨。那一次，李叔陪惠奶奶在镇上买化肥。吃饭时，李叔点了一个排骨，花掉他两个月的烟钱，排骨摆在土豆上面。李叔把排骨全夹在惠奶奶碗里，惠奶奶夹回一块给李叔，自己留了一块，另外的，用干净手帕包了。说带回去给大为吃。

快餐上来了，李叔把双份排骨的那盘推到惠奶奶面前。惠奶奶说吃不完，要和李叔换。两人推来让去，最后平分解决。

回到小区，上楼前，惠奶奶说去药店买点药。

"你不是说没病吗？"李叔不解。

"现在有病了。"

惠奶奶的表演天赋让李叔大开眼界，儿媳一回来，她头晕咳嗽全来了，躺在床上哼哼唧唧，还叫李叔端开水给她吃药。周妙忙得脚不沾地，接孩子回来赶做饭，吃完饭伺候孩子作业、洗漱。罗大为被周妙呼来唤去，成了丫鬟。李叔东转西转，处处想帮忙，却在中间挡手挡脚。惠奶奶静静地享受着她导演的这一幕，成就感满满的。

第二天，惠奶奶吩咐李叔去批发市场买菜，拨通了百德堂医院的电话。电话里的女孩很热情，柔风细雨，耐心解答惠奶奶的每一个问题。

"哟，头发、指甲都难取？没事，阿姨，旧衣服总有吧。他们穿过的旧衣服，上面有汗啊。跟您说，汗比头发和指甲还好。汗是身体的精华呢，每个人的汗味都不同的，最能代表了。错不了，阿姨。还有，您别忘了带银行卡，免得多跑一趟。阿姨，我这就安排车来接您。"

惠奶奶感觉自己成了福尔摩斯，福尔摩斯出自豪豪之口。惠奶奶心里扑腾着，扣子扣错了，鞋子穿反了。她对着镜子，作了三个揖，用手摩挲着胸口，慢慢平静下来，穿戴整齐，下了楼。

接她的车是一辆黑色轿车，惠奶奶上车后，发现昨天那个穿黑色套装的女人也在。今天换了一套白色套装，她自称是范医生。范医生和惠奶奶拉起了家常，天南地北地聊着天。十来分钟就到了百德堂。

大厅有一个前台，粉色的。导医穿着粉色的护士服，戴着护士帽。墙壁四周挂满了锦旗。

上到二楼，两人进到一间诊室，一个男医生坐在那里。范医生给惠奶奶倒了杯水。问明情况，男医生摇着头："没有头发、血液那些，凭两件衣服，这个很难做哦。"他一边说一边戴起白色胶手套，铺开衣服，左看右瞧。

惠奶奶跟着紧张起来："可电话里那人说可以做的，说汗——"

"做是可以做，只是您不划算。"

"怎么说？"

"太贵了，要一万多块钱。"男医生眼睛死死地盯着惠奶奶。

惠奶奶张大嘴巴："本来多少钱？"

"其实也就贵几千块钱。"范医生接了话，"但我们服务好，保护隐私，不需要任何证件。拿钱买方便，买放心。别的医院需要大人和小孩的身份证，还要当事人签字，有的还非要当事人去采集血液。那个门道呀，别说是您老人家，就是我也是搞得糊里糊涂的。"

"是啊是啊，大医院服务太差了，昨天在人民医院，根本没人理我。害我瞎折腾。"惠奶奶连连摆手。

"我们医院口碑好，楼下那些锦旗全是患者送的，挂都挂不下了。很多病人在大医院被判了死刑，来我们这儿治好了。"范医生说着，从后面的柜子里拿出一个文件夹，打开来，"您看，感谢信。"

惠奶奶拿起一封信，仔仔细细地看起来，竖起大拇指："你们医院了不起呀。"

男医生见惠奶奶把信拿倒了，正想说什么，范医生把他的手轻轻拂了下去："阿姨，做完了，您把这个拿回去。"

说着打开了柜子下面的门，里面放着几箱牛奶、两箱荔枝，还有一些礼品袋："全是患者送来的，不收吧，还生气。看病看成亲人了。"

范医生把一箱荔枝和一个旺旺大礼包拎出来，放在惠奶奶身边："这两个您拿回去，我们根本吃不完。"

"那怎么行？"惠奶奶眼睛笑成一条缝。

"不要紧，荔枝放着怕坏了。旺旺礼包拿给你孙子吃。"

三个人说着说着，聊起家常，惠奶奶把家底和盘托出，儿子儿媳干什么的，月收入多少，家庭关系怎样，自己卡上有多少存款，全都被套了出来。

末了，范医生又把话绕到亲子鉴定上："孙子带了五年？那一定要做个鉴定，否则这些年白干了都不知道。"

"可不是，这个钱再贵也得花，没办法。"

"那我们帮您开单。"男医生把握时机。

"一万块好贵!"惠奶奶脸色暗了下来。

"不是一万,是一万八。"

"一万八?"惠奶奶站起来,"不是说一万吗?"

"刚才说的是一万多。我们也觉得贵呀,唉,没办法。"男医生摇着头。

"一万就很贵了,还一万八?"惠奶奶举起两根手指,"我总共才两万元养老钱,不做了。"她摆了摆手。

"没关系,您什么时候想做了再来。地方您知道了,下次我们就不去接您了。"范医生笑着给惠奶奶倒了一杯水。

"只有这里能做吗?"惠奶奶问。

"别的地方也能,但都要证件签字那些。公安部门做的就便宜,但只有办案的才去那里做。"

"那我到底做不做呢?"惠奶奶问自己。突然她从口袋掏出卡片,"你当时说有这个可以优惠的。"

"阿姨,给您优惠了呀,没这个更贵呢。"男医生转过身,从背后的柜子里找出一沓单子:"您看,这些做DNA鉴定的单,都是两万。给您打了九折。"

惠奶奶拿了单,指着那上面的数字,一个零一个零地从右往左数:"个、十、百、千、万,真是两万呢。"

"可不是,下次您要是把那卡搞丢了,也得两万元。我们都是按规定来的。"

惠奶奶想了想,刷了卡。

做完了,范医生没有派车送她,车子没空。惠奶奶一只手提荔枝一只手提礼包,往回走,走一段歇一会儿。

李叔的好可与几个关键词挂钩：搬运工、出气筒、备胎。在惠奶奶满头大汗，寸步难移时，李叔及时来了电话。十几分钟后，他降临在惠奶奶面前。

面对两提重物，李叔脑子里满是疑问，他询问从何而来，惠奶奶避而不答，只简单说了一句"别人送的"。一长串问号，挂在李叔喉咙口，不敢蹦出来。

一万八千元没了，惠奶奶好像私生子被人从手里抢走了，一肚子苦水，没法张嘴。

来到一家糖水店，有两张桌子摆在店门外，两人坐下。李叔点了两个绿豆汤。

"一碗几块钱，回家可煮一大锅呢。"惠奶奶慢慢地喝着冰凉的汤。

"人家做生意嘛，当然要贵点。"李叔端起碗往惠奶奶碗里倒。

"别呀，外人看到，笑话。"惠奶奶按住他的手。

"怕啥，又没共在一个碗里。当年还一起吃绿豆冰呢。"

那是多年前，白冰棍三分钱一支，绿豆冰五分钱一支。李叔帮惠奶奶挑谷子回家，路上碰上卖冰棍的。惠奶奶买了一根绿豆冰，李叔不肯吃，惠奶奶生气了，不让他帮忙挑谷子了。李叔嘿嘿地咬了下面一截，把绿豆那截留给惠奶奶。

"八百年的陈芝麻事，提它干吗？"惠奶奶脸上一抹笑意轻轻舒展。

要不是大为，那时他们就一起过了。惠奶奶想起了往事。有一天，惠奶奶对五岁的罗大为说，为他找一个爸爸，是李叔。谁知道听了这个话，罗大为撒腿就跑，跑到父亲坟前，跳起脚来使劲哭："爸爸没了，妈妈不要离开我，我要和你结婚。"这话成了笑柄，罗大为却是认真的，他躲进山里，不出来。惠奶奶和李叔的事就这样黄了。后来，李叔一直单身，成了队里的五保户。

李叔看着惠奶奶把绿豆汤喝完，问道："还要不要？"

惠奶奶摆摆手："别把我喝得走不动，你扛不起。"

"扛得起。"李叔憨憨地笑起来。

下午五点半，罗大为刚回不久，周妙就领着豪豪回来了，她一边关门，一边眼睛往厨房扫去，没见惠奶奶影子，脸立马拉长了半寸。看到餐桌上放着一箱荔枝，借题发挥："谁这样不挖家底，买个荔枝一箱一箱的，又不是没得买，吃多少买多少嘛，浪费一个箱子，隔天了还不好吃。"

"我买的。买箱荔枝都当不了家啵？"罗大为从客厅沙发里站起来。

"你还当家，怎么不去做饭？同样是上班，我下班还得侍候这么一堆人。昨天我做的，今天轮到你。"周妙趿拉着拖鞋说。

"外面吃。"不等周妙话落音，罗大为说。

惠奶奶从房间伸出一个头，咳了一声："我起来了。吃了感冒药，嗜睡。"

"妈，你歇着。"

惠奶奶要的就是这句话，儿子护着她比任何事都重要。当年，罗大为结婚那天，惠奶奶一夜未睡。她守在新房门外，听墙脚。第二天，罗大为收拾行李准备旅游度蜜月，却没走成。

惠奶奶发起了高烧，40度。罗大为至今都不知道，惠奶奶是把自己泡在冷水里冻感冒的。罗大为亲自照顾母亲，等感冒好了，蜜月成了三人行。罗大为照顾两个撒娇的女人，讨好了皇后，就得罪皇太后。安抚了皇太后，皇后就会对他耍小性子。罗大为就像一根橡皮筋，被她们扯过来、拉过去，几天下来，失去了弹性，哪头都顾不着了。罗大为拖着筋疲力尽的身子，提前收了兵。

惠奶奶用手按着头，挪着步子，来到客厅。

罗大为抬头看着惠奶奶："好点没有？你去百德堂看的病吗？同事说在门口看见了你。"

惠奶奶一惊，差点摔倒，支吾着说："看错人了，李叔和我一起去人民医院的。"

"李叔呢？"

"回仓库了，他说反正帮不上忙，做的饭像猪食一样。再说，人家睡客厅，哪睡得踏实？"

"可以煮好饭切好菜嘛，特意叫他来帮下忙的。"罗大为自言自语，声音轻轻的。

豪豪跑到惠奶奶身边，拖着她弯下腰，摸摸额头："奶奶，你还没好啊？"

惠奶奶看着孙子，心里五味杂陈，带了五年了，像个小儿子一样。惠奶奶想亲他一个，忽然想起什么："要一个星期，离奶奶远一点，别传染了。"

"罗子豪，洗手，去外面吃饭。"周妙的声音及时响起。

"不去。我要吃奶奶做的蒸蛋。"

"馆子里也有。"

"不一样，奶奶的是石灰蛋。"

一阵沉默，惠奶奶没有像往常一样屁颠屁颠地去卖弄手艺。还不知是真孙子还是假孙子，她不想学雷锋。

惠奶奶头靠着沙发，无精打采的样子："等奶奶好了给你做。"

"不，今天就要吃。"罗子豪打开旺旺大礼包。

罗大为正想修理儿子，周妙亮剑了："老子做给你吃。"她走进厨房，拿起围裙，往脖子上套。悄悄拿出手机，百度石灰水蒸蛋的做法。

周妙在厨房里忙得叮当响，不一会儿，推开门，大声叫道："罗大为，找点石灰来。"

罗大为正在看球赛，一边吃着荔枝，正要起身，惠奶奶忽地站起来，一只手按在儿子肩上："你找不到。"

走进厨房，周妙切好了红萝卜丝，宽的宽、窄的窄、长的长、短的短。好像把一肚子气都切在了里面。惠奶奶从壁柜里拿出石灰，搁在台面："会不会？不会就我来。"

"做饭能有多大点事，放油放盐加水，熟了就能吃，要不是上班上累了，这根本就不算事。"周妙麻利地倒了些石灰出来。

"不算事？保姆一个月还得开几千块钱工资呢。"

周妙不再说话。惠奶奶经常在罗大为面前算账，一个月只算三千，她也该得十几万了。罗大为打哈哈："我人都是你的，这个家都是你的，你还怕那十几万不是你的呀？"

惠奶奶每听到那话就舒坦，只有儿子才让她心甘情愿地做牛做马。

惠奶奶赢了一局，到客厅坐了。

不一会儿，周妙三菜一汤端上桌：红萝卜丝、蒸蛋、辣椒炒肉、丝瓜汤。

一家人围着餐桌坐下，惠奶奶拈着筷子，又重重地放下来："没胃口，不想吃。"

"妈，想吃啥？"罗大为放下筷子。

"想吃碗面条。"

"叫楼下送一碗上来。"周妙掏出手机。

"大为小时候吃的那种，少放油，丢几根青菜。"

周妙愣住了，把手机扔桌上。

罗大为站起来："我去做。"

惠奶奶扎扎实实感冒了一个星期，周妙扛了几天大厨，中间还有两天在馆子里吃的。

这天，百德堂来电话，通知惠奶奶去领报告单。惠奶奶到达医院，范医生在等她。惠奶奶情绪很激动，一见面就探口风，问孙子是不是亲的。范医生摆着手说不知道，报告资料还没启封，她开了一张单让惠奶奶先去交费。

"不是交过费了吗？"

"那是检查费，这是报告单的钱。"

"多少钱？"

"一千九百九十八。还可以领一套价值四千元的补品，延年益寿。"

"不要礼品呢？"

"不要？我就当着你的面拆开，把结果告诉你。但你没见报告单，心里不踏实呀！反正大钱也掏了，也不在乎这一千多块，何况还有四千元礼品，这也是我们医院的优惠，货没有了活动就结束。"

"什么礼品？"惠奶奶手往裤兜里伸了伸。

范医生站起来，打开右侧的柜子，里面摆着几个很大的礼品盒："虫草，你看，都是没断的。这东西可贵呢。你想想，虫和草长到一块，多不容易。挖的时候还得不弄断它。"

"可是我没带钱。"

"没关系，一会儿，我们带上礼品，用车送你回去。"

惠奶奶一心想知道孙子是不是罗家的种，催着范医生把结果告诉她。范医生卖着关子："这么多天都等了，不差这一时半会儿。要不，你先去交一部分钱，我把报告先给你吧。"

惠奶奶把身上五百多块钱一起交了，取了报告袋，拆开来，仔细看，把有字的地方都认真看了一遍，然后叫范医生念给她听。

范医生笑了，接过报告单："阿姨，恭喜你呀，是您亲孙子，正好这虫草拿回去煲给孙子吃，补脑子的。"

"是吗？那咋一点都不像呢？"惠奶奶将信将疑。

"遗传是个深奥的东西，样子不像的多了去，性格像不像？"

"性格倒像。"惠奶奶高兴起来，"那嘴巴甜得，跟我一模一样。"

"那就对了。"范医生顺着惠奶奶，聊着天，惠奶奶掰着手指头数着孙子的聪明伶俐。突然，她想起了什么，捶首顿足，直骂自己糊涂，白掏了近两万元钱。

范医生纠正她，说这钱花得值，否则，一辈子心里不踏实，尤其是外人说三道四的时候。惠奶奶连连点头，立马想到了李奶奶那个外人。

一路上，范医生仔细跟惠奶奶说了虫草的吃法。惠奶奶回了家，半天没下来。范医生打电话过去，惠奶奶说钱不够数，还差三百。范医生说有多少就拿多少。

少给三百块钱，礼品照样到了手，惠奶奶千恩万谢，说以后谁病了一定带去他们医院。

惠奶奶吃了定心丸，干起活来浑身是劲，她把家里收拾得干干净净，早早就准备做饭。孙子爱的、儿媳爱的、儿子爱的、自己爱的，各炒了一个菜。

周妙正用钥匙开门，惠奶奶跑过去把门开了，她夸张地抱起豪豪，在脸上亲了又亲，大声喊："我的亲孙子耶。"

周妙看得一愣一愣，不知道惠奶奶葫芦里卖的什么药。一看桌子上，饭菜已做好，还是大家都喜欢吃的菜，地板和家具，擦得一尘不染，心里想：看来，我错怪她了，以为装病呢。

周妙心情瞬间像玫瑰花绽放，她笑着对惠奶奶说："妈，你辛苦了，这个周末一起去逛街，给你买套衣服吧？"

给惠奶奶买衣服是周妙常用的安抚手段，每逢哪里打折清货，她总要淘上一两套。

"那么多衣服，哪穿得完，你给我钱，我爱什么买什么去。"

周妙傻了眼，想了想，拿出三百块钱："你看看，少了先贴着，回头我补给你。"

"够了够了。"惠奶奶把钱折起来，放进裤兜里。

罗大为回到家，一派太平祥和的景象，一个星期笼罩在心头的荫翳一扫而空。一家人吃罢饭，围坐在沙发上，一起看电视。罗子豪在三人中间爬来爬去，每次爬到惠奶奶身边，她都抱着叫一声亲孙子。弄得罗大为和周妙相视而笑。

一个星期过去了。这天，一家人吃过饭坐在客厅聊天。罗子豪打开电视，拿着遥控器调台。一个熟悉的身影吸引住了惠奶奶的眼球，她刚想看仔细，罗子豪把台调走了。

惠奶奶站起来，抱了罗子豪："来，奶奶看一下刚才那个台。"

"不，我要看动画片。"罗子豪握着遥控器不放手。

惠奶奶在罗子豪耳边说了句悄悄话，罗子豪叫起来："你说话算数。"说完将遥控器交给惠奶奶。

惠奶奶将台调了回去。宝安新闻里，几个警察押着范医生几人，百德堂医院的大门上贴上了大大的封字，播音员正在直播警方又抓获一处招摇撞骗的医疗团伙。

惠奶奶手上的遥控器砰地掉落在地，她呆呆地坐着，像尊雕塑。

"怎么啦？"罗大为和周妙异口同声地问。

惠奶奶支吾一声："不小心。"说完将遥控器塞罗子豪手里，径自回房去了。罗子豪将台立马调到少儿频道。

罗大为问周妙："刚才那台是什么？"

"新闻联播呀。"

第二天，送完豪豪，惠奶奶直奔百德堂。和电视里看到的一样，门上两条封条打了个叉，百德堂的牌子被撬掉了，门前像刚搬过家似的，一地碎纸箱皮、包装袋、打碎的瓷砖片、玻璃片。

惠奶奶掐了自己一下，不是梦。她咬着嘴唇，如正在泄气的皮球，瘫坐在台阶上。

不一会儿，有人叫她，抬头，李奶奶打着伞，拖着购物车往菜市场方向。李奶奶迈着细碎的步子急匆匆地走近，像上辈子的亲戚这辈子才找到："这些天去哪儿了？都找不到你。"惠奶奶张了张嘴，没出声，重重地叹了一口气。

李奶奶见状，在台阶上坐下来，耐心地询问。说多了，惠奶奶冒出一句："都是你呀，害我丢了两万块钱。"

"我怎么害到你了？"李奶奶好诧异。

惠奶奶摇着头，说起了这几天发生的事。李奶奶听着听着，责怪起来：

"哎呀，你怎么去这种私人医院呢？要去大医院。南方医科大就可以。"

"那些医院要证件。"

"哦，你不想让他们知道啊。"李奶奶点了点头，"那去南山区慧诚也行呀，一家专门的监测中心。我儿子的同学去做过，听他们聊天，也是像你家这种情况，看起来长得不像，否则我怎么会有那一问。"

"唉，你不早说！"

"你不是说像爷爷吗？"

"都怪我。"惠奶奶右手握着拳头，捶了一下胸口，"现在想再测试都没钱了。"

李奶奶伸出三根指头："不贵，三千左右。只要结果不打报告，不到两千，哪要两万元钱咯？"

"只有三百块，还是昨天儿媳给我买衣服的。"

李奶奶直骂那些骗子可恶。惠奶奶跟着骂，骂着，抹起了眼泪。

李奶奶从口袋掏出一把钱："八百，全借给你。再想想办法。"

"我哪儿还得起？"惠奶奶拒绝了。

李奶奶也不勉强，仗义之心得到抒发，说了几句安慰的话。

惠奶奶没像往常一样去买菜，告别李奶奶，径直回到家，对着空荡荡的屋子，默想着那两万元钱。积攒这笔钱如同拣一罐子芝麻，一元二元、五元十元，是累积的力量。罗大为叫她去楼下商场买菜，她总是去批发市场，走半个小时，那里便宜。每次，她把差价五元、十元收入自己的钱包。平时家里的废纸皮，瓶瓶罐罐，她提到废品收购站，十元、二十元地攒在那里。惠奶奶想着，放声哭起来，从昨天开始，一直憋着，胸口都有些疼了。

一整天，惠奶奶没吃没喝，傍晚时分，昏昏沉沉地睡了过去。

周妙接到幼儿园老师电话，说豪豪没人接。她赶过去，领着豪豪回到家，见惠奶奶躺在沙发上。

周妙皱起眉，问道："妈，你又怎么了？这才好一个星期。"

惠奶奶听了，站起来，掏出那三百元，扔在茶几上，按着肚子，回了房。她躺在床上，望着天花板流眼泪，想起了死去的丈夫，想着自己的命。

周妙闷着气做饭，把厨具弄得叮当响。

罗大为下班回来，看到厨房里又换了掌勺的，感觉不对。走过去，悄声问，周妙不搭理。罗大为转移突破口，来到母亲房间。惠奶奶正在流眼泪。罗大为坚实的心脏狠狠地疼了一把，连忙询问缘由。惠奶奶不说半句话，呆呆望着天花板。

两头碰了壁，罗大为只得问罗子豪。罗子豪一只手按着电视遥控器，一只手拈着薯片往嘴里塞，大声说道：

"不知道，回来奶奶就不理人。"

罗大为不知母亲受了什么委屈，猜想，无非是婆媳之间闹矛盾。他又走到厨房，抱怨道："到底对妈怎么了？在哭。"

周妙将锅铲往锅里敲："我还想哭呢！成天这么闹得莫名其妙的，日子没法过了。"

"怎么回事？"

"我也想知道啊。"周妙又抓住锅铲翻炒红薯叶。

"老人家，让着点。结婚时不是跟你说过吗？我妈不容易。"

"还没让？罗大为，你有没有良心？"周妙哭了起来。

罗大为乱了阵脚，一把抱住周妙，悄声哄她，守在厨房，一起做饭。

不一会儿，简单的饭菜做好了。罗大为叫母亲起来吃饭，惠奶奶摇着头，说吃不下，吩咐他倒了一杯水。

惠奶奶喝了半杯水，突然吐起来。一天没吃东西，都是酸水。

惠奶奶真病了，周妙没料到。罗大为抓了车钥匙，要去医院，惠奶奶拒绝了，说自己没病。还把罗大为赶了出来，关上了门。

第二天一早，罗大为磨破嘴皮子，硬是把母亲拉到了人民医院。

医生是个五十几岁的男人，拿出听诊器，一边听，一边问哪里不舒服。惠奶奶面无表情，说了两个字："心里"。医生再询问怎样不舒服时，她摇着头苦笑，说了三个字："不能说"。

医生开着玩笑问着话，惠奶奶都不做答。医生建议打葡萄糖，惠奶奶跳起来："打什么鬼葡萄糖，我是一天没吃饭。"边说边往外面走，"不看了，说了没病。"

罗大为对母亲的表现感到纳闷，跟医生说平时不是这样的。医生悄悄对罗大为说要多陪伴，预防老年痴呆症。

罗大为一愣，果然觉得母亲老了不少，扪心自问，确实好些年没好好陪母亲了。工作太忙，每天像陀螺一样转，电话不搞静音就无法消停，耳朵边都是轰轰的声音，关了机，手机幻音也像魔鬼一样附在耳边。

罗大为把母亲带到凤凰楼能记食坊，点了海参粥、水晶鲜露笋蒸虾饺、桂花糕、金枕榴梿酥、海带丝。第二次了，惠奶奶来这么高档的地方吃早餐。第一次是刚到深圳，罗大为想让母亲见见世面，点了一桌，点心、面食、小吃。惠奶奶吃得撑不下，把剩下的两个酱蒸凤爪打了包。结账时，五百多，惠奶奶直咂舌，连说五六个再也不吃了。

服务员端上了海参粥，罗大为拿起自己的勺子，挑了一点试了试温度，然后把粥端给母亲："快吃吧，一整天不吃东西，饿坏了。"

惠奶奶眼睛里蒙了雾，舀着一勺粥，停在空中。这辈子，好像只做了一件事，就是拉扯儿子，直到他这么大了，还松不开手。

室内，灯光幽暗，窗外的佛手竹垂着枝叶，宗次郎的《故乡的原风景》在空气里悠悠地流淌。罗大为穿着笔挺的老人头衬衣，头发梳得一丝不苟，俨然一副总经理派头，那个山里长出的毛孩子无影无踪了。他扶了扶鼻子上的眼镜框，像宣布一个重要的会议决定：

"老婆可以换，娘老子没得换的。有什么事要告诉我，不要气坏自己。"

惠奶奶瞪大眼睛，周妙的好好歹歹在脑子里跳来跳去。她左右瞧了瞧，压低声音："你说句实话，周妙对你忠不忠心？"

罗大为筷子上的桂花糕掉了下来，落在了盘子里："啥？"

惠奶奶又重复了一遍。

罗大为夹起掉落的桂花糕："妈，你啥意思？不光对我，对你也得忠心呀。我可不许她难为你。"

惠奶奶还想说什么，刘叶的身影突然在脑子里闪了闪。刘叶是罗大为的初恋女友，大学同学。长得高挑，打扮时尚。村子里有个老学究，扶着眼镜说她和罗大为是一对璧人。惠奶奶不知道璧人是什么意思，猜想是好的意思。刘叶骨子里叛逆，结婚前，因为家具问题与惠奶奶发生了正面冲突，并提出结婚后不能与惠奶奶同住。罗大为是有名的孝子，母亲他没有权力选择，妻子是可以选择的。就那样，罗大为与刘叶闹掰了。罗大为与刘叶分手后，大病一场，和惠奶奶之间也大不如从前。后来，罗大为相了十多次亲，一个也没成。最后只身跑到了深圳，在深圳混了几年，把周妙带回了家。那时，周妙还挺着个大肚子，惠奶奶立即张罗着把酒摆了。

惠奶奶摸着良心，想了想，这个媳妇，比起刘叶来，还真心不错。惠奶奶埋下头："没有难为我，昨天我不舒服，没做饭，她有情绪。"

"没事就好。她上了一天班，也挺累的，多担待点。"罗大为松了一口气，给母亲夹了一块榴梿酥。

惠奶奶点着头，心里依然想着检查费的事。

吃完，罗大为把母亲送到楼下，又安排李叔来陪她。临走前，惠奶奶突然说："给我三千块钱。"

"要那么多钱干吗？"罗大为很诧异，母亲从来没开口要过钱。

"存，存起来养老。"惠奶奶眼睛盯着地上。

罗大为想了想："养老不是有我们吗？又不会不管你。再说，我们现在还贷着款。"

"那，算了。"

李叔像搬家似的，拎着两个箱子过来。按门铃，无人应答。拨通惠奶奶电话，她说在社区公园的广场。

李叔将行李寄在管理处，找到广场。一堆人围在一个石柱下。走近，惠奶奶蹲在地上，手里捧着个虫草盒子。周围的人指指点点。

"这个是假的。"一个穿着紫色真丝裙的老太太说道。

"百分百。"另一个抱着孩子的妇女跟着说。

"不会吧，跟真的一样。"

"看不出来，没吃过。"

惠奶奶睁大眼睛，张大鼻孔："不买就算了，怎么是假的呢？两千元买的。"

"两千元？那更加假了。"

"如果是真货，必定是断的、碎的，两千元，怎么可能还有这么漂亮的。"

"谁敢要？别说两千元，两百都没人要。"

惠奶奶腾地站起来："没吃过虫草，瞎说什么真假。"

"没吃过。要不要拿我家的来比比？"紫色真丝裙老太太瞪着眼睛。

"骗子吧？"抱孩子的妇女说道。

"不是，我是阳光小区 B 栋 703 的。"惠奶奶声音大起来，显然生气了。

"随便报个小区名就不是骗子了？大家小心点，现在的骗子手段可高了。尤其是老人家，现在我都不敢扶摔倒在地的老人了。"抱孩子的妇女说道。

"那要不要报警。"人群里有人说。

"报警？"惠奶奶手里的盒子差点掉地上，她一屁股瘫坐在地上，泪水就哗啦哗啦地往下掉。

"这人很会表演，说哭就哭，可能真是个骗子。"人群里有人小声说。

"不是骗子是不怕报警的。"妇女说道。

"你们报呀，报呀，我怕啥？我才是被骗子骗了呢。"惠奶奶情绪失控，哭声大了。

"大家不买就算了，别冤枉人了。"一个老太太说道。

抱孩子的妇女说："在这里卖东西谁会要？"

"我要。"李叔赶过来，大声说。众人把目光转向他。

"这大叔，别上当呀，摆明是假的。"妇女将孩子换到另一边抱着。

"大家都不要，等下你想再压点价不？"李叔说完，掏出一个旧钱包，打开来，只有五百元。"去银行取给你吧，不够。"说完，拿了礼品盒就走。

惠奶奶跟着离开了，后面传来了议论声：

"这老头，好心当成驴肝肺。"

"看样子有点傻。"

一路上，李叔询问惠奶奶情况，惠奶奶只埋头走路，不愿说话。马路上车来车往，穿过几条巷子，来到了步行街。步行街两旁的店铺，喇叭里，男男女女扯着喉咙在叫卖。

李叔还在纳闷，像是在思考的样子，自言自语道："什么事把人逼到这份上呢？"

"急用钱呗。"惠奶奶突然答了一句。

李叔拦住惠奶奶，拍着胸脯："怎么不找我呢？"

天空蓝蓝的，太阳躲进云里，一下又钻了出来，银色的天堂牌伞下，惠奶奶的脸被照得一明一暗。她的眼睛有些湿润，咬着下嘴唇，用调侃的口气笑道："你那点钱，留着自己养老吧。"

"你需要多少？我有五万。不够吗？"李叔摸着后脑勺，像个害羞的孩子。

"五万元也经不起我搞的,两三次就会弄完,你还是好好留着。"惠奶奶一边说一边往前走。

"怎么啦?生啥病了吗?可别瞒着呀。不够我去借。"李叔着急起来。

"谁说要五万,三千就够了。"

李叔听了,嘿嘿地笑起来,扭头看到街道旁有一个招商银行的柜员机,指了指,说:"我现在就取给你。"

李奶奶一把拉住他:"别呀,我还是想先把这虫草卖掉。"

"留着自己吃呀。"

凑足了钱,惠奶奶撇开李叔,又忙开了。她找到李奶奶家,要了慧诚的电话,拨了过去。

"您好,慧诚基因健康管理公司。"电话线那头传来了优美的声音。

惠奶奶一听,跟之前那医院的声音差不多,赶紧挂断了。

"挂断干吗,跟她说呀,叫他们上门来取样。免费的。"李奶奶俨然一副专家的样子。

"心里不踏实。"惠奶奶拍了拍胸脯。

"没事的,可以跟过去看着他们检查。三个小时就出结果。"李奶奶很热心,在她的鼓励下,惠奶奶问清了情况:二千六百元,血液、毛发、指甲、唾液、口腔细胞都可以。

接下来的日子,惠奶奶的行为总是反常,让罗大为和周妙暗暗担忧。有时,惠奶奶盯着罗大为,抱怨他头发太短了。罗大为心想,头发都短了十多年,又不是突然换的发型。有一次,他刚要吐痰,惠奶奶就把他叫停,然后跑到厨房拿了一个小碗，叫他吐在碗里。罗大为当然没吐碗里，他觉得母亲病得不轻。

　　毛发和唾液没采集成，惠奶奶把目标放在了口腔细胞上。医生说用过一个月的牙刷才可以。罗大为三个星期换次牙刷。惠奶奶把备用牙刷藏了。罗大为换牙刷时发现没有，催着惠奶奶买。惠奶奶连连忘记，第三天，罗大为自己跑楼下买了。

　　牙刷没收集成，惠奶奶把希望寄托在指甲上。

　　这天，罗大为洗完澡，坐在沙发里，惠奶奶讪笑，手上拿着一把指甲剪，说道："大为，我帮你剪剪指甲吧。"

　　罗大为蒙了，母亲帮着剪指甲，是三十年前的事情，现在怎么还好意思。罗大为把手伸向母亲："指甲剪给我，我自己来。"

　　惠奶奶候在一旁，扯了一张纸巾，在罗大为脚下接着。脚指甲剪得蹦出老远，惠奶奶满屋子找。

　　"找它干吗，扫一扫就是了。"周妙不解地看着惠奶奶。

　　惠奶奶嗯嗯地应着，去阳台上找扫把，回到屋，罗子豪倒在罗大为怀里，已剪了两个手指甲。剪下的指甲混在了一起，惠奶奶叹了一口气：

　　"唉，豪豪你怎么也不留给奶奶剪呢？"

　　"你帮李爷爷和妈妈剪吧。"罗子豪指了指坐在沙发另一端的李叔。

　　李叔嘿嘿地笑，一股烟味。罗子豪摸着他的嘴巴："李爷爷好臭，难怪奶奶不让你一起睡，叫你睡沙发。她肯定不会帮你剪的。"

　　惠奶奶也笑了，将扫把往李叔面前一扔："你去扫。"

　　李叔像是得了宠，拿出一支烟，叼在嘴里，捡起了扫把。

　　惠奶奶从罗大为手里夺了指甲剪："剩下的我来。"

　　"我也要，我跟奶奶比赛。"罗子豪跳着脚。

　　"好，咱们比比谁剪得好。"惠奶奶和罗子豪击了一下掌。

　　罗大为笑着说："争什么？我都快剪完了，只剩最后一个指甲了。"

　　惠奶奶跟豪豪比剪刀石头布。她居高临下，赢了，像中了彩一样，合不拢嘴。惠奶奶弯下腰来，小心地剪着罗大为的大脚趾指甲，嘣的一声，指甲不知去向。

　　"哎哟，飞我身上了。"周妙伸出两根指头拈着指甲，往垃圾桶里一扔。

　　惠奶奶大叫哎哟，站起来，端着垃圾桶往阳台上跑，她把垃圾全倒出来，荔枝壳、旺旺饼干包装袋、成团的纸巾散了一地。惠奶奶拿个衣架在垃圾中间拨来拨去。

　　"妈，你干吗？那么脏。"罗大为大声叫道。

　　"不是比赛吗？"惠奶奶支支吾吾，右手藏到身后往洗手间溜。

　　"那么脏，倒在阳台上，真是服了。"周妙站起来往阳台走。

　　李叔赶紧拦在前面："我来我来。"一边说一边抢先拿扫把。

　　豪豪待惠奶奶忙去了，拿起指甲剪剪自己的指甲，周妙见状，要帮忙，豪豪赶紧跳到地上："说了我自己剪。"一边说一边往惠奶奶房间去了。惠奶奶从洗手间赶过去，陪着豪豪慢慢地剪，她把需要的指甲仔细包好了。

第二天，惠奶奶通知慧诚公司上门取样。她跟着车到了南山区南山大道新绿岛大厦。

检测进行中，惠奶奶在休息厅等候。她坐立不安，罗子豪的点点滴滴不断地跳进她脑子。两岁多时，惠奶奶带着他回老家小住。有个晚上，他突然发起了高烧，昏迷不醒。外面下着大暴雨，惠奶奶急得满头大汗，抱起他，打着伞，蹚着水赶到镇上的医院，医生说很危险，立即办了住院手续。惠奶奶没敢告诉罗大为，天遥地远，反正帮不上。她一个人扛着，当时心想，小东西要没了自己也不活了。

这时，一个穿着白衬衣、黑色一步裙的女人，给惠奶奶倒了一杯水。惠奶奶点了点头，又陷入了沉思。罗子豪待惠奶奶，如同一个小儿子。惠奶奶跟周妙斗气时，罗子豪总是站在惠奶奶这边。有一次，罗大为出差，婆媳俩吵得很凶，惠奶奶怄气，拎着包要回老家，周妙吃准她没人买票，不懂怎么走，连深圳北站都找不到。她仗着这个，赌惠奶奶不回去是猪变的。惠奶奶只得提着包出门，罗子豪死死地抱着惠奶奶的脚，被周妙狠狠地扯开，死死抱在怀里。罗子豪歇斯底里地号叫，看着惠奶奶哭着进了电梯。后来罗子豪一直哭，趁周妙不注意时开门下了楼，在小区使劲地叫奶奶，一边哭一边喊。周妙在后面追，他在前面跑。最后闹得周妙不得不带着他找到惠奶奶，跟她道了歉，接回家。

惠奶奶擦着眼泪，边回忆边等。她合起手掌，不停地作揖，口里念念有词。

电闪雷鸣，外面，下起了暴雨。急骤的雨点打在窗玻璃上。惠奶奶从如来佛祖、观世音菩萨，到土地爷爷、财神爷，默默地一个个求拜。

三个小时后，报告出来了。

检验员把报告单递给惠奶奶："父系关系可能性：0%。"

"什么意思？"

"非亲子关系。"

惠奶奶跌倒在沙发里，目光呆滞："不是亲的？"

突然，她扑向检验员，狠狠地抓住他的白大褂，拼命地摇着头喊："你搞错了对不对？你一定搞错了。"

检验员待她情绪稳定，把她扶到座位上坐了，默默地离开。

惠奶奶不知怎么离开慧诚公司的。雨停了，她漫无目地在路上走，几次拿出手机，调出罗大为的电话，又摇着头放回去。

惠奶奶迈着摇摆不定的步子，顺着马路旁的人行道走，一个拉客的电动车差点撞在她身上。

"瞎了眼——"对方话未说完，看了惠奶奶一眼，换了一句，"老人家看路呀，危险。"

惠奶奶像什么也没听见似的，埋着头往前走。手机响了几次，惠奶奶没有理会。十字路口，一辆奔驰发出刺耳的急刹声，一个脑袋探出车窗，对惠奶奶大声喊："找死呀？没看到红灯吗？"

惠奶奶头也没抬，如木头人般。

这时，一个穿中学校服的女生跑过去，把惠奶奶牵了，往人行道上走，并询问她去哪里。惠奶奶愣了一下，重重地叹了一口气。女生询问了几句，弄明白地址，帮惠奶奶拦了一辆出租车。

手机响个不停，惠奶奶直接关了机。她没有回家，吩咐出租车开到了天虹商场。

惠奶奶推着购物车，挑了一大堆豪豪爱吃的零食：可比克、水果冻、无穷鸡翅、棒棒糖、巧克力、豆干、益力多……

埋了单，二百八十元，惠奶奶紧紧握着小票，这是她第一次自己投腰包买这么多零食。惠奶奶寻找出口，不知怎么绕到了一个消防通道，她突然感觉很累，在阶梯上坐了下来。

一会儿，惠奶奶掏出亲子鉴定的报告单，呜呜地哭了。不知过了多久，突然一个声音问道："大姐，你怎么了？"

惠奶奶抬起头来，是一个搞卫生的清洁工，五十多岁的样子。惠奶奶把她当成垃圾桶，一股脑地把这些天发生的事情全倒了出来。说完，逃也似的离开了。

惠奶奶提着一大袋零食，直接到了罗子豪学校，等在校门口。

李叔出现的时候，惠奶奶以为自己眼花，她擦了擦眼睛，心想：这个大老粗，居然会找到这里来。

"干吗不接电话？把我们急死呀？"李叔舒了一口气，略带抱怨地责备。

惠奶奶扫了李叔一眼："你们急什么？还有谁急吗？"

"你儿子呀。再三叮嘱我这些天陪好你。"

"他有毛病呀，我又没病。"

"关心你嘛。他说自从你上次感冒，一直没恢复正常。"李叔嘿嘿地笑起来，走近，挨着惠奶奶左边坐了。

"我……"惠奶奶欲言又止。这时，李奶奶来了，她凑近惠奶奶："怎么样，那个事情？"

惠奶奶慌乱地扫了李奶奶一眼，朝她挤眉弄眼，用手在花坛沿上拂了一下："哪，哪个事？"

"子豪的事呀。"李奶奶并没会意。

"子豪呀，我舒服就来接，不舒服他妈来接。"

"不是。那个做了没有？"李奶奶在惠奶奶右边坐了。

"这人老了，多事就不太好。"惠奶奶冷淡地说。

"这么大的事情还是搞清楚点好。"李奶奶摇着手上的蒲扇。

"人老了，要多跟人交流，多散步运动，多打打麻将，预防老年痴呆病。"李叔点起一支烟。李奶奶手上的蒲扇摇得更快了。

"老年人做的事比年轻人不会少，还有什么时间运动？只要不受什么打击哪会得痴呆病？我家孙女就把我折腾死了。子豪的事，赶紧搞清楚，别竹篮打水一场空呀。"

李叔将烟头熄了扔进花坛里："可不一场空，你以为还能享到孙子辈的福呀，等他们长大了，我们都入土了。"

惠奶奶一直沉思着，这会儿突然问："王宝强和马蓉离婚是不是财产一人一半？"

"那当然。"李叔和李奶奶异口同声说。

"夫妻双方的共同财产，都得对半分。"李叔补充道。

惠奶奶像是自言自语："那王宝强亏得不小。"

　　李叔和李奶奶聊上了王宝强的事，他们聊得很欢，惠奶奶一句也没听进去。

　　一会儿，幼儿园大门开了，小朋友排着队往外走，一出校门，就四散飞奔开来。

　　罗子豪老远就朝惠奶奶挥动小手，叫着奶奶。

　　惠奶奶站起来，撇下李叔和李奶奶，提着那一大袋零食，迎上去。

　　"奶奶，买冰激凌。"罗子豪扑过来，扯了惠奶奶手上的大袋子，惊喜地说，"奶奶，给我的吗？"

　　"是。全给你买的。今天你还想吃啥？都给你买。"惠奶奶蹲下来，把罗子豪搂在怀里，盯着看。

　　"那再买一个冰激凌、一包跳跳糖、两根火腿肠。"

　　惠奶奶摸着罗子豪的头："你到底像谁呀？"

　　"我自己呀。"

　　"要是有一天见不着奶奶了，会不会想奶奶？"

　　"去哪儿？你回老家吗？"罗子豪眨着乌黑的眼睛。

　　"不是。"

　　"奶奶要死了吗？"

　　惠奶奶放开罗子豪，脸沉了下来："盼着我死呀？"

　　"不要奶奶死，不要奶奶不见。"罗子豪眼眶里闪现晶莹的泪珠。

　　惠奶奶叹了一口气，用手背擦了擦罗子豪的眼泪："谁叫你不姓罗呢。"

　　"我姓罗。"罗子豪跺起了脚。

　　惠奶奶不吭声，连连叹气，掏出十元钱，交给罗子豪去买冰激凌。

回到小区，惠奶奶叫李叔陪着罗子豪在滑滑梯玩，独自回家了。

罗大为觉得母亲越来越神经质，常常冒出一些莫名其妙的问题。询问他和周妙的恋爱史，盘查他财产状况，还问他和刘叶有没有联系。罗大为懒得回答，总是搪塞过去，这些私人的话题他不想母亲掺和。周妙也感到婆婆不同以前，家里的事情做得井井有条，无可挑剔，与她搭言却爱理不理。

私下里，罗大为叫李叔带母亲去打麻将，甚至给钱叫他们去民俗文化村等地方玩。但这一切都没让惠奶奶的情况好转。她向罗大为提出，叫他陪着回一趟老家，替他父亲扫墓。

清明节就扫过墓了，罗大为本想回绝，但想到母亲的精神状态，答应了，并且决定一家人都回。

罗子豪是第二次到乡村，一切都很稀奇，他在屋前屋后跑来跑去，追着邻居家的鸡玩。长时间没在家里住，屋子积了厚厚的灰尘，回家前惠奶奶电话通知邻居做了清理，但并不细致，很多地方没到位，还得亲自来。李叔和惠奶奶像潜龙回潭，干起这些活来麻利又自如，一个钟头就料理得干干净净。

去坟山时，罗子豪兴奋地跑出门，在前头带路，他去过一次。

惠奶奶把他喝住了："豪豪，你不要去，和妈妈在家。"

所有人都愣住了。

"我要去。"罗子豪大声说。

"不准去。"惠奶奶声音像刀一样，寒冷冰凉，透着一股杀气。

周妙把罗子豪一把抱住，哄道："咱们在家。"

"不。"罗子豪哇哇地大哭起来。

罗大为皱着眉头，瞪着惠奶奶："妈，你这是干吗？"

"一会儿你就知道了。"惠奶奶头也不回，往山上走。

惠奶奶来到坟前，一屁股在地上坐了，不停地抹眼泪，口里说道："老罗，我对不起你呀。"

罗大为感觉不妙，不知有什么重要的事。他在坟前跪了，磕了头，点了蜡烛。坟的四周又长了一些野花野草，罗大为一把把地都扯了。多年前的那天，罗大为就是站在这坟前不同意母亲嫁给李叔的，并喊着自己要和母亲结婚。罗大为对这件事并没有记忆，但乡亲们老是取笑他，久而久之，他虚构出了自己当时的情景，并深深地印在脑海里。

"老罗呀，今天你自己当家做主吧。这事情把我压垮了。"

"妈，你这是干吗？"罗大为莫名其妙。

惠奶奶抹了抹眼泪："大为呀，妈再问你一句，你和周妙的感情到底是好还是不好？现在二胎放开了，你们到底还生不生一个？"

"这还用问吗？"

"你别跟我来这套，每次我问你正经事，你根本就不理睬。"

"我早说过了，周妙不能生了。生罗子豪时难产，差点大小性命不保，医生说以后不能生了。你还要我怎么回答？"

"那你自己看吧。"惠奶奶从衣兜里拿出那份鉴定报告，颤抖着递给罗大为。

罗大为接了报告单，胸口一起一伏，面部的肌肉渐渐扭成一团，眉心间立起了一个倒着的"八"字，他将报告单狠狠地撕成碎片，往空中一扔，朝母亲吼道："我早就知道，从一开始就知道，你操这个心干吗？"

惠奶奶像被施了定身术，如同一尊雕塑，半晌，微弱的声音慢慢地从身体里悠出来："你早就知道？就瞒着我？"

"你以为能和你和平共处的媳妇那么好找吗？"罗大为扔下这句话奔跑着下山去了。

惠奶奶在坟地不知坐了多久，李叔过来找她时，她四肢都麻木了。李叔探过身，将惠奶奶扶起，轻声问："跟大为怎么了？他说明天就回深圳。还说叫我好好照顾你，给了我一张银行卡。"

惠奶奶咧开嘴，苦笑一声，松开李叔，踉踉跄跄地回了家。

周妙已将晚饭做得差不多了，正在做西红柿蛋花汤，见惠奶奶回来，忙问有没有味精。惠奶奶走进厨房，从壁柜里找出一个小瓶子，递给她。案板角落上，一包老鼠药搁在那儿，惠奶奶脑子里轰地闪过一个念头，她逃也似的离开了厨房。

这天晚上，惠奶奶做了一个奇怪的梦。她梦见手变得很长很长，完全不听使唤，她眼睁睁儿看着自己的手指把那包老鼠药撕了，撒在西红柿汤里。她拿出四个碗，各舀了一碗汤。她捧起其中的一碗，仰头，一口气喝了。身子缓缓地倒在地上，太阳光从窗户照进来，映在脸上。渐渐地，鼻孔里、嘴里、耳朵里钻出了一只只蛊……

临床表现

一

陈风来到303，指示牌上写着男科，他立在门口，往里张望，怎么是女医生？陈风赶紧往后退，抬起头来，没错，303，男科。陈风在门外犹豫，医生背对着他，身穿白大褂，一头枣红色的卷发，手上捧着一本书，看得很专注。她的办公台是圆形的，椅子是转椅。

陈风迈出左脚，突然，她笑起来。陈风赶紧往后退，一溜烟往楼下跑。走到二楼，陈风停止了脚步："怕什么？她又不认识我。再说，这里看病不用真名。"

陈风反身回到303，立在门口，干咳了两声。

"进来吧，躲躲闪闪，怎么看病？"她转过来，脸上挂着微笑。

她很美，不像医生。陈风心里颤了一下。

"坐吧。"她用手中的笔指了指圆台桌外的椅子。

陈风坐下来，将左腿抢在右腿上，又换成右腿抢到左腿上。十指交叉，搁在桌上，立马又托着下巴。

她依然微笑，轻声问："什么症状？"

"我，我……"陈风欲言又止，望了望门外，又想逃跑。

她从抽屉拿出一沓表单，翻了翻，抽出一张，递给陈风。

表单上写着：您的症状比较接近下面哪个词语？阳痿，早泄，ED 勃起功能障碍……

陈风来不及看完，在 ED 勃起功能障碍上打了一个钩。

女医生收了表，看了看，依然微笑，又在那堆表单里翻了翻，找出一张，递过来。

代号或就诊名？

无射风。陈风把微信名写了上去。

您的年龄？

四十六。

职业？

职业经理人。

症状出现多久了？

五年。

年薪多少？

一百万。

提问很简单，陈风写完答案，递给她。底盘交了出来，陈风轻松多了。

"我叫颜如玉。你可以叫我颜医生。"

颜如玉，这名字真配她，陈风心里想。

"治疗要半年时间，费用病好后再付，五十万。"

五十万？这么贵？陈风心里嘀咕，可不是一般人能治的。反正医好再付款，试试。陈风说了声好。

"收费按病人年薪的一半，不是固定数。"

"啊。"陈风心里叫苦，干吗多写二十万？几秒钟时间，损失十万。

颜如玉盯着陈风，笑开了，说道："治疗过程中，有些规矩必须遵守。第一，不准问为什么。即使有疑惑，也得配合我。第二，不准对外人讲具体治疗情况。第三，按时就诊。没问题，就签协议。"

这些规矩没有难度，陈风满口答应。

协议就是上面那些情况的整合，一式两份，双方签了名，按了手印。

"不是真名，有效吗？"陈风不放心。

"手印总是真的吧？"颜如玉收起协议，"从现在开始，你是我的病人。每个星期必须抽一天时间和我在一起。你看，哪一天？"

"一天时间？"

"是。而且在其他日子里，你联系不上我，我会关机。每接一个新的病人，我换一个手机号，你是第三十三个。现在反悔还来得及，协议撕了便是。"

"不不不，我只是奇怪。"陈风站起来，"周六吧。"

"好。"颜如玉点了点头，"走，去花溪谷。"

"花溪谷？"陈风不解。

"嗯。"颜如玉一边回答，一边关了电脑，站起来，手里拿着车钥匙晃了晃，"你有车吧？我不开了。"说完，关了灯。

一路上，两人聊着天。话题大都是颜如玉挑起的，问他妻子是干什么工作的、两人感情好不好之类。

陈风打开了话匣子："她是老师，比我小四岁，大学中文系讲师。我们感情很好。刚到深圳时，我带她游遍了所有的景点和大街小巷，带她去了香港、澳门。这么些年，没吵过几次架。结婚二十一年了，孩子上大学。老家人都说她有福气，说她选对了。"

颜如玉笑了笑："有没有外遇？"

"哪敢呀？那次，也是她唯一动粗的一次，拿刀把桌子都劈掉一角。别看她做老师的，看上去温温柔柔，性子烈。"

"我问有没有外遇？有，还是没有？"

"玩玩的倒有，偷偷地。哪有猫不吃腥的？"

"五年前的事了吧？"

陈风顿了顿，若有所思，叹了口气："这几年，啥也不想了。好像等着死。除了上班，所有的时间都泡在牌里，通宵达旦地打。我才四十六岁呀。"

"会很快好起来的。"颜如玉说。

"那就好。鸟好了，生活才会好，否则，没鸟意思。我搞不懂的是，生活这般美好，鸟咋就不好了？"

"你会有答案的。"两人说着话来到花溪谷。陈风说去买票，颜如玉拿出两张年卡。看来，她是常客。

"手机关了。"颜如玉一边吩咐他，一边刷卡进了园区。

"真是个世外桃源。"陈风感叹。园区游人极少，处处鸟语花香。铺天盖地的花海往天际延伸，五颜六色，让人晕眩。

颜如玉奔跑起来，张开双臂，真丝裙摆从两侧飘开来，像个画中美人。她跑到一片薰衣草处停下来，转过身，朝陈风招手，"帮我拍照。"

陈风小跑着，走到她跟前，接了手机。脱去白大褂，颜如玉玲珑的身体在香云纱长裙下若隐若现。她到底多大年龄呢？她办公室墙上的介绍说是四十岁，可哪像呀？顶多三十岁的样子。

颜如玉摆着各种 Pose，展示着各种表情。陈风最喜欢她忧郁的样子，她忧郁了，他的心就好像被什么东西扯着。他好久没有这种怜香惜玉的感觉了，他感到年轻了很多。不知不觉，哼起了小调。

"来一首。学生时唱的那些。"颜如玉目光充满期待。

陈风本有些不好意思，但不知这算不算治病的环节，唱了起来："这晚在街中偶遇心中的她，两脚决定不听使唤跟她归家……"

一曲完毕，颜如玉鼓起掌："多久没唱了？"

陈风一惊，算了算："七八年了。"

"要多唱。不唱，会老的。"

陈风嘿嘿地笑："这也有关系？"

"可大了。今天，我们的任务，是没心没肺地玩。"颜如玉对着天空伸展双臂。

回到家，已是晚上六点。妻子林珍责问他干吗关机，也不告诉一声回不回来，没煮他的饭。

"没事，我去楼下吃。"陈风鞋子没脱，准备开门下楼。

"煮碗面吧。你干吗去了?"林珍问。

看医生。可为什么要关机呢?跟她说实话还是不说?陈风想,林珍肯定难以理解这件事,不如不告诉她,免得解释不清。病好了再说。

"打牌去了,陪几个客户。"

"哪次不是打牌?"林珍一边嘀咕一边进了厨房。她根本不信,但反正问不出个所以然。

林珍在客厅看电视,陈风吃完面,将碗扔在厨房,跑书房去了。这些年,他害怕和她相处,害怕碰她的目光。他要么很晚回,要么一回来就躲进书房。

陈风睡在书房。分房睡四年多了。刚开始,陈风每天打牌打到凌晨一两点,回来倒头就睡,第二天起床冲凉、上班。那时,林珍说这个家像庙一样。陈风听了,心里酸酸的。他大把大把地往家里添东西,给她买了很多衣服首饰,把大头的银行卡交给她,让她要什么买什么,别亏待自己。娘家需要什么也尽管安排。林珍默不作声,查看了很多书,买了很多补品,冬虫夏草、鹿茸、海马……

林珍见陈风进了书房,关了电视,来到厨房。逮到陈风在家,林珍必做的一件事就是煲汤。她将温水泡好的两条鹿鞭取出来,用刀子细细刮去粗皮上的杂质。剖开,每根切成七段。从冰箱拿出一只鸡,劈开来,把一半鸡剁成块状。又切了半斤猪肘肉。取了一截山药,切成两厘米厚的片状。她掰着手指数,各种配料准备妥当,在锅内倒入清水,放入姜、鹿鞭。料酒放多少呢?她一下子不记得了。查查书,她想。她擦干了水,快步走到书房,只见陈风坐在电脑桌前,刷微信。她瞟了他一眼，从书架上抽了那本《中药滋补大全》，一边往外走，一边翻看。三十克。她把书扔在餐桌上，又进了厨房。

放了料酒，林珍开了大火，看着手机，守着煮了十五分钟，捞出鹿鞭，把汤用汤盆盛了，搁一旁。取了砂锅，放入猪肘、鸡块、鹿鞭，加入清水漫过食料，用大火烧开，小心地除去浮沫。这汤应该很补，林珍想，刚结婚那会儿，整晚都没得觉睡呢。林珍笑了起来。她把原汤倒进砂锅，加入姜、花椒，改用文火。林珍看了看手机，七点半。

出了厨房，林珍在沙发上坐了，拿起身边起了毛边的《百年孤独》，读了起来。她一边看书，一边不时看墙上的钟。突然，她意识到，手上这本书，是这几年守着那口钟翻烂的，不禁戚戚，鼻子一酸，眼里含了泪。白天，讲台上一站，优雅得体，微笑怡人，很多调皮的学生不叫林老师，而叫林姐姐、珍姐姐。林珍很受用，一是说明自己看上去还年轻，二是讨年轻人喜欢。尤其大一那个男生，举手回答问题时，居然向自己表示爱意，让她当时窘在那里，差点失态，好在全班同学的掌声给自己做了抉择，她羞红着脸说了声谢谢。

谁知道林姐姐下了班是这般模样呢？林珍拿出手机，打开镜子功能，里面，那个卸了妆的女人，皮肤已失去了光泽。少了一味重要的滋润，衰老来得好快，那些面膜根本无法力挽狂澜。二十二年前，大学刚毕业，家里不同意林珍和陈风在一起，说他家境贫寒，拿了扫把赶陈风。林珍铁了心，衣服没带一件，跟他跑到了深圳。如今，在父母眼里，女儿如同掉进了蜜罐里。去年，帮家里翻新了房子，今年，又帮弟弟买了一辆现代SUV，过节逢年，老人家的账上总要涨个四位数、五位数。

林珍叹了一口气，发着呆，回忆往事。不知不觉，一个半钟头过去。她急急地进到厨房，揭了砂锅盖，仔细除去姜葱，将山药、盐、胡椒粉、味精放入锅内，她将火调大。得把山药炖到酥烂。

林珍守在厨房，时不时调节火力的大小，半个钟头后，她拿筷子夹了一块山药试了试。关了火，取了个碗，用汤瓢舀了一碗，又仔细把鹿鞭夹到汤碗里。和着汤，满满的一碗。

书房里，陈风盯着电脑，打开了里诺销售管理软件，脑子里晃动着颜如玉的样子。居然跟她泡了八个小时，这算哪门子治病？就是陪着玩。陈风笑了，管她怎么治，有什么关系，反正还没付钱，能亏什么？

这时，林珍端了汤进来，"趁热喝了。"

"又是什么？"陈风侧过头，皱起眉头。

"鹿鞭汤。"林珍往电脑桌上放。

"端回去，不喝了，还补得少……"陈风说着腾地站起来，碰到了林珍端的右手，砰的一声，汤碗掉在地上，碗碎成了大小六块，十几段鹿鞭横七竖八躺在地上、碎碗片上，汤汁以碎碗为中心，放射状溅开。陈风的拖鞋上、小腿上，林珍的拖鞋上、裙摆上溅得满是。

陈风呆了，抬起头来，只见林珍用手捂住嘴，睁大的两只眼睛，各含着一大汪眼泪，随时都要坠落。碰上陈风的目光，哇的一声哭了，一边哭，一边往卧室跑去。陈风追出一步，凝住了脚，拖了椅子，一屁股坐了下来。

卧室里，林珍的哭声决了堤。陈风几次站起，又重新坐下。待到哭声渐渐弱了下来，陈风起了身。站在书房外的过道，往卧室里望去。林珍扑在床上，身体还在一抽一抽的。陈风鼻子湿了。他揉了揉，往客厅走去，在厨房，找了一块抹布。

陈风用抹布慢慢地把汤汁往碎碗处擦，然后捡起鹿鞭，一段一段地往垃圾桶里扔：一段、二段、三段，总共十四段。陈风朝垃圾桶吐了一口口水。

陈风拿来扫把和拖把，把书房清理了。然后，抓起车钥匙，走到门口，甩掉拖鞋，蹬了皮鞋，砰的一声，出了门。

陈风开着车，上了高速。晚上十一点，路上车极少。陈风把音乐打开，音量调到最大，按了单曲循环，"你问我要去向何方，我指着大海的方向……"

陈风一边跟着吼，一边将油门踩到一百迈，车两边的黑色山体像野兽向后奔跑，陈风不停地打着双闪，超过一辆又一辆车。

《花房姑娘》一遍遍地播放，陈风到了观澜高速出口。他从 ETC 通道下了，又掉头上了观澜高速。

回到福田，陈风把车停在高速出口，整个身体虚脱了。他拿出手机，打开微信，群信息一大堆，点开两个，全是垃圾信息，他在手机上连续点击，退了出来。

黑夜，像潜伏的雄狮。

陈风拨了颜如玉的电话。

"怎么这么晚还打电话？"颜如玉声音娇娇的，一句责备的话，没半点责怪的意思。

"病犯了。"陈风点燃烟，猛吸一口。

"不是一天能好的。"

"知道，我没地方说。刚在高速路上飙了一个多钟头车。"

"飙车？"

"是。一百迈，停下来，手都发抖。"

"多危险，以后不准这样了。"

一句"不准"，听得陈风心里酸软酸软的，想想，这个世界上，居然没有人知道他在鬼门关外溜达了一趟。

"她煲了鹿鞭汤，我弄泼了，根本就不想喝，一看见就想吐，几年了，喝得我觉得自己是废物了。"陈风说话像连珠炮。

"不用吃那些补品，你一点问题也没有。"

"啥？"陈风愣了一下，"没问题你怎么还给我看病？"

"你不需要吃那些。信不信由你。"颜如玉轻声说。

"我信。干吗不信？看见那些烦透了。你知道是什么感觉吗？那汤，就像一纸宣判，上面写着你不行。越喝越不行。"陈风拍着方向盘说。

"她也不容易。"

"是。所以，双重枷锁扣着我。"

"你在哪儿？去喝一杯。"

"福田高速出口。去夜色酒吧。"

昏沉的灯光下，两人聊得很晚，借着酒精，陈风把几年来积在心里不能说的话全吐了出来。喝得醉醺醺的，陈风叫了代驾，回到家，凌晨四点。门反锁了，进不去。

陈风不停地按门铃，没人应答。打林珍手机，被挂断。他火了，使劲地捶门。邻居家的门开了，伸出一个脑袋，瞅了瞅，嘀咕了一句，缩进头去关上门。

陈风朝门踢了一脚，瘫坐在楼梯阶上，靠着墙，睡了过去。

早上，林珍去买菜，推开防盗门，一条腿堵在那儿。只见陈风睁开眼，眼睛通红，一股酒气扑面而来。

陈风收了脚，试着站起来，几次都没成功。

"不能喝就别喝，醉成这样，你不难受，我烦。"林珍一边抱怨，一边搀扶陈风，进了门，把他弄到沙发里。

"不是打牌，就是喝酒。这日子，没法过了。"林珍倒了半杯开水，兑了些冷的。陈风看着，伸出手来接。林珍端着开水，盯着陈风，避开他的手，将杯子重重地放在茶几上。

"那些，以后别煲了。我去看医生。"陈风端起水杯，一口气喝了。

林珍愣了一下，眼睛亮了："我陪你去。"

"看男科，你陪什么。朋友介绍了一个好医生，每周六，我自己去。"

林珍脸上舒展了，点着头："好。想吃什么菜？我买去。"

"只要不是什么补品就行。"陈风抬眼看着林珍。林珍扑哧一笑，扭头出了门。

二

每逢周六，陈风推掉一切事务，关机，按时就诊。四个月过去，林珍没见陈风吃过一粒药，也没见好转。她心里犯嘀咕，几次询问，陈风都敷衍作答："签了协议，要保密。""人家医术过硬，自有他高明之处。""要有耐心嘛，医生说了，半年到一年才好。""反正治好交费，你着什么急？"

林珍对这些回答不满意，心里疑团越来越大。每次，陈风出门，她冷眼旁观。只见他皮鞋擦得放光，穿戴整齐，买回的衣服一套又一套，风格大变，没有土豪味了，全是棉麻制品，做工精致，穿上身很儒雅。

这天，陈风穿了件宝蓝色的盘扣立领衬衫，一条黑色麻料长裤，提着一个手提袋，里面装了一套换洗的衣服。还在衣柜里翻来找去。

"你不穿好了？还找什么？打扮得像新郎官一样。"林珍不知什么时候站在了身边。

陈风扫了她一眼："我的游泳裤，放哪里了？"

"要那玩意干吗？你这病看得蹊跷。"

陈风愣了一下："去泡温泉。"

"泡温泉？还要泡温泉？"

"中药的。医生说泡就泡嘛，反正都耗了四个月。再坚持几个月，说不定好了？"陈风关上柜门，"找不到，去买条算了。"

林珍把他扒开，在衣柜的抽屉里，拎出一条黑色的游泳裤，递给陈风。陈风接了，塞进手提袋，往外走。

陈风前脚出门，林珍后脚跟了出来，她没去车库，而是飞跑着去了大门口。拦了一辆出租车，等在车库出口一百米处。等陈风的车出来，跟了上去。

陈风的车进了医院，林珍吃了定心丸。吩咐司机，把车掉了头。

陈风来到303，颜如玉倚靠桌子，穿了一条真丝旗袍，粉红的底上，开着几朵牡丹花。裙长过膝，两侧开叉，露出白净的大腿。两人互相打量，片刻，颜如玉笑了："你越来越有品位了。"

"为了和你走在一起，能搭，不让人笑话。脱了白大褂，你是仙女下凡。"

"下凡搭救你。"颜如玉一边说一边关灯，"不浪费时间了，老规矩，你开车。今天去岩石湖温泉。"

岩石湖温泉在花溪谷的对面，陈风开车进入山谷，立即有人指引方向。在山谷往左五百米，有一个小湖，湖上漂着一幢二层的小房子，房子顶部立着白色的字"归领阁"。

陈风停了车，踏上木栈道，颜如玉紧跟其后，木栈道双人宽，两侧有粗糙铁链作护栏。湖水清澈见底，一群群鱼儿游来游去。

进到归领阁，一女子正在饮茶，身着粉色汉服，她伸手示意他们就座，笑问："两位归领何处?"一边说一边递出一本册子。

陈风接了册子，坐在女子对面，翻开来，上面是一幢幢别墅的编号和名字。陈风被"疏雨屋"的名字吸引，指了指，对颜如玉说道："这个，怎么样?"

"你定。"颜如玉微笑着。

交了订金，粉色汉服女子交给陈风一个竹牌，正面是篆书：疏雨屋。背面有编号：3号楼。侧面是开关，看来还是一遥控器。

陈风开着车，在服务员的指导下，左弯右拐，找到 3 号楼。一幢仿古的小房子，稻草铺盖的屋顶，细细察看，稻草下还有一层琉璃瓦。屋后是瀑布，从十多米高的岩石上垂下，细雨飘下，笼罩着整个小屋。疏雨屋，果然。

陈风找出竹牌，按了侧面的绿色开关，院门打开了。他把车开了进去。刚下车，电话响了。"该死，忘记关机。"陈风一边说，一边掏出手机，是林珍。他想挂掉，颜如玉在一旁说："接嘛，反正被打扰了。接完再关。"

林珍在电话里说，洗手间的水管爆了，她吓得摔了一跤，扭到了脚。

"先关了总阀，找管理处。别一点小事非要找我。我没时间，你找个人送医院。我赶不及呀。再说，真要那么严重，你打 120 比我快。"

挂了电话，陈风叹了口气。

"要紧吗？需不需要回去？"颜如玉问。

"没事。只是，没有了心情。"

"事情反正做不完，没有你，天不会塌。手机还是关了好。你的心情我负责。"颜如玉笑着说。

陈风点了点头，关了手机，取了手提袋，推开门，进了屋。

室内陈设古朴，客厅有竹椅、木桌、黄花梨的沙发、茶几，卧房有两间。颜如玉拎了自己的旅行包，进了其中一间房，接着探出脑袋："先去百花泉，这里还有千草泉、万汁泉。现在就换泳装。"

不一会儿，颜如玉换了一套紫色的比基尼泳装，外面披了一块粉色的纱巾，玲珑有致的身体隐隐约约。颜如玉看到陈风依然整整齐齐，咦了一声："怎么还没换衣？"

陈风抓了抓后脑勺，支支吾吾。

"别忘了，我是医生，就算你一丝不挂，我也只当器官。"

陈风脸发烫了，进了房，三下五除二地换上了泳裤。颜如玉往泳裤扫了一眼，里面风平浪静。

两人来到百花泉，各式各样的泉池分布在岩石之间，有大有小，每个泉池有木门相掩。陈风推开玫瑰泉的木门，只见里面是一口圆形浴池，仅能容纳两人。池内撒满了玫瑰花瓣，白的、粉的、大红的，浮在水面，有暗香盈鼻。

"换一个吧，这个太小。"

"容得下两人，为何换？"颜如玉将纱巾挂在泉池旁的树枝衣架上。看到她三点式的泳装，陈风的心怦怦地跳起来。颜如玉弯下腰，试了试水温："这水三十八度到四十度，不冷不热。"一边说一边把一条腿伸进池里，然后另一条，慢慢地，慢慢地整个人都往水里沉。池内的花瓣一点点往上浮，最后，只剩一个头在花瓣中，池内水位上浮了几厘米。

"你也来呀。"颜如玉说。

陈风窘在那里，他把身上的浴巾取下来，挂在树枝上："有什么要求？是不是按你示范的动作？"

颜如玉掩着嘴笑："对，否则影响疗效。"

陈风学着颜如玉，轻盈地把自己浸泡到花池中。水漫过了池边，有几片玫瑰花瓣落在了池沿上。陈风感到被一股热浪包裹了，胸口像压着千斤重的棉花，不到几分钟，脸上有细细的汗珠沁出。

面对面，近在咫尺。颜如玉闭着眼，头靠着池沿，脸颊红润，呼吸均匀。太阳光透过层叠的树叶，斑驳地落在她脸上，细细的绒毛，清晰可见。

陈风感到透不过气来，他不敢动，蜷缩着，稍稍舒张就会碰到颜如玉。

大约过了二十分钟，颜如玉睁开眼，叫道："休息下，满头大汗了。"

陈风用手抹了一把脸，从水里一跃而出。站在鹅卵石上，全身通红。游泳裤里，仍没起色。

颜如玉从水池里站起来，坐到池沿边，白皙的肌肤，泛着红晕。"不能一次泡太久。起来透透气。"

"我以前泡，没这么憋。"

颜如玉笑了："慢慢就好了。这里有几十种花池，挨个泡没时间，挑几种喜欢的。还喜欢啥？"

"随你。"

"菊花、海棠、玉兰、夜来香还有樱花，啥都有，不当季的都是干花。鲜花吧，百合不错。"

"好。"陈风取了浴巾系在腰上。

颜如玉裹了披巾，拉开木门，走出来。她按指示图，找到百合泉。陈风推开虚掩的竹门，吱呀一声，里面是一口大石锅，约十人用餐的圆桌那么大。各种颜色的百合花瓣浮在水面，一阵清香扑面而来。

"百合有宁心安神，美容养颜的作用，还防衰抗癌。"颜如玉还没说完，陈风接了话："包治百病吧？"

　　颜如玉扬了扬头："反正可以治你的病。百合花含有微量兴奋剂，有些人闻到会有醉花症。"她一边说一边下到水池里，"来，数一数，到底有多少种？"

　　陈风进入池内，抓了一把花瓣，拣出不同的颜色，交给颜如玉。颜如玉一边收集，一边念："白百合、粉百合、黑百合、黄百合、金百合、火百合、虎皮百合……"

　　两人找了十几种，眼睛在水面搜索。陈风看到颜如玉右侧有一片不同的，"水仙百合"，他激动地叫着，扑过去抓那片花瓣。手臂触到了她的胸部，酥软，有弹性。他像碰到火一样缩了回来，一股热气往脑门上冲，脑海里轰轰的，那像冬眠了的小动物，开始苏醒。

　　颜如玉抓住了那片花瓣："是，水仙百合。你眼睛好尖。"她盯着陈风看了一眼，"不找了，闭上眼睛，我们泡。"说完，她放开手，那些花瓣重归池内，她靠了池沿，闭上了眼睛。

　　陈风退了一步，在她对面靠了池沿，缓缓地将身体浸入水里。他躲闪着，裤裆里不再像完全没气的气球，就在刚才，被吹了一口气，虽没膨胀，但有形状了。陈风有些激动。

　　"颜、颜医生，我、我——"陈风羞羞答答。

　　颜如玉依然没睁开眼："闭上眼。闭上了眼，这个世界都是你的。"

　　陈风乖乖地闭上眼，颜如玉在他脑海里晃来晃去。借着想象，他占有了百合泉，以及百合泉里的一切。他细细地感觉身体的变化，所有的血液，在身体内横冲直撞。

　　整整一天，陈风在岩石湖不知泡了多少种温泉。百花泉里各式各样的花瓣泉，千草泉里各式各样的中药泉，万汁泉里各式各样的液体泉。陈风不喜欢千草泉，他闻到中药的味道，就想起林珍给他煲的汤，胃里就不适。他想，千草泉应该更适合老人，而自己更喜欢万汁泉，苹果汁、橙汁、牛奶泉他都觉得不错，尤其对红酒泉情有独钟，和颜如玉一起泡红酒泉让他感到和泡百合泉一样的兴奋。

晚上，颜如玉说回疏雨屋吃饭，由陈风亲自下厨。陈风以为听错了："我下厨？"

"是，这也是治疗过程中的必要环节。"

"老天，你还有什么招？"陈风叫道。

回到疏雨屋，陈风肚子早打鼓了。他跑进厨房，应有尽有。灶的外形像土灶，但不烧柴，其实是液化气。冰箱里，有几种蔬菜：辣椒、香菇、空心菜、红萝卜，还有猪肉、鸡肉。冰箱右侧贴着一张过胶了的图片，上面写着温馨提示，有送菜名单和电话。

冰箱的菜够了，不用点。陈风掰着手指算了算，已经十五年没做饭了。系上围裙，陈风动起手来。切着辣椒，他想起了和林珍刚到深圳的日子。那时，他们和朋友一起，共租了个两室一厅，每当做饭，轮流。为了争取时间，陈风和林珍配合着做饭，一个打下手，一个炒菜。为了讨林珍欢心，它变着花样做给她吃。租来的房子里，床被他们折腾得精疲力竭。买房结婚后，厨房都是林珍的天地了。林珍不想做饭时，就去外面吃。

陈风一边回忆往事一边做饭，不一会儿，两菜一汤端上了桌，香菇辣椒炒鸡肉、红萝卜、瘦肉汤。

颜如玉换上了旗袍，她手上拿着一张纸，递给陈风："回去按上面的做。"

陈风接过来一看，傻了眼，上面写着："每周在家至少拖地一次、洗衣一次、做饭一次。多多益善。"

"我哪有时间？"

"这是我给你开的药。吃药都没时间，还看什么病？"颜如玉在饭桌前坐下，拿起了碗筷。

"你这方子开得好，我家那口子要知道了，一定会感谢你。"陈风坐了下来，给颜如玉夹了鸡肉，并倒了两杯红酒。吃饱喝足，两人各自去睡了。

第二天，陈风回到家，见林珍抱着脚在看电视，屋子里一股浓烈的红花油味道，茶几上搁着几个快餐盒。

"你怎么样？"陈风一边往书房走，一边问。

"死不了，等你回来，你倒好，手机关得可快。"林珍冷冷的。

"在治疗。约好了的，怎么能说走就走。咦，洗手间水管没找人修吗？"陈风瞄见洗手间水迹斑驳。

"我找人，那这个家要你干吗？"林珍将遥控器往茶几上一扔，一声闷响。

陈风扫了她一眼，不吭声，去书房放下手提袋，进了洗手间。他一手拎着洗手盆下的导水管，一手打电话："管理处吗？麻烦帮忙换根水管。是，最好的那种，耐高温的。"陈风挂了电话，嘀咕着，"不就一分钟的事吗？"

"你说一分钟，可我知道是哪里的问题？还当墙里的管子坏了。关了总阀就不错了。"林珍声音分贝很高。

"姑奶奶，没人怪你，教你怎么处理问题呢。没有男人，女人就不过日子啦？"

"没有男人有没有男人的过法。"

陈风不吭声，低着头拖地。拖着拖着，脑子里净晃着颜如玉的影子，陈风回忆着一天来的点点滴滴，不由得自个笑了。想，和她在一起，真是享受。他抬起头，看林珍窝在沙发里，穿着一套睡衣，头发也没打理。陈风皱起眉，叹了一口气："你多久没穿旗袍了？"

"怎么啦？"

"在家老穿睡衣和运动装？"

"又没上班？在学校我高跟鞋、裙子，每天化妆、卸妆，周末还不随便一点呀？"

陈风听了，不作声，继续拖地。不一会儿，管理处的水电工来了，带着一个背包，里面是各种工具和材料。他走到洗手间，两分钟就把水管换了："以后，热水器温度不要调那么高，六十五度比较合适。"

陈风连声答应，给了钱，说了感谢的话。

拖完地，陈风想起颜如玉布置的任务，走到客厅，对林珍说："你今天好好休息，家务事我包了。"

林珍噘了一下嘴，脸上有了笑意："我以为又开车去馆子吃呢，没想到这脚扭得还值。"

陈风心里咯噔一下，想，要不是颜如玉交代有任务，自己一定会拉着林珍去外面吃，至于拖地洗衣这样的事，拖一拖并无大碍，怎么会去做。陈风端起洗手间的衣服往阳台走，洗衣机在阳台上。

"哎，衣服领口和袖子要先手洗，袜子也要手洗一遍，洗衣机洗不干净。还有白色的衣服要单独手洗。"林珍在沙发上制止陈风。

"这么麻烦，还要洗衣机干吗？"陈风不理会，走到阳台，把所有的衣服往洗衣机里一倒。

"你这也叫洗衣服呀？把我的拿出来。明儿我自己洗。"林珍叫道。

陈风取出林珍的衣服，"把你的用手先洗，可以了吧？"

"你！"林珍哭笑不得，想起没有洗衣机的时候，他洗衣用脚踩，不再吭声。

陈风耐着性子洗衣、晾衣，时不时接个电话，回个微信。忙完，又跑厨房做饭去了。

"没盐了，盐在哪里？"

"抽油烟机左边的柜子。"

"味精呢？"

"几年前就不吃味精了。放点老干妈吧。"林珍在客厅指挥着。

半个钟头，陈风端出了三个菜，打好饭，陈风把林珍扶到饭桌旁。刚坐好，陈风电话响了，是一个供应商。

接完电话，陈风叹了口气："又得应酬了。你多吃点。"一边说一边搁下筷子。

"你就不能陪我好好吃了这一顿？十多年没吃过你做的饭了。"林珍盯着他。

看着林珍湿润的眼睛，陈风点了点头，给供应商回了电话。

吃了饭，林珍让陈风抱去床上休息。陈风犹豫了一下，照办了。这个名为妻子的女人，很多年没抱过了。他把她放在床上。她抱住他的脖子，不让他走。

陈风凝住了，这几年，他极少踏入这间房。一切都陌生了。但他就是没有一丝冲动，林珍伸手来检查，陈风推开她："还不行。"说完，飞快地逃了出去。颜如玉的影子，在面前晃来晃去。

三

陈风工作变得积极起来。每个周六，成了他的期待。他和颜如玉玩遍了深圳大小游玩场所，广州、惠州也玩了个七七八八。

半年过去了，按颜如玉的说法，这病该见分晓了。

这天，陈风按时到达医院，303 的门关着，上面贴了一张便笺：电话联系。

陈风拨通了颜如玉的电话，电话里，她说在家等他，然后，微信共享了地址。

跟着导航，陈风到达颜如玉的住所。按了门铃，颜如玉把他迎进门。她穿着一件白底梅花的旗袍。

"今天，应该是最后一次就诊了。"颜如玉给陈风倒了一杯水。

陈风颤了一下："可是，我的病还没好呀。"他在紫罗兰的布艺沙发上坐了下来。环视客厅，房子收拾得整整齐齐。

"你没病。"

"你说什么？"

"你喜欢上治疗了吧？"

陈风又一颤，我喜欢上治疗了吗？他问自己。抬起头来，只见颜如玉含情脉脉地微笑着。

"是，我恨不得每天都是星期六。"

"你坐会儿，待会儿我叫你，就来我房间。"颜如玉说着进到卧室去了。陈风细细打量起屋子来，白色的地板，一尘不染，电视柜旁边摆放着一盆虎皮兰，沙发那侧的墙做成了书柜，里面摆放着各式各样的医书，正中间是两个大格，摆着两具人体模型。陈风站起来，想看看那些书，这时，只听颜如玉叫："可以进来了。"

陈风充满好奇，推开了卧室的门：一张一米五的床，铺着素雅的紫色床单，床对面是简约型白桦木衣柜，靠窗的一侧墙，摆着两个书柜。书柜里摆满了书。书柜旁是一个白色的方桌，桌上搁着一个超薄笔记本电脑，电脑后是一本打开的《红玫瑰与白玫瑰》。颜如玉倚在书柜旁，换上了一件透明的淡紫色雪纺吊带裙，没有穿内衣内裤，雪纺裙内一览无余。

陈风的心跳立马快了，他后退一步："这，这是……"

"难道你不想证明吗？"颜如玉轻轻地说。

陈风的身体内万马奔腾，血液往同一个方向奔涌，喉咙干干的，突然，他像被一个邪魔控制了，迅速地脱了衣裤。

咔嚓一声，颜如玉用手机迅速给他拍了个照，照片里，陈风阳具坚挺。

"治疗到此结束。"颜如玉的声音像广播里播出来的。

陈风像被施了定身术，光着身子，愣在那里。颜如玉拿起身边的旗袍往洗手间去了。

不到两分钟，颜如玉在客厅叫道："你好了吗？来喝茶。"

陈风穿戴整齐，走到客厅，一切像做梦似的。

"坐吧，照片我发微信给你了。我的账号也提供给你了，按协议，请一周之内把钱打给我。"颜如玉一边沏茶一边说。

陈风坐下来："这……这和我想象的完全不一样。"

"当然不一样。一样了，你就可以做医生了。"

"看来，我真的没病。"

颜如玉从身后的书柜里取出一沓资料："这些档案，和你一样，没有一个人吃过药，说白了，全没病。"

"没病你还治？"

"没有我，你怎么知道自己没病？"

"也是。行，我现在就去打钱你。没病就好，没病就好。"陈风很高兴，他急急地告别颜如玉，开车到银行，打了五十万到颜如玉账上，一分钟后，收到了颜如玉的信息："钱收到了。再见。"

陈风急急地往家里赶。推开门，林珍正在主卧备课，陈风扯掉她手里的笔，扔桌上，不容分说地把她抱了起来，放倒在床上。

林珍没反应过来，衣服就被他脱光了。她睁大眼睛望着他，只见他三五两下扯下自己的衣服扔地上，跳上了床。

林珍环抱着他，也激动起来。陈风头脑发热，准备战斗，他伸手去触摸最关键的部位，毫无反应。一盆冷水当头浇下，陈风的血液停止了沸腾。"不可能，明明可以的。"他咆哮道。

"别着急，你慢一点。"

"你起来，穿上那件透明的睡衣。"

"干吗?"林珍有些不快。

"一会儿你就明白了。"陈风一边说一边打开衣柜，帮林珍找出那件睡衣，套在她身上，不让她穿内衣内裤。陈风左看右看，没有一点感觉。

"怎么会这样? 怎么会这样?"陈风瘫坐在地上。

陈风拨打颜如玉的电话，关机。他耳边又想起了颜如玉说的话："今天，应该是最后一次就诊了。""每换一个新的病人，我就换一个手机号。"

陈风迅速开车赶到颜如玉的住所，房东说，刚搬走，只带了几箱书和衣服。门上，便笺留有几个字："另找星期六。"

陈风一拳打在墙壁上："开方子给我有什么用? 没药抓。"

陈风开着车，漫无目的地逛着，红绿灯路口，等红灯，马路右侧金海足浴中心几个字格外耀眼。陈风打了右转灯，绕到足浴中心门前停了。拿了号，走到二楼12号房，一个穿着韩式裙子的女生跟了进来，胸前有个代码笑脸，上面写着8号。她抱着一个木桶，里面套了层白色塑料布。

"先生，需要放药材吗?"8号一边将桶放在陈风的脚下一边问。

"拿我看看。"

8号递过一本册子，上面是各种中药的价格。陈风指着生姜花椒的一款，说道："来这个。"

"好的。"8号应声站了起来，"您稍等。"说着，出了门。

不一会，提着一个冒着热气的塑料小桶进来。她把泡好的生姜花椒水，倒进陈风面前的木桶内，试了试水温，帮他把脚放进去："是陪您聊会儿天，还是您看看杂志？或闭眼休息会儿？需要先泡二十分钟。"

陈风嗯了一声，闭上了眼。颜如玉又出现了，玫瑰泉、百合泉都来了。

一会，8号开始帮他洗脚，做按摩。陈风感到颜如玉把他的脚抱了起来，按摩着。他沉睡的部分又苏醒了。陈风激动地睁开眼睛，问8号："大保健做吗？"

"有，在三楼。我为先生安排一下。"

"尽快，脚不洗了。"

三楼13号房，一个姿色姣好的女子等在那里。陈风进了门，对她说："你只管使出你所有的本领，我付双倍价钱给你。"

一个小时后，陈风沮丧地逃了出来。

陈风不想回家，开着车到了东门路，看到一家爱之谷情趣内衣店，把车停了，走了进去，模特身上穿着各种内衣，丝带的、透明的、若隐若现的，陈风眼花缭乱，对店长说："把最有情趣的给我包几套。"

店长把他带到一边，指着那些内衣内裤："这个丁字的怎么样？这个镂空的怎么样？"

陈风点着头："行，都包起来。"

回到家，林珍睡了。陈风轻轻地推开她的门，打开灯，林珍皱着眉，眯着眼睛："开灯干吗？吵醒我。"

"看看，我帮你买了衣服。"陈风走到床边坐下，从袋子里拿出情趣内衣，递给林珍。

林珍接了，腾地坐起："这都是些什么鬼？从哪个婊子那儿学了这些。"说着将衣往地上一扔。

陈风连忙捡起来："你想哪儿去了？刚开车闲逛，经过家店，心想，试一试也好。说不定有用呢。"

林珍用大拇指和食指拎起丁字内裤："你让我穿这个，真恶心，你最好再弄个钢管回来，让我跳钢管舞。"

"别这样嘛，情趣内衣，普通夫妻也买的。再说，不是治病吗？"

"又是治病。你都治了半年了，咋还没见半点好？"

陈风听了，触到痛处，盯着林珍看了一眼，站起来，默默地出了房，带上门。他走到书房，坐在电脑桌前，点燃了烟，三口一支，一支接一支地抽。

烟雾萦绕，恍惚中，颜如玉立在烟雾之中。她穿着那件透明的淡紫色雪纺吊带裙，没有内衣内裤，裙内玲珑有致。陈风感到小动物又醒过来了。

渐渐地，颜如玉不见了，林珍立在了面前，她穿着丁字裤，上身穿着镂空的红色内衣。陈风站起来，抱住了她。

折腾了一个钟头，依然没有成，陈风扯下林珍身上的情趣内衣，走到客厅，扔进了垃圾桶："没用，统统没用。"

陈风抱着头坐在了地上。

"没关系，又不是一天了，咱们不要了。"林珍走过来，摸着他的头。

"不，我可以的。明天，我们去泡温泉。"陈风站起来，大声说。

第二天，陈风带着林珍来到岩石湖温泉，进疏雨屋前，在泳装小站停了下来："帮你买套泳衣。"

"我带了。"陈风正要下车，林珍拖住他的手。

"买套新的。"

"那个才穿一次。"

"再看看嘛，有好的再买一套。"陈风一边说一边下了车。

走进泳装小站，墙上挂满了各式泳衣，屋子中间摆着两个双杠货架，挂着披巾。

"紫色的有哪些?"陈风对满屋的泳衣视而不见，走到柜台，问。

销售员抬起头："没有。从来没有。男人不喜欢那颜色。"

"我问的是女装。"

"有。"销售员走出柜台，用取衣杆点着墙上的泳衣："这个，这个，这些都是。"

"我喜欢这款。"林珍在对面瞧准了一套天蓝色连体的。

"你穿紫色好看。这套可以。"陈风指着墙上比基尼三点式泳装。

"不行，那个太暴露了。"

"配个纱巾。"陈风拿起紫色泳衣，转向销售员，"纱巾，粉色的。"

销售员从双杠货架上取下两条纱巾："这两款卖得不错。"

陈风挑了一款，对销售员说："加上那套天蓝色的，一起拿了。"

"买那么多干吗? 又不是天天穿。只要一套。"林珍大声说道。

销售员微笑着，看着林珍："看上了就一起拿嘛，不是吃的，不会坏。"

"一套够了，车上还有一套。"林珍不容分说。

销售员又看了看陈风，见他不作声，问道："那，要哪一套？"

"天蓝色。""紫色。"林珍和陈风同时说。

销售员笑了："哎呀，老板，还是一起拿吧。"

陈风说："好。"

林珍立马跟着说："那还是紫色的吧，反正我自己看不到。"

拿了泳衣出来，林珍嘀咕："你平时不在乎这些的。每次问你都说随便。"

"在乎了，你应该高兴。"陈风回答说，岔开话题。

在疏雨屋住下，陈风带着林珍直奔百合泉。

"干吗那么多温泉不泡？我喜欢荷花。"林珍纳闷。

"回头再泡嘛，大把时间。先泡百合花。百合有宁心安神，美容养颜的作用，还防衰抗癌。"

"一个花哪有那么厉害？还包治百病呢。再说哪个花不是都有好处，像万金油，什么都可以用它，但治不了具体的病。"听了林珍的话，陈风耳边响起了颜如玉那句"反正可以治你的病"。

陈风恍惚了一下，说道："温泉保健嘛，谁说能治病。"他推开虚掩的竹门，林珍跟进来，看到圆桌大的石锅泉池，叫了起来："这么小，多难受。找个大的吧。"

"刚好两人。"

"那行，先泡泡，我一会儿去泡那些大池。这个脚都伸不撑。"林珍一边说，一边和着披巾跳进百合泉里。

"披巾，要挂架子上。"陈风纠正她。

"给，你帮我挂。"林珍一把将纱巾扯了。

"你自己去。"陈风下到池里。

"你这人，怎么啦？举手之劳，一个跨步的事。"林珍一边抱怨一边站起来，她走到挂架前，把丝巾放在上面。陈风盯着她，三点式的泳装，带着水珠的白色肌肤。林珍见他一本正经，笑了起来："不替我挂，就是为了看这泳装？"说着摆起了 Pose。

其实她还是很美的，陈风心里想。他招了招手："我们来数百合吧。"

百合的清香沁人心脾，陈风的脑子里不停地变换场景，一会儿颜如玉，一会儿林珍。林珍正儿八经地数着，把他扒来推去，一会儿，说道："一共十二种。"

陈风抓住林珍的手，将百合放到水里，闭上眼睛。双手在她身上游移，颜如玉占据了他的脑海。他感到身体开始复苏，血液奔腾起来。这时，林珍大声叫道："陈风，你可以了。"听到声音，陈风睁开眼，啊的一声，身体里的膨胀物质像被抽走，他瘫软了下来。

"怎么回事？刚才还好好的。"林珍扯开他的游泳裤。

"你叫什么？"陈风一巴掌拍在水面上，击起很多水花。他跳出水面，在鹅卵石上坐了，抱着头呜咽起来。

四

陈风来到医院，找到了院长室。一个五十多岁的男人坐在办公椅上，陈风敲门走进去。说明情况，他向院长索要颜如玉的联系方式。

"不是我不给你，院方也没有。她换手机了，联系不上。"老院长摊开双手。

"不可能。聘请一个医生居然不留资料。"

"资料有，是她的联系方式没用了。"

"把她的资料调出来，身份证总有一张吧？"

"不能给你。"

"必须给我，否则我告你们。我的病根本没好。"

"怎么可能没好？没好你怎么会打钱给她？协议上写得清清楚楚。"

"现在的问题不是这个。我要找到她，如果没有办法，我只好采取这种方式。"

"这种病，你还想搞得尽人皆知？"

"管不了了。"

"你这人怎么这样？"老院长把陈风带到资料室，吩咐工作人员调出了颜如玉的资料。一份身份证复印件、一张与医院的合同、一堆证书和获奖资料。她本名张丽，黑龙江哈尔滨人，日本东京医科大学临床医学博士后。

"好厉害。"陈风翻着资料说。

"是。所以你说没治好，我不信。"

有了颜如玉的线索，当天，陈风就飞往东北一个医科大学，直接找到校长。

校长是一位妇女，近六十岁，烫着卷发，说起张丽，脸色大变："她怎么啦？失踪了？"

"没有，她换了手机，联系不上，我想问她家里人要一下联系方式。"

"她家里哪还有什么人？"校长摇着头，坐在沙发上，"这孩子真是可怜。"

"此话怎讲？"

"唉，都是那场变故。"校长陷进了回忆之中。

原来，张丽出生在一个医学世家，父亲曾是这个医科大学的副校长、博士生导师，母亲是直属附属第一医院的主任医生。两人结婚生下张丽后，父亲患有 ED 勃起功能障碍，后来，母亲有了外遇，和一个患者有了私情。父亲发现后，精神抑郁，去日本旅游时，在富士山西北麓的古木原树海自杀身亡。后来，母亲与那患者结婚了。

张丽十八岁生日的那天，一家人庆祝后，母亲去医院值夜班，继父喝醉了酒，借着酒劲，强奸了张丽。母亲悲愤交加，情绪失控，拿刀砍死了丈夫，并服毒自杀。这是当年震惊全市的一件惨案。母亲留下一封遗书，将张丽托付给李校长。李校长是张丽父亲的好友。并嘱咐张丽找机会把她的骨灰带到古木原树海，撒在那片死亡森林。

"太惨了。"陈风倒吸了一口冷气说。

"这些年，张丽每年都要去一次那片森林。这孩子不容易。李校长前几年退休了，当时他生怕张丽会活不下去，找了好几个心理医生陪伴她。待她情况稳定后，把她送到东京医科大学求学。这些年，这孩子活是好好活着了，但就是不肯结婚。听说也恋爱过，新婚之夜做了逃兵，从此就一个人过了。"

"她没结婚？"陈风好惊喜。

"她有心理障碍。"

"那也可以克服呀，可以治疗呀。"

"医生只会为别人看病，轮到自己有病了，还得找人看。她不找人，哪儿谈得上治疗？而且，她总说自己是医生，自己知道。看多了心理学的书，反而让她不信赖别人。"

"难怪。"陈风若有所思。

告别女校长，陈风给林珍打了一个电话，订了去日本的机票。

五

第三天，陈风到达古木原树海。山下，到处都竖着"禁止入内""珍惜生命"等指示牌。往森林深处望去，黑压压的。陈风再次检查了背包内的行李物品，双脚踏入了松软的落叶丛中。他撕下一页便笺，在上面写下"寻找颜如玉！我爱你！陈风！"然后用图钉固定在一棵醒目的树上。

陈风一边往里走，一边贴着便笺。当他贴到第五十张时，陈风担心便笺不够用，撕下三分之一张纸贴了。贴完，看到树下苔藓茂盛，苔藓之中整齐地摆着五双鞋子，皮鞋、布鞋、跑鞋，还有一双靴子，长长的靴筒耷拉下来，像件艺术品。所有的鞋子上，苔藓长得不完全，有些部位被覆盖了，有些部位裸露着，造成一种隐隐约约的效果。这是一场集体自杀，陈风想。果然，不远处，落叶丛下，一排白色的骨头并列排着。再远处，是一具还没有腐烂的尸体，身子面向陈风跪着，脸贴着地面，双臂伏地。腹部有一截刀柄露着，蓝色衬衣前面染成黑褐色。陈风用脖子上挂着的毛巾擦了擦汗，对着那死者鞠了一躬。这块地方不错，能见到阳光，可见死者是精心挑选的。

陈风喝了一小口水，吃了几块饼干。然后把扩音器打开，按了播放开关："颜如玉，我是陈风。"放过五遍，关了机。

陈风打开手机，已经没有信号，他索性关了机。

要找到集体墓地，颜如玉父亲的墓地肯定会在其中，陈风想。

继续往里走，头顶上，参天大树不知有多高，鸟的叫声从上面传来，在林间回荡，阴森森的。高大的树木挡住了阳光，如同夜晚，眼中的事物不真切，只有一个模糊的形状，他拿着捡来的树枝，像瞎子一样探路。

突然，陈风被什么东西绊倒。空气里一股恶臭。他爬起来，掏出打火机，打了火，一个黑乎乎的物体上，爬满了蠕动的东西。凑近一看，是蛆，是个死人。黑色 T 恤和牛仔裤上满是蛆，头部已模糊不清，坑坑洼洼的，爬满了蛆和硕大的蚂蚁、虫子。陈风胃里翻滚，食物往上涌。他站起来，摸着胸口，逼着自己把翻到口腔的食物吞了回去。

不知走了多久，陈风筋疲力尽，他找到一处平坦的地方，把帐篷架好。正准备进去躺一会儿，看到帐篷后面有个小土堆，旁边立着一块竹牌，上面写有字。走近一看，上面是日语，"2016-10-19"的数字夹在日文中间。

陈风浑身肌肉疼痛难忍，感到骨头像折分成了一块一块，他已不再害怕死人，只想休息。走进帐篷，躺了下来，闭上眼，颜如玉的音容笑貌浮在脑海里，轻盈的步子、微微的笑、甜美的声音。他告诉自己："好好休息，明天还得走很远的路。"

天蒙蒙亮，陈风就起来了。他不知往哪个方向走，掏出指南针，查看着方向，不料，指南针指的方向一会儿朝这边，一会儿朝那边，南，根本不在同一个方向。该死，坏了吗？不可能，保护得好好的，没摔着碰着。他往前走一段路，再看指南针，依然是指针摇动不定。他傻眼了，原本的计划被打破，前行的路变得盲目起来。好在一路在树上贴了便笺，能大致估摸着方向，继续前行。

到了一片茂密的树林，伸手不见五指，陈风仗着棍子，摸索前进。突然，头部碰到了什么东西，伸手探了探，是个硬硬的物体，在摇摆。会是什么，野兽？陈风开始冒汗。摸出火机，打了火。原来是一个人，吊在树枝上。陈风退了两步，倒吸一口冷气。这是一个自杀不久的年轻人，眼睛瞪着，一头金黄色的卷发，穿着牛仔裤T恤，一只白色的跑鞋上，沾着一块块黑色物质，另一只脚上是一双灰色的棉袜，有几处脏污。地上有个行李袋，陈风眼鼻酸涩，很想哭。他拉开拉链，里面有几瓶水和干粮，还有一本笔记本。

陈风打开笔记本，写满了日记，日文，陈风不认识。他将笔记本扔在一边，拿起点心吃起来。这是上帝赐予的，敞开肚子吃，陈风想。他把剩下的压缩饼干、面包捡入自己的旅行包，向死者鞠了一躬，继续前行。走出几步，又反身将笔记本取了，放入包里。

补充了充足的能量，陈风行进速度加快了很多，他一路贴着便笺。

如此走了五天，走出了高大的乔木林，出现一个满是荆棘的山坡。陈风用树棍拨开荆棘，迈开脚，踏在了荆条之上。陈风艰难地行走，不停地摔倒，衣衫被刺刮得撕开了，一片一片的布飘着，脸上、手上被刮得鲜血淋漓。

几个小时过去了，连个休息的地方也找不着，陈风只得站着吃点干粮，铆足劲往前赶。

第二天中午，陈风终于走出了荆棘林，他一屁股坐在地上，躺了下来。松软的树叶像被子一样舒服，他拿出手机，对着黑色的屏幕照着，里面的人头发凌乱，眼睛肿大，自己都没法认出自己。他喝了点水，又把扩音器打开，扩音器发出怪怪的声音，根本发不出他的录音。可能摔坏了，他心里想，他对着天空大声喊道："颜如玉，我是陈风。颜如玉，我是陈风。"

山谷里传来回音，还有一个陌生的声音："喂，有人吗？"

陈风倏地跳起来："谁？"

"喂，有人吗？"声音再次响起。

"你在哪里？"陈风四面张望。

"我在这里。"

陈风循声走去，在一堆树叶中，一个人隐隐约约地躺在那里，是个男孩。他赶紧把他扶起来，喂了些水和饼干。

对方喝了水，哈哈地笑了起来。

"笑什么？"陈风好不纳闷，低头看了一下自己，像个叫花子，但对方也好不到哪里去。

"居然还能遇上人，还是中国人。"对方眼里有了泪水。他顿了顿："我以为要死在这里，两天没吃东西了。"说着，脸上又阴郁了，"不过，还是得死，可能多你一个伴儿。"

"瞎说什么？"

"你以为你那点干粮能活着出去？就算你不给我吃，也撑不了几天，而要出去至少得十天半个月。问题是，会迷在这里，找不到回的路。我带的干粮够充足，但待了二十天，倒在了这里，等死。"

"你不就是来寻死的吗？"

"是的，我带足干粮，想找一个满意的地方死，可后来不想死了，但找不到回去的路了。"

陈风仔细看他的脸，脏污之下显出幼稚之气："你还小吧？"

"不小了，二十二岁。"

"我女儿和你差不多大。那么远跑来寻死，受刺激了？"

"都是受那些同学的影响。日本人有病，把死搞得那么美。我死着死着就后悔上当了。"

"你留学生？"

"可不，我妈要哭死了。"留学生说着哭了起来，"如果我有幸活着，一定好好活。"

"来，再吃点东西。"陈风把包打开来，问留学生吃啥。

留学生瞄了一眼，抓起牛奶喝起来。一边喝一边吃着面包。狼吞虎咽地吃了两个，拿起第三个，又放了下来，"留给你。"这时，他看到陈风袋子里的笔记本，拿到手上，"你来寻找时空维度的入口？你也信这个？"

"什么鬼？我是来找女人的。"

"到森林里找女人，稀奇。"

"她父母亲葬在这片森林，所以，每年她都来。这里到底有多少处墓地？我想，总可以在墓地找到她。"

"太多了，一路上，我至少遇上了十多个。每年，警察和志愿者会来帮忙收尸，然后就近掩埋。外围的墓地修得好看，森林深处像埋狗一样。不过，人的躯体不重要。倒是你，不想死就不一样，还写日记，都是徒劳。"

"日记不是我的。"

"啥意思？"

"一个日本人，吊死了，他包里的。我拿了他的食物，顺便把笔记本带上了，回去交给警察局，给他家里人留点遗物。上面写啥？"

"你没看过？"

"不认识呀。"

留学生试着坐起来，没成功，"扶我一把。"

陈风将他扶了，打开日记，留学生看着扉页，说："这几个字是'新生日记'。"然后他往后翻，"他说他这是第三次来这里。你看，他说看到了 UFO，知道吗？就是那种神秘的飞行物，飞船之类，空中飞的。"

陈风点点头。

留学生一边翻看一边向陈风解释："当时，他感到一股神奇的力量，整个人都要被吸过去似的。他说那是时空维度的入口，差一点就过到另一个空间了。"

"他要去另一个世界？"

留学生点了点头："已经去了另一个世界，你看。他痛恨没有把握时机，无法原谅自己，所以上吊了。"

留学生继续往下翻："咦，他画了一张地图。"陈风激动地凑过去。留学生用手指在地图上："我们在这儿。离外围至少有十天的路程。"

"不对，我六天就到了这里。"陈风立马否定。

"六天？"留学生眼睛一亮，激动地把陈风的旅行袋翻开，陈风一把抢过去，警惕地看着他。留学生仰头倒在树叶丛上，重重地叹了一口气："我死定了。这些食物，只够你活着出去。而且还得不迷路。你原路返回吧，兴许能活。"

陈风沉默了，半晌，说道："看来，我还真不容易找到她。那，我能帮你做点什么？"

留学生从衣服口袋掏出叠好的纸张，"帮我把这封信交给父母，上面有地址，快递给他们。"

陈风收了信，"我一定做到。"陈风说完，从行李袋里拿了一包压缩饼干，扔给留学生："每天吃一两块，等着我出去再来救你。"

陈风在附近一棵醒目的树上，用图钉贴了便笺："寻找颜如玉，陈风。1899。"贴完，看了留学生一眼，"对不住了。"

"回吧，祝你好运。"留学生含着泪，故作潇洒地挥了挥手。

陈风一步步地后退，直到看不见留学生，他跪下来，朝留学生方向磕了三个头。半晌，站起来，抹了泪，掉转身体，原路返回。返回的路比第一次要容易，陈风不停地寻找自己贴的标签。穿过荆棘林，又回到树林里。

食物越来越少，要命的是，陈风还是迷路了，他找不到贴的便笺了，每天，他只吃一点点干粮，希望能多坚持一天。但体力跟不上，耽误了行程，又得多耗时间在森林里。

第十二天，最后一包方便面也吃完了。如果按原路，早该出去了。留学生的声音老在他耳边响起："可能多你一个伴儿。"

"我不想死。"陈风哭了起来。

没有任何可以充饥的东西，树木高大，所以连绿色树叶也够不着，只有铺天盖地的枯叶。地面见不到阳光，没有矮小植物生长。陈风把旅行袋打开，找出那本笔记本，撕下一小片纸，塞进嘴里，使劲地嚼，硬吞了下去。

第十五天，陈风被一具尸体绊倒，再也无法站起来。一股恶臭熏得他无法呼吸，他往前爬行，不远处，几道阳光从高空泻下来。陈风盯着那几道阳光，慢慢地，那里堆着大盆大盆的肉，还有一只烧鹅，还有好大一盆虾，一碗冒着热气的米饭。他缓缓地往那儿爬，一步，又一步，那些肉越来越近，陈风爬了几步，美味突然不见了。他歇了下来，翻过身，对着高空。

头顶是参天大树，一片树叶从高空慢慢地飘落下来。渐渐地，变成了颜如玉，颜如玉带着陈风去看樱花，樱花树一棵接一棵，一直向远处延伸。

颜如玉在前面奔跑着："陈风，你没病，过来追我呀。"陈风一个小跑跟上去，颜如玉不见了，陈风在樱花树上用图钉贴便笺，每贴一棵，樱花树就变成了参天大树，高不见顶，遮住了天上的阳光。陈风不敢贴了，他往前寻找颜如玉。

突然，林珍跑了出来："我找你找得好辛苦，鹿鞭汤煲好了，等你回去喝呢。"

"看完樱花就回去。"陈风说。

林珍说："哪里有樱花呢？这是梨花。"

果然，那些树上的花变成了梨花。"我的樱花呢？"陈风急得奔跑起来，然后一头栽了下去，向黑暗的深渊栽了下去。

六

"醒醒，醒醒。我是颜如玉。"陈风听到一个熟悉的声音，他使劲地睁眼。可眼睛像被一层韧性很好的薄膜蒙住了，怎么用力也睁不开。

"颜医生，别着急，他太虚弱了。给他再喝点葡萄糖水。"一个身穿红色志愿者运动装的女生说。

"我糊涂了。"颜如玉倒出半杯葡萄糖水，用塑料勺子喂着，一边喂一边叫着无射风。

陈风跟着叫唤声奔跑，从遥远的地方往回飘，头像针扎似的痛，他使尽全身力气睁眼，眼前，无数个颜如玉在晃动，扎着马尾辫，穿着红色志愿者运动服，眼里含着泪。

"醒了，醒了。"周围的人叫了起来。

颜如玉的影子慢慢清晰了，陈风翕动着嘴唇："这是在做梦吗？"

"你得救了。"颜如玉掩面而泣。

陈风定了定神，发现自己躺在一片草地上，阳光洒在身上，暖暖的。他左右张望，无数年轻人在忙碌着，穿着红色志愿者的运动服。不远处，是一个巨大的墓地，一头是整齐的坟墓和石碑，一头是新地，很多人在挖坑，掩埋从森林里找回的尸体。森林入口，一些警察牵着绳子的一端，排队进森林。

"我又活了。"陈风泪水滚了出来。

"嗯。"颜如玉使劲地点着头，"警察发现你贴的便笺，立即通知到我。我在这里做了十年志愿者，都认识。我们顺着便笺，一路寻找。幸亏及时，你倒在地上，已奄奄一息。"

"我——"陈风想说点什么，颜如玉制止了他，"别说话，先好好休息。"说完，叫人拿来一小碗白粥，一勺一勺地喂着。

陈风感觉所有器官从沉睡中苏醒，肚子里开始咕噜咕噜地响。渐渐地，他恢复了些元气。

颜如玉吩咐志愿者将陈风背上一辆车，把他带到住所。

这是一间靠海的小木屋，室内陈设简单，地板上铺着一张草垫，做工精细。一张矮桌子，旁边摆着三个坐垫。靠里一侧是壁橱，另一侧是面大大的镜子。

陈风躺在榻榻米上，身上的酸臭味，充盈着屋子。颜如玉打开窗，海风吹了进来，将窗口的紫色风铃吹得叮当响。陈风扭头，看到镜子里的人，头发结了饼，黑乎乎的脸上分不清鼻子嘴巴，两只黑黑的眼睛，偶尔骨碌一转。衣服剐成一片一片的，黑得发亮，分不清原本是什么颜色。

"我去洗洗。"陈风想要起来。

颜如玉将他按住："不要紧，先休息会儿。"说完去端来一盆水，帮陈风细细洗了脸。她手上拈着一张陈风写有我爱你的便笺，"如果不是这些，我一定认不出你。你感动了我。"

"我也不知道我在做什么。当我处在死亡的边缘，我真的不知道自己在做什么？"

"你在要你该要的东西。我想，我也该要了。"

陈风要洗澡，颜如玉说："我帮你洗澡。"

"不。我自己来。"陈风试着站起来。颜如玉赶紧扶着他，把他送到浴室门口："还是我帮你吧？"

"不不，我自己来。"陈风说着赶紧进去，把颜如玉关在门外。

浴室里，陈风号啕大哭。

颜如玉静静地等着，半个钟头后，门开了，陈风裹着浴巾出来。头发梳顺了，长得可以扎起来，胡子有牙刷毛那么长，眼睛陷进去很深。

"你没事吧？"颜如玉看着他，问道。

"没事。"陈风淡淡地答道。

颜如玉扶了他："你先休息会儿。我去帮你买衣服，很快就回来。"

陈风木头似的，由她扶着躺下。不说话。

颜如玉出去了。陈风爬起来，坐到窗口，海上有三角帆，天空有海鸥，他又开始哭，哭得像个孩子。

颜如玉买了衣服回来，见陈风哭，心疼得眼泪奔涌而出，跑过去，抱着他："没事了，一切都好了。"

陈风拿起浴巾擦了擦眼泪鼻涕，"我饿了。"

颜如玉破涕为笑，把衣服放在他手里，"我去厨房，热一下粥。"

陈风穿了衣，坐在地板上。片刻，颜如玉端出一碗稠粥，一勺一勺地喂。

"我想吃肉。"

"现在还不能吃，肠胃适应不了。过一两天才可以。"

陈风吃着粥，突然，他惊慌地问道："留学生呢？他吃了没？"

"谁？你说啥？"

"困在森林里的，中国留日学生，给他留点。"

"没有什么留学生呀。"

"他没救出来吗？"

"只发现你一个活人，其余，都是尸体。"

陈风双手掩了面，身子微微地颤抖。

"哭吧，别憋着。"颜如玉拍了拍他。

陈风又哭了起来，直到哭累了，倒在地板上。颜如玉把他扶到床上，盖了被子："你情绪不稳定，先好好休息。"

第二天，吃了骨头汤熬的粥，陈风恢复了很多。颜如玉带着他走出屋子，顺着海边的沙滩，来到了一处墓地。墓地修成了中国式的，立着石碑，上面刻着：张志国、刘美英之墓。爱女张丽。

颜如玉轻声说："这是我父母亲的墓。每年我都来这里祭拜。后来，结婚那晚，我做了逃兵，逃到这里，在古木原树海做了志愿者。我以为一辈子就这样过了，没想到，你会找过来。你的重生，也将是我的新生，我决定以后不来了。"

颜如玉在石碑前跪了下来："爸，妈，女儿要开始新生活了，以后就不再来看你们了，你们互相照顾着。"说着，磕了三个头。

颜如玉站起来，握着陈风的手："等你休息好了，我们去北海道，那里照婚纱照很好。"

陈风一愣，眸子闪着亮光，随即，慢慢黯淡下来："我累了，想回家。"

三天后，陈风到达宝安机场。他搭了辆出租车，没有直接回家，在附近的商场下了车。

陈风寻到女装区，在走道上往两边柜台内张望。走到第五家，是迪奥品牌，导购员在里面招呼："先生，想买怎样的衣服？可以进来看一下。"

陈风走进去，窘得脸发红："我也不知道。四十岁的女人穿哪样的好？"

导购员走到一侧，取了两件衣服，一件是波希米亚风情的低胸真丝花裙，一件是粉色的无袖亚麻过膝连衣裙。"这两款卖得很好，是我们店的爆款，您看怎么样？"

陈风拿起真丝连衣裙，往导购员身上比了比，然后指着胸部开叉处："好像这里开得太低了。"

"哎呀，先生，都什么年代了，流行这样穿，就算不敢穿这么低的，里面也可以穿个裹胸，不碍事的。"

"她是老师，不会喜欢穿成这样的，要端庄一点。"

"老师呀，那这件很好呀。你看，不低胸，面料又柔软，颜色不艳，但不暗沉，显得年轻。"

陈风拿起来左看右看，还是摇了摇头："可惜，是无袖。"

"无袖没什么吧，袖口开得不大，不影响端庄。"

"还是看看有没有别的吧。"

"那这套改良的职业套装怎么样？紫色，高贵。"导购员指着模特身上一套西装套裙问道。

"这个不错。只是裙子短，有点冷，空调房。"

"嗨，三件套，还有裤子呢，相当于买两套衣服。想配裙子就裙子，想配裤子就裤子。"导购员把裤子拎了出来。

"这不错。"陈风眼前一亮。"可是，我不知道她穿什么码？一米六五，大概一百一十斤。"

"建议 M 码。反正大小不合适可以换的。住得近自己来换，远的话快递给我们，备注要换什么码就行，我们给您寄过去。"

"那行，就这套 M 码。开票吧。"

"好呢，三件，共一万六千八百元。"

陈风愣了一下："不打折吗?"

"打了八八折。"

陈风哦了一声，刷了卡。

取了衣服，陈风往家赶。进了门，客厅没人。往房间走，林珍不在，柜子是开着的，探头往里看，衣柜空了。跑到书房，电脑桌子上，摆着一份离婚协议书。陈风手上的袋子掉落在地，砰的一声。

孤独秀

一

午夜，我准备关电脑，有人申请加 QQ。是他，那个莫名其妙的家伙，两个星期，无故删除我三次，第四次申请加我。

看着验证消息，我按着鼠标，在同意和忽略之间迟疑，最后，点击了同意。我们又是好友了。

他的头像换了，是游戏里的铠甲。像往常一样，他没找我聊天，而是一头扎进我的 QQ 空间，一股脑儿留言、评论，像发了疯似的。删除我的事，好像没发生。空间里的留言和评论，一般，我都会回复，但他的，我不回。对于他，我有理由不礼貌。

我进了他的空间。只有一篇新写的日志，原来的大量日志不见了。打开日志，是一张图：海天一色，蓝天上几朵白云，大海浩渺平静，延绵至天际；沙滩上，一行脚印，浅浅的，铺向远方，与半截人的影子连接。画面很静，脚印仿佛是动的，感觉一个人走在无边的沙滩上。图片说明是：唯影子是伴。

还伴有音乐，是《天空之城》的主题曲，久石让的 *The Destruction Of Laputa*。低缓的旋律把我带进了画面，不知不觉，我成了那个独行在天地之间的人。音乐一遍又一遍地播放着。我的心渐渐空了。他的 QQ 头像还亮着，我很想和他说点什么，但不愿先说。

他不断地在我空间的日志后留言。我的日志很多，他翻几天也翻不完。我就这点爱好，一有空，就写日志，把自己的心情写在里面。

"童年是烙在生命里的。"他在我一篇写童年的日志后写道。

"未必。"我回复他。

信息刚发出，他立马 Q 我。

"在呀？你日志里那些，我懂。我们是同一时代的人。"

沉凝了会儿，我故意这样回复："其实，我对童年的印象并不深刻。"

"我不，太深刻了。"他迫不及待地和我聊起了童年。他是湖北人，自小跟着奶奶长大，算得上第一代留守儿童。父母生于 20 世纪 60 年代，文化人，是较早一批到深圳捞金的。他的童年生活物资丰富，但缺少父母的爱，尤其是母爱。他对于比自己稍大一些的女性，有一种天然的亲近感。

哦，原来是一个缺少爱的孩子。我内心柔软了。

"我高中时和一个女老师睡过觉。"他继续写道，"只是睡觉，没有性关系。"

他住在学校。那次，在她房里，她辅导他。他看着她，根本没法把她当老师，她像极了一个母亲。突然，他也不知道怎么回事，从后面抱住了她。她全身都颤抖了，想甩开他，没有成功。她有些恼怒，使劲把他推开，但没有叫喊，他只是个孩子，比她小近二十岁。写到这里，他停了一会儿，像陷在回忆里。

"面对她错愕的眼神，我请求她：'老师，请让我抱一下。'她盯着我看了一会儿，默许了。自那以后，她对我更加关心。后来，有一次我去送作业本，门半掩着，她躺在床上午睡。我轻轻地推开门，进到屋里，将门反锁了。我身体里有一股神奇的力量，推着我走向她的床。我蹑手蹑脚地走过去，躺在了她的身边。我深深地呼吸她的味道，淡淡的女人的体香，我迷恋那种味道，是母亲的味道。不知道躺了多久，我不敢动弹，害怕把她弄醒了。"

"嗯。"看他停了下来，我回应了一声，提示他继续写下去。

"后来，上课铃响了，我吓了一跳，条件反射般弹起身来。我很害怕，心想肯定把她弄醒了。但她没有醒来。我悄悄地退出房间，带上了门。我跑回教室，心慌意乱地坐下来。"他又停了下来，继续回忆。我静静地等着。

"两分钟不到，她就来讲课了。"

"她故意没醒来的？"我问。

"是的。她装着什么也不知道。"

"为什么要跟我说这些？"

"我不知道，从没对人说过。信任你吧，连续删了你几次，还愿意加我，一般人都不愿意加了的。而且，我看了你的日志，对你有所了解。你身上有一种特殊的东西，让我着迷。坦白地说，我的 QQ 好友没几个，我删了成千上万的人，不停地加，又不停地删。我在网上疯狂地找人吵架，看到不顺眼的就开骂，素质不好的就和我对骂上了。"

"你故意挑衅陌生人寻求发泄？"

"算是吧。现实中什么人都觉得我好，太憋屈了！"

"我想看看你，看像不像个坏人？"我把摄像头对着天花板，按了视频。

他犹豫了，不敢接，就在我准备取消的时候他接了：一张方脸，一寸平头，浓浓的眉毛下嵌着一双老鼠眼，鼻子很高，有点外国人的味道，嘴唇宽厚性感，脸上没有笑容，有些严肃，总体感觉成熟。

"你怎么不对着视频？"他生气了。

我关了视频："如果有耐心，迟早会让你看的。"

"你是第一个玩我的人。"

"不是玩。你情我愿，我没说让你看的。"

"倒也是。看来我碰上高手了。"

"我和你不一样，从不玩人。"

"好吧，是我的期望落空了，以为视频是相互看的。"他发了一个抓狂的表情。

"要是别人，你该破口大骂了，是不？"

"那当然。我哪受过这个？"

"那你骂我呀。"

"哪敢？就算骂了，不也是拳头打在棉花上吗？再说，我得在有修养的人面前装成有修养的样子嘛。"

我扑哧一声，笑了。他这比喻倒也贴切。

"你欠我的，谁叫你删我那么多次。"我找了个理由。

"我删你和删别人不一样，不是同样的原因。"

"什么意思？"他总是能勾起我的好奇。

"删别人是因为吵架，或是为了激怒对方，删你不一样。"

"咋不一样？"

"删你是因为我自己，因为那时候你到了我的空间，而我正在情绪之中。"

"情绪之中？"

"嗯。"这时，他分享了一首轻音乐给我，久石让的 *Confessions in the Moonlight*，缓缓地，让人心底柔软。"我不想说话了，先聊到这里吧，否则又想删你了。"他发过来这句，头像就灰了，他下线了。

二

我每天去他空间。他的日志天天更新，新日志出来后，旧日志就不见了。接下来一个星期，他再也没找过我。

这天，我又进了他空间。他发了一篇新日志：《可耻的人类》。图片是一张二战时的旧照片：荒凉的大地寸草不生，风卷起一块片状塑料，在地面上空一米处飞舞，漫天沙石中，一双举着的手露出半截在地面，触目惊心，是一个被活埋的人张着双手求救的样子。音乐是《太平洋战争》主题曲《*Honor*》，轻缓、沉重、压抑，让人透不过气来。

那双张着的手抓住了我的心，我有一种想哭的感觉。

"是的，可耻的人类！可耻的战争！"我在他日志后面写道。

关了日志，没来由的，我又点击进去加了一句："可耻的你！"

"我怎么可耻了？"突然，他 Q 我。他隐身在线。

"因为你让我想哭。"

他沉默了一会儿，打出几个字："我正在哭。"

我有些讶异。

"为什么？"

"我很想找个人说话，又很不想说话。"

"以后可以找我，想说就说，不想说随时不说。"

"但说话也没什么意思，只是想说话而已。"

我心颤了一下，被他的话击中了。

"找到懂的人说话，你就有意思了。"

"我找到了吗？"

"你觉得呢？"

"有待求证。"

"我理解你。"

"我想是的，当你说你想哭的时候我就知道了。我们是相通的。"

"你在找和你相通的人？"

"一直在找。"

"你和很多人相通吗？"

"没有。你是第二个。"

"还有一个是沉鱼儿吗？我在你空间里只看到她的脚印。"

"是。我现在只有你们两个好友。我的空间别人进不来。我和她交往快两年了。"

"交往？现实中见面了吗？"

"见了。还不定期地做爱。"

"做爱？你在以这种方式寻找性伴侣？"我惊讶。

"不，我不缺性伴侣，是她主动的。她比我大五岁，有个很好的家庭，孩子十岁了。她在广州，是某电视台的播音员。她什么都有，长得也很漂亮，但她有严重的失眠症，常常半夜醒来就睡不着了，我们就是深夜在网上认识的。有一次半夜三更，她开玩笑说让我去看她，我真去了。她以为我不会去的，说深圳那么远。我想见的人，再远我也愿意去见的，区区两个小时车程哪算远呢？我们在一个酒吧，一直聊到天亮。后来又见了几次，自然上床了……"他打字的速度很快，一段一段的，像子弹一样打过来，让我接不上话。

瞅住一个空，我插话："你和我说这些，不怕我泄露你的隐私？"

"你不会，我能断定你的人品。再说，就算你泄露，又能泄露什么？我们不在一个圈子里。"

"所以你在陌生人中间才肆无忌惮？"

"才敢不管不顾地露出本质，无论好坏。你方便吗？我不想打字了，我想和你电话聊会儿。"

我脑海里闪出了各种念头，是骗子吗？还是个陷阱？我犹豫着。

"你不方便就算了。我们有的是机会。还是 Q 聊吧。"

不知为什么，我鬼使神差地给了他电话号码。

电话响了。我按下接听键不说话。

"喂，你听得到吗？"

"嗯。"

"我姓夏，叫夏雨。夏天的夏，雨天的雨。我不是坏人，现实生活中是很好的一个人，住在罗湖，我肯定要认识你的。"

"可我不想认识你。"

"不，你想，只是还不敢。因为你怕我是坏人，这很正常，我理解。不要紧，我会让你了解我的。就算你不想见我也没关系，我们这样神交也很好。"夏雨滔滔不绝。他说他有一家销售公司，年收入五六百万。三十二岁了，还没结婚，处了很多女朋友，每次谈到婚姻就走了分手的路。父母常念叨此事，但他不想要婚姻，说自己都活得不踏实，常感虚幻。

"你呢，结婚没有？"

"结了，孩子都四岁了。"我撒了个谎。

"那就好，我就放心认识你了。"

"为什么是放心？"

"我怕你爱上我，麻烦。"

"我都不准备见你。"

"你会见我的，你逃不过见我。我们先不说这个。顺其自然。"接着夏雨和我聊起了日常生活，聊了两个钟头，我头疼了，说要睡觉。

"好，晚安。你叫什么名字。"

"黎闪。"我挂了电话。

三

航班晚点，飞机降落宝安机场时，已是晚上十一点半。

人流向出口涌动，一个个旁若无人，面容疲倦，好些人一边走，一边打电话，与接机的人联系，或给亲人报平安。我不用打给谁，应该说我没有谁可以打，等待我的，是一个星期前停在机场的空车，和我住的那套空房子。

从美国哥伦比亚大学留学回来这些年，我习惯了一个人过日子。母亲病逝，父亲忙着谈他的恋爱，他房子多，谈的恋爱也多。深圳这几十年，翻天覆地，我童年生活过的地方全都变了样。二十多年的时间，父亲像变戏法似的，倒腾出很多的钱、很多的房子。

我在一家外企负责一个项目，成天飞来飞去，一年之中只有一半时间待在深圳。工作轻松，人也自由，只是漂泊之感蚀骨。

我走向停车场，车不多，显得空空荡荡。找到奥迪，我把行李包扔进车尾厢，坐到驾驶室，机械地启动了车。

离开机场，上了宝安大道，一阵空空的情绪向我滚滚而来。又来了！该死的！可怕的！我一定要将你赶走！我在心里说。我慌忙拿起手机，我想说话。

可我不知打给谁，这么晚了。我把车停在辅道边。排除了父亲，我不想告诉他，我们习惯了这种疏离。我拨给了勇，一个同事，电话里他迷迷糊糊的，肯定从梦中被惊醒了。我告诉他我回来了，他哦了一声，客气了几句。挂了电话，我又想到了闺蜜茹，调出她的电话，我又犹豫了，她也许休息了，也许在和男朋友做爱，不能打扰她。我关了通讯录。这时，脑海里闪出一个人，夏雨。翻出了他的电话，手指摁上又退缩了，好几次。我叹了一口气，退到了主屏，一不留神，手指却碰到了滴滴。对，我可以叫代驾！我几乎叫出了声。

两分钟后，手机响了，代驾打过来的。我告诉了师傅具体地址。在等代驾的过程中，我禁不住笑了几次，有一次都快笑岔了。我觉得这很好玩。十分钟的样子，师傅骑着便携车到了。

一路上，我不停地挑起话题，聊着一些即聊即忘的事情，我需要说话。

师傅对我很好奇，既然没有喝酒为什么还叫代驾。我不能告诉他我只想说话，他一定无法理解。"坐了几个小时飞机，太累了，开车危险。"我说。

"哦，对，太危险了。"师傅一副终于弄懂了的样子，笑起来，疲倦的脸上皱皱的，如块抹布。

半个钟头后，到了。但我还是不想回家，又有了个想法，叫师傅帮我开车去买点东西。

"这么晚了哪还有超市开门？"他愕然。

"找个地方吃点消夜。我请你吃。"

"哎呀，今天运气真好，遇上了美女，还有免费的消夜吃。"

师傅开着车在附近转悠，没有找到我要吃的寿司。当然找不到，我特意要吃寿司，就因为附近没有。我叫他把车开到建安路、前进路去找。师傅显得很兴奋，他说这次代驾很享受。

我为自己的想法暗暗鼓掌，找个陌生人说话真好，一点压力也没有。不用欠人情，对方还那么乐意。

车开得很慢，我们分工负责留意马路两侧，店铺大部分都关了。

"小姐，你别说吃寿司，我看这消夜都没多少选择的余地呀。"师傅说。

"先找找嘛，找不到再吃别的。"

"我替你心疼钱呢。"

"钱是用的，不是拿来心疼的。再说，钱也并没有那么能干，你看，我想吃个寿司都这么难。"

"你舍得花钱那还不好办？走遍深圳我也帮你找到寿司。"

"就怕找半天，最后看到寿司我也不想吃了。"我笑着回答。这时我看到了路边有一家别致的砂锅粥，我指着店铺叫师傅停了下来："吃点粥好了。"

"好啊好啊，砂锅粥我喜欢，那些寿司我吃不来，只有看着你吃的份儿。"

我笑笑，要了一锅老鸭粥，点了一个猪肚，一盘凉拌海带丝，和师傅天南地北地聊着天。

坐了一个钟头，我实在不知道说什么了，只得起身付账。

车子离我住宅区越来越近，我说话的欲望越来越寡。师傅在我小区门口停了下来。我道了谢，支付了代驾费，将车开回了地下车库。

电梯上到十三层，我走出来。世界静悄悄的。掏钥匙，开锁，推门，开灯。屋里的空气焐熟了似的，一下子将我裹住，我都快透不过气来了。我几步跨到客厅推拉门处，将门打开来，凉凉的空气挤了进来。

脱衣，冲凉。我把自己抛在床上。

毫无睡意，只感到身体里像钻进了无数的空气，浑身不自在。我望着天花板发了一会儿呆，拿起手机刷微信朋友圈，约莫半个钟头，烦了，燥了，将手机一扔，猛地坐起，趿拉上拖鞋，起身泡了一杯咖啡，打开电视机，找了个电影，《海上钢琴师》。荧屏闪烁，但我根本就看不进去，灵魂好像在另一个世界，周围的一切都隔着。

关了电视机，我到书房拿了一本苏童的《黄雀记》，翻了翻，又换成一本韩少功的《马桥词典》，躺在床上，逼着自己读，希望能读出瞌睡来。

我一直没有看完过第一页，每次看着看着思想就涣散了，不知去了哪里。于是又重头看起。三五次后，只得把书扔了。夜并不安静，宝安大道上偶尔有夜行的车，屋子里很静。我听见自己折腾的每一个声音，都那么刺耳，就算换一个躺的姿势，衣服、被单摩擦的声音都膨胀得出奇的大，连呼吸也变得很有声势。我关了灯，闭上眼睛，反反复复地数绵羊。黑夜像无数虫子钻进我身体，啃噬着。渐渐地，我仿佛只剩一个空壳。

我终于还是没有逃过，这该死的！可怕的！

"黎闪。"我叫了一声自己的名字，腾地坐起来，开了床头灯。

屋子空荡荡的，我望着天花板，直想哭。

我感觉像刚从一个遥远的地方回来，似乎经历了一场生死，浑身无力。

那个地方是黑暗的大海，我抱着一块浮木，漂在海上。我使劲地呼喊，没有人听到。我不停地喊，使劲地游，直到精疲力竭，想叫也叫不出声。漫无边际的海，无穷的黑暗。

我沉在那种黑暗里，回不到现实中来。头很痛，我爬起来，擦了一些风油精。

得找人说说话。我对自己说。

拿起手机，时间是凌晨两点十分，微信、QQ没有一条未读信息，我点开QQ空间，没有@我的动态。我想看到有人在线，哪怕是屏蔽的群里的陌生人。然而没有，大家都睡了。这么晚，就算没睡，大概也会和我一样吧。

找他吧，夏雨。

他两个月没找我聊天，QQ空间也很久没更新了。我以为给了他电话号码会经常被骚扰的，却不是这样，我既庆幸又失望。

我看着他灰色的QQ头像，写了一句："你还在地球上吗？"

"在的。"他回了我，居然也没睡！

"在啊？这么久没消息。"

"怎么？想我了？"

"想得人都憔悴了。"我发了一个抓狂的表情。

"那来看我呗。我在医院，一个人一个房间，刚好需要人安慰。"

"咋了？生病了？"我回了过去。

"没，被人打了。"

"啊，怎么回事？"

电话响了，是夏雨。接通电话听到他一阵爽朗的笑声：

"没关机呀，方便吗?"

"方便。"

"不怪别人，是我该打。"

"什么情况?"

"不能告诉你。怕你不理我了。"

"这么严重。犯罪了吧?"

"泡妞的代价。"

"和人争女朋友了?"

"不是，入了人家的套。好惨。"

"怎么个惨法?"

"被人扒个精光，现金掏走了，卡上的钱也取了个精光，还被狠狠揍了一顿。"

"怎么会这样?"

"好色嘛。别人介绍认识个姐，很漂亮，约了见面开房，没想到是个笼子，衣服刚脱完，好几个男的闯了进来，他们是一伙的。"

"报案没有?"

"报个鬼! 这么丑的事还能张扬?"

"活该!"

"恶心我了吧?"

"有点。"

"没办法，找存在感。"

"你害了不少女孩吧?"

"还真没有，你看我都这样找女人，好女孩我不忍心糟蹋，除非她愿意。像你，我绝对不会随便动的，除非你主动。"

"我呸!"

夏雨笑了起来:"呸吧,就喜欢你呸。最好骂我一顿。"

"人渣我都懒得骂。"

"这么快判我人渣了?"夏雨笑声大起来,好像很乐意做人渣。

"开玩笑呢,我哪有资格骂你。你看,我都找你了。"

"这不一样。"

"未必不一样。"

"你想泡我吗?"夏雨笑嘻嘻的。

"想这样泡你,在这夜晚,隔着空间泡。"

"这也算?聊天而已,哈哈。来点实际的,下次去找你哈。"

"去,还真来劲了。我可不想见你。"

"怕了呀,没关系,什么时候你不怕了招呼一声。我随时恭候。如果某一天我们见了,我可能会好好拥抱你。如果你愿意我会吻你,和你做爱,不过,要你老公孩子不在家。"

我愣了一下,老公、孩子?哦,上次我跟他说有个四岁小孩,差点忘了。

"我可不是沉鱼儿。"

"你当然不是,谁都是独一无二的,是他自己。"

我不想和他聊这个,没想到自己会找他聊这些,纯粹无聊。不过,好像那该死的可怕的感觉消失了。我知道了这个世界上,还有和我一样睡不着的人。

头开始痛,有了睡意。疲惫重重地盖过来,像一张网,严严地将我裹住，把我紧紧地压缩，使我无法动弹。

"不和你聊了，孩子醒来了。"我撒谎。

"好的。晚安。"

挂了电话，我拉息了床头灯。黑夜立即把我拖倒，扔进了一个深渊。

四

礼拜六，中午几个同学聚会，喝了点红酒，回来头晕乎乎的，一头扎床上，睡着了。

醒来时，太阳透过玻璃照进房，很刺眼。

外面汽车刹车声很尖锐，各种车轮声、鸣叫声交织在一起，好几处说话的声音像从另一个世界飘过来，在我耳朵旁边闪了闪，消失了。

这时，手机响了，是陌生号码，深圳座机，我挂掉。又响。我接了。

"黎闪您好，我是深圳电视台节目组，想约您来做一个简单的采访，方便吗？"一个女人的声音，标准的普通话。

"什么采访？你们怎么知道我电话号码的？"

"有人推荐，是您朋友。见面您就知道了。"

"什么朋友，能说出名字吗？"

"具体我不知道，我们这里有资料可查的。"

"是什么节目？"

"一个关于失眠的节目。节目组邀请国内外医学博士、心理专家进行讨论分析。"

"要露脸吗？"

"不一定。如果不愿意上台，可以幕后采访。"

"啥时候？"

"明天下午两点半。"

"请把地址发来，我过去。"

放下电话，我拼命想推荐我的朋友是谁，从同事开始筛选，列了一圈，没有找到。我没有对谁说过我的失眠啊！

次日下午两点二十，我到达福田鹏程一路一号广电大厦。

找到指定的会议室，里面已经有十来人就座，交谈着。我走进去，有人招呼我随便坐。突然，一个高个子男人站起，向我走来。

方脸，平头，浓眉，鼠眼，高鼻，厚嘴。好熟悉的感觉，似乎在哪里见过。

"黎闪，你好。咱们见面了。"

熟悉的声音，脑子急速运转，一个名字脱口而出："夏雨！"

"是。"他微笑起来，看上去温文尔雅，与我想象中的那个人无法重合。我明白了我为什么会来到这里。

他和我握了握手，把我引到他旁边坐。

我扫了一眼在座的人，有的西装革履，有的 T 恤搭牛仔，有的穿着复古文艺装，五花八门。

这时又进来了几个人，一一落座。有人给我上了一杯咖啡，我点头致谢。

两点半了，一位身材高挑、穿着职业装的女子走进来，手上抱着一大堆资料，在主持位置坐了下来。她圆脸，短发，很标致，是一种恰到好处的美。

"大家好，欢迎各位到来！首先，我自我介绍一下，我叫方烟，是这期节目的主持人。今天，我们不录节目，只做一些前期的准备工作。先请大家填一下这份表。"她左手拿起一张 A4 纸，继续说道，"这份表是不记名的，希望大家都能如实地填写。填完后，欢迎大家到隔壁去咨询，那里有电视台请来的医学博士和心理学博士。"

有人帮忙分发表格，是份问卷，我拿起表格，好奇地看起来。

代号 013。

上面列着些问题：你经常失眠吗？你失眠的频率如何？你失眠时身体有哪些具体表现？你怎样对待失眠的？你的失眠有规律吗？你的工作状况是……

原来是调查表，大路货！我大失所望，心里想着去会会各路博士，看看那该死的情绪有没有得治。我草草填完表，看了一下夏雨，相对一笑。

"我担心你不来。"夏雨扬起眉。

"我后悔来了。这好像没什么意思。"

夏雨两手一摊："就算没意思，总还有一个有意思的，"他耸了耸肩，"可以见到我。"

"你设计见我？"我假装生气。

"别说得这样难听，只能说用心良苦。我说过，一定要见你的。"夏雨克制着得意。

我故意双手交叉抱了抱肩："我突然感到一点害怕。"

"了解我了，就不会这么认为了。我们交表吧。"

　　我跟着夏雨交了表，然后到隔壁见了博士。博士们的建议并不高明，和我自己懂的相差无几，只有一个黑黝黝的博士说了一句让我记住的话，他说我的失眠与失眠无关。我问黑博士与什么有关，他指着自己的胸口说了一个字："心"。

　　夏雨咨询的是一个黄卷毛博士，他说夏雨失眠主要是生活习惯不好。夏雨当场就生气了，他说他是因失眠才生活习惯不好的。他无礼地站起来，走出门外，愤怒地骂那博士扯淡。

　　离开广电大厦，夏雨说要带我去一个特别的地方。我开车跟着他，到了八卦二路，在一家茶舍门口停了下来。

　　这是一家小有情调的茶舍，牌匾是非洲黄花梨木做的，上面用篆书雕有三个字：虚乃无。门两侧种植着景观竹，绿绿的一丛。我跟着夏雨进了门，收银台里的女子叫了一声夏总，夏雨点了下头。屋子铺着木地板，一侧用博古架隔成三间，博古架上摆着各种古玩。墙壁上挂着字画。每间小房子中间摆着一长条形台桌，可泡茶，亦可写字画画，铺了宣纸，笔架上挂了长长短短的毛笔。桌旁摆着蒲团，坐着两三人。

　　夏雨领着我进到最里面，有台阶上楼。

　　上到二楼，东、西两头有两间小巧的茶室，门上雕有字：虚、无，中间隔着长廊。夏雨带着我来到"虚"室，推开门，按亮了灯，扑面而来的是油画，全是裸体女人，挂满了四面墙。我愣了一下，脸立即发烫，心跳加快，连忙低头，想去茶桌旁就座，一着急，高跟鞋扭了一下，就要摔倒。夏雨伸手托住我，我像碰到了火，往后一缩，又差点跌倒。夏雨往前一步，双手将我托住。我抬起头，看到他微笑着，像在欣赏一幅作品。我心中升起一股怒气，但我没发泄的理由。我控制着情绪，对视他的目光，平静下来。

夏雨的微笑在我的目光里凝住了，终究禁不起我冷冷的对视，缴械投降，尴尬地松了我的胳膊，退了两步，走到茶桌后的主椅上坐了。

他没请我就座，我自己在客位上坐了。

"喜欢喝什么茶？"他一边问我一边取茶具。

"黑茶。"

"怎么和我一样重口味？女生一般喜欢绿茶、白茶的。"

"最好十年以上的茯砖。"

"有，我这里有的是好茶。"夏雨说着，从身边的茶柜里取出一块手筑茯砖茶，递给我，我拆开一端，露出茶底，叶多梗少，布满了金花。我将茶放在鼻子前，深深地吸了口气，一股清香。"不错。"我说道。

夏雨接过茶，放茶盘里，用茶刀翘了两小块："2005年的手工茶，十二年，芙蓉山野生大叶种。"

"难怪，茶底不碎，香气清幽。"

"市面没买的，茶友手里淘的。"夏雨一边说话，一边烧水洗茶，"我得找时间去安化芙蓉山看看，动了几次念，都没实现。"

"据说那里原生态的。"

"那当然。"夏雨将一杯茶用茶夹夹到我面前，汤色清澈，浓如红酒。我深吸了几口茶香，抿了一小口，毫无生涩之感，一股回甘从喉咙深处慢慢沁上来。

"果然好茶。"我赞道。

"只有上好的茶才配得上墙上的美女。"夏雨盯着我的眼睛说。

我故作镇静，扫视了一下四周的画："好像全是名作哦。"

"切，全赝品，高仿的。我最喜欢塞涅克的《放纵》和赫伯特的《曙光之门》，以及勒菲弗尔的《真理女神》。"他指了指那三幅画。

我的目光落在《真理女神》上，画中一个美丽的裸体少女，体态曼妙，身材窈窕，眼睛凝视前方，表情平静执着，一只手高举光明灯，一只手紧握一根绳索，给人一种神圣之美。我笑了笑说："可惜我不懂画，只看到美女。"

"感到美就够了，我也是因为美女买进来的，而不是因为画。一走进这屋子就被美女围绕，这感觉很美好，让我舒畅。"

"在你眼里，女人就像画一样，是用来点缀生活的？"

"女人是男人生活的一部分，反过来，男人也是女人生活的一部分。"

"你需要一个女人，得赶紧结婚。"

"不，我需要女人，而不是一个，结婚了我只能拥有一个女人，这对我来说是不够的，所以我不想结婚。"

"没想到你不结婚的理由是这样。"

"自由嘛，我这种人天生这德行，跟谁结婚就会把谁害了。但家里老催，烦死了。"

"你要得太多。"

"这是本性。婚姻是对这种本性的扼杀。谁能保证自己只爱一个人，或者爱一辈子？"

我低下头，端了茶杯，茶已经泡到第四泡，汤色由红亮变为了橙黄。我没接话，说实话，我在心里认同了。

夏雨见我没搭言，叹了一口气："我以为你会反驳的。还好，没有。幸好没有，否则我们何苦相见。"

我抬起头，迎了他的目光。他眼里暗藏两团火焰，闪烁不定。我的心跳加快，赶紧避开他的目光，扭头望着左边墙上的《放纵》，画下方有一张简易折叠床，上面摆着两个花瓶，一个插着红玫瑰，另一个插着白玫瑰。

我无话找话。"怎么花瓶摆在那里？"

"把美好的东西摆床上，不挺好吗？喜欢玫瑰吗？"夏雨问我。

"我不喜欢花瓶里的花，它们应该在大自然里。"

"我叫人搬走。"夏雨说完就掏出手机。

"哎，你干吗？"

夏雨已经叫人来了，他挂了电话，说："怎么没关系？来这里的女人都不是一般的女人，她们说的话很重要。"

"她们？"

"是，这屋子来过一些女人，有品位的女人。看到那床没有，在这里做爱很美妙的。"

我的脸刷地热了，同时一股怒气腾起，我站起来："把我当什么人了？"

"别激动，黎闪。我没说要和你在这儿做爱。当然，如果你愿意，未尝不可。"

"你这样说话，我受不了你！"我愤怒地站起来，往门口走去。

"哟，真生气了？对不住啦。但我真的不想装，现实中，我都装累了。我装着不喜欢你，装得彬彬有礼，你觉得有意思吗？再说，到此刻为止，我还真没冒犯你。"夏雨站起来跟着我。

出了门，我跟前来搬花的小伙子撞上了，我懒得打招呼，准备下楼。这时夏雨抓住我的手："还有一间，也看看，因为也许你不会来了。"

我犹豫不决，他又说："就看看，一两分钟的事。"

无法压抑好奇的心，我慢吞吞地跟着他往长廊另一头走。长廊中间处摆有一茶台，旁边是水池，一群金鱼闲游着。我真想在茶台旁坐下来，哪怕只为轻风和水池对面的小山。小山中间，竹柏和落羽松挺拔着，水边串钱柳随风摇曳，几丛菖蒲点缀在石缝里。我喜欢这里，我不得不承认。

夏雨不再言语，领着我进了"无"室。墙的四面同样挂满了画，不是女人，是佛像。形态各异却又相似，给人一种庄重之感。我从右至左扫视：水天佛、宝月佛、勇施佛、贤善首佛、日月珠光佛、狮子吼自在力王佛……

"为什么要搞这些？"

"他们说我钱多，其实不是。"夏雨绕过茶桌，走到一人高的三门柜前，打开来，里面全是画。"这里还有，你说我是不是有病？"

不等我说话，他继续说："楼下，谁都可以去喝茶，有优惠可以免单，就是对我的茶舍名写点感想。我每个星期都来审核那些留言，遇到写到我心里去的人就联系，约他们上二楼来聊天喝茶，女人进'虚'室，男人进'无'室。"

"你用这种方式搞女人？！"我冲他大声说。

"是，也可以这么说。但男人呢？总不能说我搞男人吧，聊得来的我经常送画给他们。"

"谁知道呢，正如你说的，你有病。"我丢下这句话，匆匆地逃走。

背后传来夏雨的声音："黎闪，其实你心里不是这样想的。"

五

后来很久，夏雨没再找我。我倒常常会想起虚乃无，甚至想象他和那些女人做爱的情形。很多次，我不知不觉地把车开到那家茶舍，但都没敢进去。

这天，我一个人在滨海大道兜风，不知不觉地又转到了八卦二路，反反复复走了三次，却没有看到虚乃无茶舍的牌匾，凭着记忆，我在大概的位置停了车。

下了车，我一家一家地挨着找。虚乃无的门面已换新颜，成了优美世界时装店，夺目的灯光刺着我的眼。我跨步进店，问收银台处的女孩："这家店什么时候开的？原来不是一家茶舍吗？"

"早搬走了，这店开一个星期了，现在还是八折优惠期间，欢迎选购。"

我悻悻地出了店。

站在门外，我痴了一会儿，拨了夏雨的电话。

电话在第五十九秒时接通，里面是压抑的哭声。

"夏雨，你怎么啦？"

哭声越来越大。

"说话呀。怎么回事？茶舍怎么没了，发生了什么？"

他仍然不说话，一个劲地哭。我又叫他："夏雨，你说说话呀。"话没落音，电话就断了。

我又拨过去，没有接听，再拨，依然不接。

我正不知所措，微信收到信息，是夏雨，"我要见你，你过来。世纪豪庭1703。"然后是一个位置共享。

他就在东门晒布路，离得很近。我迟疑了一下，加入共享。

找到世纪豪庭，我按了门铃，接门铃的是个女人："谁？"

我吓了一跳，赶紧按掉。我又拨夏雨的电话，电话里他还在哭。

"夏雨，我到你楼下了。"

"上来呀。"他的声音颤颤的。

"你屋里怎么有女人？"

"我妈，你上来。"

我又按门铃。

"伯母，我是夏雨的朋友。"

"好，好。"对方迫不及待地说话。

上到十七层，门敞开，一个五十多岁的女人站在门口，直抹眼泪，看到我，立马迎上来，牵了我的手："姑娘，帮我好好劝劝他，拜托你了。千万别让他出事。"

"他怎么啦，阿姨？"

夏雨妈帮我拿了双拖鞋，眼泪吧嗒吧嗒地掉："他把自己关在屋里，说不想活了。"说完，呜呜地哭起来。

我一惊，心沉了。客厅的沙发上，一个男人在不停地抽烟。我叫了声伯父，他点了点头。

我匆匆扫了一下屋子的陈设，用两个字形容——豪华。

夏雨妈把我带到一间房门前，敲了敲："夏雨，客人来了，快开门。"

"你们回家去，别守在我这里。"

"好好好，妈回家做饭，一会儿送来。"夏雨妈摇头叹气，往客厅走。她走了几步又折回来，对我说："姑娘，全靠你了。我和老头子回去了，有事打我电话。"

夏雨妈给我一张名片，拉着老头子走了。

我敲着房间门："夏雨。"

门开了，一双肿肿的红眼睛，他把我拖了进去，然后顺着门框跌坐在地上。

我站着，踩到什么东西，低头一看，是本《朗读者》。整个屋子，一片狼藉：床上地上甩满了书、衣服，一个笔记本电脑躺在地中央，显示屏上有一块青花瓷，屏幕被刮出一道大大的痕迹，旁边一抽纸巾被浸湿了，打碎的花瓶七零八落，一枝红掌倒挂在电脑桌的边沿，绿萝散在桌子下，桌上的水晶相框摔裂了。我回头看夏雨，他双手抱着头，目光呆滞，白衬衣袖口处有血迹。

我捡起地上的书，堆在电脑桌上，用无尘布把花瓶的碎片推在一起，把地面稍稍清理出来。我对着夏雨坐下来，拉起他的手，问道："好些了没？"

他默默地点了点头，一把抱住我，在我耳边细声说："我一直在玩游戏，三天三夜没睡。"

我回抱着他，摩挲他凌乱的头发："没事了。现在没事了。"

"一切像梦一样，黎闪。"

"就当做梦吧，过去了。"

"你不知道，我在里面哭，老爸老妈守在门外哭。我摔东西，不吃饭，他们吓坏了。"

"我进来也吓坏了，你把自己搞成这样，房子搞成这样。"

"我以为会熬不过去。没想到你刚好打电话来。"

"我去找你茶舍，找不到了。"

"我把东西搬公司了，没弄茶舍了。茶舍也不能解决我的问题。"

"你没事的。"

"你救了我，黎闪。不是你打电话来，我可能就……"

我将嘴唇贴上去，不让他把话说出来。夏雨的嘴唇冰凉，像在玻璃上贴了很久。他紧紧抱着我，开始喘粗气，舌头渐渐复活了。我感到了水草的气息，湿润，互相纠缠，慢慢地，像烈日下的水草，炽热发烫，激烈地挣脱和纠缠。风不见了，太阳不见了，整个世界只剩下合二为一的水草。水草渐渐放大，放大，变成了两根长长的藤，彼此缠绕。我又感到自己变成了一尾鱼，被一种强大的力量控制住，离开了水，躺在水泥地面，无法呼吸，渴望水，也渴望被撕碎。火在我身体里燃烧，烧着烧着聚焦在一个点，突然，火里像加了一块湿湿的木头，骤然降温，慢慢烧，慢慢烧。渐渐地，木头烧着了，火更大了，噼里啪啦很猛烈，我全身的力量都集中在火点上，加热，再加热，我全身颤抖，喉咙紧巴巴的，感到随时会被烧死。猛然，像爆炸一样，一阵痉挛向全身扩散，火渐渐地熄了下来。

过了很久，夏雨喃喃地说："我好饿，想吃饭。"

六

到过夏雨家后，他妈就把我当儿媳妇了，每天念叨他要善待我。我每次对夏雨说，是啊，你当然得善待我，我是你的救命恩人呢。

夏雨几乎每天都会给我打电话，我烦了，叫他别天天骚扰我。他说善待从打电话开始。

这天早上，夏雨又来电话了："你送佛上西天，彻底把我解救才是。"

我正在刷牙，嘴里满是牙膏："这救人还救出麻烦来了？"

"你在干吗？咬着烧萝卜似的。"

我挂了他电话，自顾自地刷牙，手机怎么响也懒得接。

洗漱完毕，我冲了一杯蜂蜜水，坐在沙发上，拨了过去。

"还让不让人活呀，一天到晚没完没了。"我假装生气。

夏雨嘿嘿地笑："今天跟你说个正经事。"

"赶紧的，我还得忙呢。"

"陪我走走吧，去一个地方，有山有水少人的地方。"

"没这个义务。"

"我陪你总可以了吧？"

我忍不住笑，呛到了，咳了几声，对他喊道："你真像个无赖。"

"用词不当，不是真像，我就是个无赖。惹上我你自认倒霉吧。"

"想去哪里？"我心动了。

"哪里都行，只要不是旅游区。"

"旅游区咋不好？"

"人多，反胃。"

"那让我想想。"

"有啥好想的？今天收拾收拾，明天就出发。咱们不开车，去远一点，湖南怎么样？坐动车到长沙，然后我们租车。"

"我可没你那么自由，拖家带口的。"

"别装了，我搞清楚了，你根本没孩子，也没结婚。"

我一惊，手中的杯子差点落地："你侦察我？"

"这年头，有什么秘密？"

"夏雨，你可别设计我，也别打我主意。我是独身主义，不准备结婚的。"

夏雨笑了，笑得很放肆："哎哟，笑死我了，黎闪你咋这么幼稚，我打你主意干吗？我们怎么能结婚？你看，我所有的劣迹你都一清二楚，想方设法泡妞，乱搞女人，哪个做妻子的能容忍？就算你有那么傻，愿意嫁给我，我也不会同意呀。我还没蠢到那地步呢，弄到一起一天到晚吵架。"

"哦，那我就放心了。和你走那么近，正是因为我们离彼此的生活很远。我同意了，你把身份证拍给我，我订票吧。"

"哪能叫女人订票？我来。"

"我不想给你身份证信息。"

"那行吧，我微信转账你，算我请。"

　　放下手机，我居然有些兴奋，兴致勃勃地收拾东西。以前出差我随便抓两套衣服，这次在衣柜里翻来翻去却找不到合适的衣服，靠，不就是去玩几天吗？我抓了三套衣服丢进行李箱。

　　第二天的旅途很顺利，快到长沙南站时，夏雨就开始约车。

　　他问我租什么车，我告诉他，要我当司机就租奥迪 Q7，我只习惯用这款车。

　　夏雨依了我，说我这个司机蛮讲究的。

　　下了动车，送车的师傅已在停车场候着了。取了车，夏雨说去买些东西。

　　他熟练地在商场挑拣着，帐篷、坐垫、双用抱枕、钓鱼竿、方便面……我跟在身后，推着购物车。

　　"你经常自驾游吗？"

　　"那当然。"夏雨神气地抬起头。

　　"蛮有生活情调的嘛。"

　　"这算哪门子情调？和开茶舍、上网泡妞一样，一种排遣手段而已。"

　　"这么说，我也成了你的工具？"

　　夏雨笑了："黎闪，你傻呀，我们互为工具。我没占你便宜。别一副不愿意的样子。"

　　"确切说是我占你便宜，你说过请我的。"

　　"是，我乐意被你占。"夏雨埋了单，我们提着大包小包出了商场，一个劲地往车上塞。

　　"去哪儿？"他倚在车门上问我。

"你没想好吗？"我有些意外。

"有什么好想的？我只不过问一下你有没有想去的地方，上车吧。"夏雨打开车门上了车。

我坐在副驾驶，"到底去哪儿？"

"随便走咯，我们往湘西方向走。上高速？"

"好，湘西玩的地方多。"

"其实我只要往深山里就可以了，是哪里没那么重要。"

"要不去紫鹊界看看吧，那里的梯田好有特色。安化芙蓉山也行，你想去的。"

"都行，两个地方都去，你导航一下。"

我导航了新化。

我们在路边吃了饭，左弯右拐，上了长邵娄高速。

"去过湖南没有？"我问。

"去过两次，邵阳和益阳，没有去旅游区，一次住朋友家，一次住在当地老乡家里，给了些费用。"

"一个人？"

"有一次是一个人，有一次有女人作陪。帮忙开车，顺便调下情。"

我瞬间感觉自己成了某个女人，而且是免租金的。

"今天我不想开车了，不想做女司机。"我有些情绪。

"黎闪，你莫不是傻到把自己和那种人比吧？"

"有什么不同吗？"

"那怎么能一样？那次，我是她的服务对象。你不一样，我们是平等的。"

我打断了他："别说了，反正我不开车。"

"靠，这么霸道？"

"你认了吧，我闭眼睡觉了。"

夏雨瞥了我一眼："睡吧睡吧，没良心的，不陪我说话就不怕我打瞌睡呀？"

"你打瞌睡倒霉的不是你一个。好好开啊，睡了。"说着，我打开一个两用抱枕盖在身上，闭上了眼睛。

当我醒来的时候，发现夏雨将车开在了弯弯曲曲的山路上。路虽然够宽，但地面长满了草，平时极少有人走。

"到了吗？"

"新化吗？没有。"

"这是哪儿？"

"不知道，开累了，下了高速。这里是邵阳。"

"怎么感觉要把我卖到深山似的。"

"完全可能，如果有人愿意将就要的话。"

"谁买了我要亏大本了，我啥活也不会干。"

"这么漂亮，他们会舍不得让你干活的。"夏雨说着在山坡下的土屋前停下来，"今天就歇这儿吧，前面没路了，大概也没人家了。"

一条黑狗不知从哪里蹿出来，对着我们使劲地叫。主人听到声音走出门来，是一位六十多岁的老人，看到车子有些诧异。

夏雨走上去，很礼貌地说："老人家，方便借宿一晚吗？有床睡床，没床打地铺。"

老人喝住了黑狗："你们这是去哪儿？"

"我们深圳来的，玩，走到哪儿算哪儿。"

"这儿可没什么好玩的。"

"就随便在山里看看，到池塘钓钓鱼，方便的话，就到你家住，付费给你。"

"只怕你们住不惯哦。"她终于明白是怎么回事。

老人很热情，赶紧把我们迎进屋。谈话中得知她儿女外出打工了，只有她一人守在家里，种种菜，喂喂鸡。夏雨给了老人家五千元钱，说要在这里住三天，老人家死活不肯收那么多，推来让去，夏雨硬塞了三千元给她。

得知我们没吃晚饭，老人赶紧去鸡笼抓了只鸡。她做事麻利，我们帮不上忙，夏雨对老人说："我们去转转。做好了叫我们。"

走在田垄上，夕阳挂在对面山头的树梢上，洒得我和夏雨一脸红光。各种鸟儿叽叽喳喳地叫着。走出很远，回头看那房子，黑色的瓦，黄色的泥巴墙，矮矮地坐落在山脚下，袅袅炊烟在屋顶盘旋。

过了一个多小时，老人大喊："吃饭啦！"声音亮亮的，中气十足，在山窝里回响。夏雨觉得好玩，也大声回应，后来索性用手围在嘴边打起了"嗬喂"。我也来了劲，跟着夏雨喊着，一声声的"嗬喂"此起彼伏。我们一边喊一边笑，喊声笑声又从远远的地方回过来，像个交响乐团在演奏。在这演奏中，太阳下山了，四围的青山成了兽影。

老人做了五个菜，一张小小的木餐桌上满满的：一个鸡火锅在桌子中间，周围摆着一碗腊肉、一碗酱豆、一盘葱煎蛋、一盘红薯叶。

"阿姨，你咋做这么多菜，吃不完呀！"夏雨惊呼。

"没菜没菜，你们是贵客，从深圳来，好远，我儿子女儿也在深圳，女儿还在那边买了房。"老人家招呼我们坐下，一边往我们碗里夹鸡肉一边说。

"在深圳哪儿呀？"

"宝安。我去过一次，好远，那里屋真多，密密麻麻。人也多，车也多，住不惯，尤其是爬楼梯。"老人摇着头。

"我也在宝安呢。她在宝安哪儿？"我惊喜地问。

"不知道，说了我也记不住。就住了一个星期，坐牢似的，吵着回来了。我住不惯他们的地方，他们也不习惯在这里住。儿子在几十里外的村子口盖了一栋楼房，叫我去那边住，说我一个人住这里没照应，要把这个房子废了。我过去住了一段时间，和媳妇合不来，搬回来了。还是这里好，这是我自己的地方，老头子走了，埋屋后，我不在这里，谁陪他？"

我眼睛潮潮的，和夏雨对视了一眼，问老人："你一个人会不会没什么意思？"

"到最后，不都这样？谁不是一个人？现在我还能动，养了狗呀鸡的。还好。吃菜呀，多吃菜。"老人家一个劲地给我们夹菜。

"自己来，自己来。"我和夏雨一齐说。

吃完饭，天黑了，老人家点起了煤油灯，另外燃起一支蜡烛，她把蜡烛倒过来，滴了几滴蜡在桌子角，然后把蜡烛固定住。

"我帮你们开床。"老人举着煤油灯一闪一闪地去了房间。

"我一个人住。"我过去对老人说。

老人看了我一眼。我笑了笑，说："阿姨，我们只是结伴玩的。"

七

第二天，屋外的鸟儿把我叫醒。夏雨早起床了，在屋外用石头打树上的小鸟。

吃完早餐，夏雨一边收拾旅行背包，一边对我说："今天去深山里。多带一件厚衣服。"

"会有狼吗？"

"你都跟我在一起了，还怕狼？"

我扑哧笑了："色狼。"

告别阿姨，我们往山里走。山上几乎没有路，太阳透过树叶的缝隙，打在我们身上，有斑驳的光点，一闪一闪的。夏雨挥动着手里的一柄长刀开路。我多次摔倒，幸亏夏雨及时拉住，否则会滚到山下去。山越来越陡，我牛仔裤膝盖上满是泥巴，汗水不停地流，又黑又大的蚊子叮得我手上、脸上净是红疙瘩。夏雨帮我擦了一遍祛风油，笑着说："这些蚊子一辈子没吃过人肉，今天终于吃到了，死了也值得。"

"好吧好吧，我成全你们。"我一边说话一边朝手背上的蚊子拍了下去。蚊子滚落，手背上留下一个黑色的印迹。

蚊子把我咬狠了，我开始抱怨："这是发什么神经呢？跑到这里来受苦。"

"活得不耐烦，把不耐烦消耗掉，来这里长点生活的耐心。"夏雨嘻嘻地笑。

我们喝着水吃着干粮，歇歇走走。松软的落叶在脚下发出沙沙的声音，路边的刺划得我手上一道道红色的印迹。爬到山顶，我把背包一扔，一屁股坐在地上。夏雨卸下包，对着天空展开双臂，大声地打"嗬喂"，又大声地叫："夏雨，你是谁？夏雨，你在哪里？"

我看着，很想像他这样，但真的没力气了，坐在地上，我大口大口地喘气。他用毛巾擦了擦脸上的汗，递给我一瓶水，挨着坐下来。"我常常一个人爬上一座山，静静地坐着，一坐就是几个小时。抬头看云，低头看山，听鸟的叫声，默默地想心事。坐着坐着有时会突然想哭，感觉被世界抛弃了，但我又偏偏喜欢这种被世界抛弃的感觉。"

"为什么不找些伴儿一起？"

"很多人，闹哄哄的，那不是我想要的。"

"现在带了我，感觉呢？"

"你是镜子，在你身上，我能照见我自己。"

我们喝了水，吃了些干粮，背靠着背坐下来。天蓝蓝的，太阳照着整个世界，阳光打在我们头上，树为我们遮挡了，不觉热，风吹来，阵阵凉意。

我手臂上有些痒，抬起看，是只黑色的小蚂蚁。它像我们一样，也在寻找一个陌生的世界。它在我手臂上下爬来爬去，找不到回去的路。它不知道我的手臂从地上抬起来了，没有路了。

我可以摁死它，我平时就是这么做的，觉得它们讨厌，但今天下不了手。我捡起一片落叶，载了它，将它送到地面。它回到地面，又赶来赶去地寻找，不知道，它是否在寻找刚发现的手臂？

我闭上眼睛，聆听这个世界，树叶簌簌，鸟儿脆啼，我和夏雨静静地呼吸，一切静止下来，时间空间都小了，我、夏雨、蚂蚁、鸟儿、树木……都一样轻了。

我们坐了不知道多久，太阳更毒了，很热，于是起身继续走。翻过山，我们看到一个湖泊，湖水很绿，像画上去的，天上的白云和周围的青山倒映在湖里，好像白云和青山镶了水晶。

"在这里歇下。"夏雨扔下背包。我一屁股坐在草地上，倒了下去。

夏雨找出毛巾，走到湖边打湿了，往脸上擦，回来把毛巾扔给我。

"擦擦吧，好舒服。"他一边说一边脱衣，脱得光光的，只剩一条短裤。

"你干嘛？"我大叫。

"洗澡。"他说着把短裤也脱了，一溜小跑往湖水里去了。

"不休息下就下水，这样不好。"

"等不及了，你也来吧。"

我下意识地望了望四面，没一个人影，只有鸟的叫声。

夏雨游了一圈，跑上岸来，把我一下抱起。

"喂，你想干嘛？"

"一起洗呀。"他抱着我往湖里走。

我挣扎："放我下来，大白天洗什么澡？"

"放你下来呀，你说的。"夏雨把我抱到湖里，一扔，我和衣落在水里。

"你真坏。"我立即感到了湖水的舒爽，太阳照着，冒着点热气，像温泉似的。

夏雨要帮我脱衣，我不同意。没想到他突然抱住我，扯下我的衣裳使劲地往岸上甩。

我感到受欺侮了，哭了。

他对着我吼道："哭什么？又不会强奸你。这么好的地方，还穿那劳什子衣服干嘛？"说完，他撇下我，上了岸。

他找了摄像机，光着身子对着四周拍起来。拍了一会儿，对着我喊："黎闪，过来帮我拍几个裸体艺术照。"

我的委屈不知道什么时候消失的，也许是他吼我的时候。

我光着身子，走上岸，走着走着，他扬起手，叫我别动。

"黎闪，你好美。"他把镜头对住了我。

渐渐地，我放开了，感到自己像在拍电影，我仿佛成了天、地、山、水中的一部分。在夏雨的引导下，我摆着各种Pose。我也为夏雨拍了很多照片。

当晚，我们就地搭起了帐篷。夏雨钓了几条鱼，找来一些枯枝，生起了火。他用刀举着鱼烤熟，叫我吃，很大的腥味，没有盐，我不肯吃。夏雨说我娇气，没有生存能力。我心里认同，嘴上却在狡辩。

他笑了笑，故意让着我，津津有味地吃起鱼来，夸张地咂着嘴，很好吃的样子。我装着不稀罕。

他吃完，拎起另一条鱼，挂在刀尖上，叫我拿着。然后找出方便面，把调味粉取出撒在鱼上。

"你怎么想到的？"

"只有没脑子的人才想不到。"

"我在你面前真的成白痴了。"

"承认了吧，总算有一个优点，自知之明。"

夏雨和我抬着扛，我很享受他踩我一脚又扶我一把。山里很静，手机没有信号，我们与世隔绝了。四周的山变成了墨黑，好像潜伏的野兽。我不由得往夏雨身上靠了靠。

"害怕了吗?"

"你不怕吗? 万一来个什么。"

"这里很安全，没有猛兽，只有一些我们能欺侮的小动物，鸟啊、兔子啊、野猫之类的。"

"野猫?"我不由得抖了一下。

"不怕，有我呢。"夏雨搂住我。

我吃着烤鱼，想着深圳的好。"夏雨，你说，如果我们在这里住一个月会怎样?"

"会变得更容易满足，更愿意好好活着。我隔一段时间就必须在这样的地方待上几天，一个人躺在天地之间，对着星空、对着月亮、对着风、对着树木说话，有时睡得昏昏沉沉，有时把自己折腾得筋疲力尽。"夏雨边说边躺了下去，躺成了一个"大"字。

"你看，整个身体都像回归了土地，像草木一样。"

我扔下吃剩的烤鱼骨头，擦了擦嘴，依偎在夏雨怀里。我听到他心跳的声音，像大地的脉搏。

我们睡在一个帐篷里，我感到了夏雨身体的每一个微妙变化，也感到自己体内有一股热热的潮涌。我的身体渴望他，但想到所谓租来的女孩，就像一盆冷水，把我的热潮逼退。我们各自想着心事，不知什么时候睡着的。

一觉醒来，天已亮，我们打包继续上路。

　　越走越远，夏雨怕找不到回来的路，一路用红丝带绑在树枝上做了标记。我不得不佩服他的野外生存能力，这一趟让我有了不同往常的生命体验。

　　我们翻过一座山，遇到一个石洞。

　　"进去看看。"夏雨小心地牵着我。走进洞口，一阵冷风沁入肌肤。里面黑乎乎的，夏雨按亮了打火机，石壁上长满苔藓，滴着水。突然，我感到脚上一阵刺疼，不由得叫了一声，蹲在了地上。一条蛇往里逃窜。

　　"黎闪，怎么啦？"夏雨赶紧扶着我往洞外走。

　　我头上开始冒汗。"被蛇咬到了。"

　　"别慌。"夏雨一下抱起我往洞口冲，出了洞，把我放在地上，迅速脱了我的鞋袜。他把嘴对着我的脚贴上去，狠狠地吮吸，不停地吸，不停地吐，直到吸不出任何东西。他取出一瓶农夫山泉，往嘴里倒，漱了一下口，坐下来。

　　"黎闪，会没事的，我先给你扎一下小腿，马上往回走。"

　　夏雨背着我，大颗的汗珠从他的头上往下滴，好几次险些摔下山坡。看着他累得脸色发白，我坚持要自己走。他拗不过我，只得连扶带抱地推着我走。没走多远，我的脚踝开始肿起来，夏雨对我吼叫："你一步也不能走了！"

　　他在帐篷里面铺上坐垫，把我放进去，然后在帐篷一端固定两个手抓的套布，叫我双手抓住。外面一头用衣服做了两根背带，他挎上两根背带拖着我行走。虽然隔着一层坐垫，树枝和石头依然狠狠地划着我的身体，我强忍着疼痛，终究还是昏了过去。

我醒来时，发现躺在床上，眼前模模糊糊地晃动着人影，渐渐地，变清晰了。

我回到了那间小房子，老人舒展了眉头："醒来了！醒来了！我说了没事的。"

夏雨脸上、手上净是血迹，他看我醒来，哭了起来："你这个害人精，总算醒过来了！"

"你怎么把我弄回来的？"

"你昏了嘛，昏了就很好办呀，像踢石头一样踢回来的。"

"啊？"我准备坐起来。

"别动。"夏雨按住我，"阿姨弄了些草药给你敷了，说没大碍，咬你的不是毒蛇，要是毒蛇的话你早 over 了。"

"好险。"我心有余悸。

"以后再也不敢带人来山里了，我自己一个人来。出了事也不要紧。"

"还来呀，你不要命啦！"

"这命是你捡回来的，反正是多的。"他看着我，幽幽地说。

这时，老人端了一碗鸡汤过来对夏雨说："我来喂她吃吧。你也去吃点东西。早点休息，看你也只剩半条命了。"

老人说话的语气轻飘飘的，好像这蛇根本不算蛇，或者这命根本不算命。她一边喂我喝汤一边自言自语："这命呀，是裁定了的。"

我浑身疼痛，喝了汤又沉沉地睡了过去。

晚上，吃过饭，我怎么也睡不着。窝在床上，觉得极不方便，像被囚禁了一般，一门心思想着深圳的好，恨不得立马飞回去。

半夜，我起床小解，发现老人家房里的灯亮着。我看了看手机，凌晨两点，不知她是没睡，还是和我一样，睡了一觉醒过来。我正纳闷，听得她房间窸窸窣窣的声音，透过门缝，我看到老人摊了一床的照片。她戴着老花眼镜，左手举着煤油灯，右手拣着照片，一张张慢慢地看过去，嘴里喃喃自语。

一会儿，老人收起照片，放到枕头下。接着掀开被子，从里面抱出一个东西，让它坐在自己身边。那是一个用粗布缝制的布人，戴着帽子，像是男的。老人家在布人身上拍了拍，轻声说着话："老头子，起来，陪我干活了。"只见老人拿起枕边的一块红布，挑着针线缝起来。我在电视里看过，那是寿衣。

我内心像受到了电击一般，一阵慌乱，不敢再偷窥，蹑手蹑脚地回到房间，脑子里全是老人的样子，一夜无眠。

第二天，我不顾老人的挽留，也不顾夏雨的建议，固执地要回深圳。

八

夏雨要把公司低价转让出去，不想干了。

他母亲告诉我这个消息，我有些惊讶，但也不觉得奇怪，他就这么一个人。她还请我劝劝夏雨，并交代不能让夏雨知道。我想了想，答应了。

星期天，夏雨约了我去孤儿院。我到达时，他已经在和孩子们玩了。一群孩子围着他，看他示范操作遥控飞机。他蹲在地上，一脸的笑，将遥控器交给身边递了光头的小男孩："一个个来，每个人都玩一会儿，那边还有小车车。"

他走到一旁，从大纸箱里拿出了十多个遥控汽车，分发给身边的孩子。孩子们领了玩具欢呼着。夏雨摸摸这个，摸摸那个，有时会在小家伙胸口上轻轻击上一拳。

"叔叔，帮我装电池。"

"叔叔，帮我拆开小盒子。"

小家伙们央求着，突然一个声音响起：

"爸爸。"

叫爸爸的是一个四岁左右的男孩，圆圆的大脑袋，一寸小平头，前额留着一撮半指长的头发，大眼睛一闪一闪的，盯着夏雨问道：

"你做我爸爸好吗？"

夏雨抱起孩子，在他脸上亲了亲：

"可我不知道怎么做爸爸，而且没有妈妈呀。"

"叫那阿姨做我妈妈。"小男孩突然指着我。

夏雨扭过头来，看到我，哈哈大笑："好啊好啊，你先叫阿姨答应你。"

小孩从夏雨身上滑下来朝我跑来，我低下身去，把他抱住，捏了捏他的鼻子。

"阿姨，我想让你做我妈妈。你一定要答应。"小家伙耍上赖了。

"可是阿姨不懂做妈妈，怕做不好。"

"做得好，好容易的，我叫你妈妈，你答应就好了。"小男孩急了。

"好好好，阿姨答应你。"

"不是阿姨，是妈妈，你是我的妈妈。妈妈！"小男孩叫我。

我脸红了，张了嘴，声音在喉咙里出不来。

小男孩催我："妈妈，你答应呀。"

"我……"我感到耳根都发烫了。

夏雨来到我身边，看着我，笑得用手搓眼睛，我恨恨地盯着他。

突然小男孩"哇"的一声哭了。我赶紧抱着他的头："宝宝别哭，我答应，妈妈在，妈妈答应你。"

可是孩子依然大哭，夏雨伸手把我俩环抱了："不哭了，爸爸一下抱你们两个。"

"爸爸！"孩子张开双臂扑向夏雨。

"嗯。"夏雨一边答应一边抱了他。孩子在他怀里抽抽搭搭的，慢慢地平静下来。

我从车上拿出两大包零食，蹲下来分给孩子们。然后让工作人员将十箱牛奶和一些童书搬走。夏雨还捐了十万块钱现金。

从孤儿院出来，夏雨跟着我回了宝安。

"我跟妈吵架了，想和你待一会儿。"进了门，他趿拉着鞋子说。

"为啥吵架？"

夏雨在沙发上坐了，掏出烟，点了："孤儿院那些孩子，十万八万根本解决不了问题，他们以后的人生还好长，光吃饱穿暖能有什么用？不像喂一群小猪一样吗？如果不能受到好的教育，不能获得爱，他们难免会有问题的。"

"你想怎样？"

"我五千多万存款都在父母手上，他们在做些投资，那部分钱我没法支配。我想把公司转让，不干了，把钱捐给孤儿院。"

"你继续经营公司，多多盈利，不是能更好地资助吗？"

"话是这么说，但现在实业不好做，说不定什么时候就一头栽了。你看我这性格，对公司并不上心，完全有可能。当然，主要是我不爱干这事，被公司牵着扯着，不自由。我还有些事情想做。"

"你想干啥？"

"唉，就想随便走走，爸妈骂我不务正业，不同意我转让公司，想方设法地添东西扯住我，比如结婚。"

"可怜天下父母心。再说，男人也只有结了婚才懂事。"我给他倒了杯水。

夏雨盯着我，像对着一个陌生人，烟悬在半空："黎闪，你也这么认为？"

"那当然。"我低下头，不敢看他，声音弱弱的。

"当真？"

"公司开得好好的，突然撒手不干了，不是瞎折腾嘛。"我模仿他母亲可能的腔调。

夏雨手上的烟灰长长的，快要掉了，他盯着看，却不把它磕掉。"怎么和我妈一个腔调？"

"我……"我欲言又止。

"钱有什么用？我现在不挣一分钱，这辈子也用不完。为什么还要一天到晚搞来搞去？"夏雨猛吸了一口烟，将烟头在水果盘里按了，又抽出一支烟，点了。

"站在父母角度——"

"那谁站在我的角度？他们生我的时候问我了吗？我有答应来到这个世界吗？活成他们需要的样子，对我有意义吗？"夏雨将烟往地上一扔，站起来，生气地说，"看错你了，黎闪。"说完，摔门而去。

我呆在原地，没反应过来。当我意识到他是认真的，立马拨他的电话，被挂掉，再拨，再被挂掉，然后传来了"您拨的号码已关机"的声音。

第二天，我试着拨打夏雨的电话，已停机。QQ和微信都发不出信息，他删除我了。

我早想过，夏雨突然来到我的生活，也会突然离开。但这一天真的到来时，我却像丢失了什么，心里空落落的。

九

一个月后，我在《南方都市报》上看到了夏雨的新闻。他还是那么干了，公司转让，钱捐给了孤儿院。

夏雨消失了。

我依然国内国外地出差，飞来飞去，每次回家，信箱里满满的。这天，我清理信箱，拣出物业收费单，没用的东西全扔了。一个信封掉在地上，上面只有收信人，没有寄件人。我撕开，几张照片掉了出来，是风景照，像旅游公司的广告。我顺手扔了。后来，又收到几次。有一次，好奇，我仔细看了，原来不是广告，是照片，一片翠绿的茶林。我看邮戳，来自湖南安化。

"我得找时间去安化芙蓉山看看，动了几次念，都没实现。"我想起了夏雨的话。是他！他在随便走走。

从此，照片不定期地收到，从不同的地方寄来：大理、九寨沟、拉萨……有时候照片背面还写有字，比如：心灵感悟之地——拉萨。

我把收到的照片，压在书房写字桌的玻璃下，五张、八张、十张……渐渐地，写字桌上铺了一半的照片。

后来，照片来的时间间隔久了，来自国外：巴厘岛、塞班岛、不丹、科隆。我每天开信箱，期待着照片。

最后一次收到的照片来自日本直岛，收到照片的前两周，新闻里说日本直岛发生了八级大地震。我的心咯噔一下，赶紧坐在电脑前，上网搜索大地震的消息，网上铺天盖地的消息和图片，有资料显示死亡人数近百。我像疯了似的，驱车驶向东门晒布路，按了世纪豪庭 1703 的门铃。一个女人问我找谁，我说找夏雨，她说换业主了。

第二天，我飞往日本直岛，找到地震局，查看死亡人名。一遍又一遍，没有夏雨的名字。

回来后，我再也没收到照片了。

夜又变得长长的了，深夜里，我像一个没有血肉的空壳。我不再和人聊 QQ、微信，也不再登录 QQ 空间写日志。大把的夜晚，我把自己扔进舞厅、酒吧、影吧。

一个深夜，我将写字桌上的照片一把收了，放到安琪月饼的铁盒里，点燃了。照片发出刺刺的声音，蓝色的火焰跳跃着，刺鼻的气味呛得我直咳嗽。

就在我几乎忘记夏雨的时候，收到一个快递，打开来，是一个精美的包装盒，檀香木的，盒子里全是照片，湖水、裸体，是夏雨和我在邵阳深山里拍的。我翻着照片，希望找到只言片语，没有，连寄件人信息都不全：夏雨，深圳。

往事像倾盆大雨，把我淋得湿透。我在雨里走不出来。

我约了闺蜜茹，再一次去到邵阳。找到那间小屋，眼前的情景让我无法置信。房屋废弃了，只剩下残存不全的墙体，上面还点缀着淡淡的绿苔，一只麻雀飞上去，对着我们叽叽喳喳地叫。屋子里，荒草齐人腰。

我下了车，望着住过的房子，新旧重叠，我突然失控地哭起来。茹吓坏了，一个劲地问我怎么啦，我抱着她，号啕大哭。

哭完，我启动车，逃也似的离开。

回到深圳后，我把八卦二路那家店高价盘了下来，恢复了"虚乃无"的模样，请了一个小妹看店，我交代她，茶舍不对外开放，只有一个叫夏雨的先生可以进。

我常常驱车到茶舍门口，望着虚掩的门，静静地来，又静静地离去。